음악의 신 18

이창연 장편소설

초판 1쇄 찍은 날 | 2018년 6월 11일
초판 1쇄 펴낸 날 | 2018년 6월 19일

지은이 | 이창연
펴낸이 | 예경원

기획 | 위시북스
편집책임 | 이규재
편집 | 이즈플러스

펴낸곳 | 예원북스
등록번호 | 제396-2012-000132호
등록일자 | 2012. 7. 25
KFN | 제1-271호

주소 | 경기도 고양시 일산동구 호수로 646-24 위너스21 II 빌딩 206A호 (우)10401
전화 | 031-819-9431 팩스 | 031-817-9432
E-mail | yewonbooks@naver.com

ⓒ이창연, 2016

ISBN 979-11-6098-983-0 04810
        979-11-5845-408-1 (set)

음악의 신

이 창연 장편소설

WISHBOOKS MODERN FANTASY STORY

18

Wish
Books

CONTENTS

음악의 신

1화
음악의 본질

감회(感懷)가 새롭다.

과거를 돌아볼 때 새로워지는 감정을 의미한다. MG에 있던 시절, 사람 없는 무대나 술집을 전전했던 과거를 떠올리던 에디오스의 마음이었다.

"흐, 흐흑……."

한주연의 뺨을 타고 쉴 새 없이 눈물이 흘렀다. 수없이 모인 관객을 마주하니 마음이 추슬러지지 않았다.

"WAAAAA---!!"

LA의 한 공연장. 사람들의 함성이 무대를 뒤흔들었다. 아시아에서는 이보다 훨씬 큰 무대에서도 아무렇지 않게 설 수 있었지만 오늘 이 무대는 달랐다.

"저 울보. 하여간……."

"너나 잘해."

동료를 타박하는 크리스티 안도 불거지는 눈매를 감추지 못했다.

손수건을 건네는 이삼순도, 떨리는 한주연의 어깨를 감싸며 고개를 돌리는 서한유도, 통곡하는 에일리 정도 마찬가지였다.

"……벌써 그러면 어떡해."

센터에 선 리더, 정민아는 의젓하게 멤버들을 달래며 관객들을 향해 손을 흔들었다. 큰 환호성이 에디오스를 집어삼켰다.

무대 뒤편, 엔지니어석에서 이현지가 흐뭇하게 이 모습을 지켜보았다.

"확실히, 민아가 리더는 리더네."

"저, 이사님?"

믹서를 잡고 있던 엔지니어가 조심스레 묻자 이현지는 팔짱을 풀었다.

"무슨 일이죠?"

엔지니어는 이현지의 눈빛에 찔끔했다가 다시 말했다.

"아닙니다. 남은 순서는 더 없습니까?"

"없어요. 이 정도면 충분해요."

엔지니어는 철수 준비에 들어갔다. 이현지는 무대 앞쪽의 매니저들을 향해 힘껏 손을 흔들었다. 철수하자는 신호였다.

매니저들과 코디들도 뒤편을 보더니 곧 정리에 들어갔다. 바로 차에 오를 수 있도록.

"Surprise— allowed—"

한주연의 목소리가 퍼져 갔다. 오늘의 마지막 곡이었다. 이어 서한유와 이삼순의 화음이 섞이며 정민아가 무대 중앙에 나서자 환호성은 절정에 달했다.

"Thank You."

"WAAAAA--!! Encore-!! Encore-!!"

환호와 함께 앵콜 요청이 쇄도했다. 철수 신호가 떨어진 상태. 에디오스 멤버들은 난감해졌다. 그녀들도 무대의 열기가 남아 있었다.

"Encore-!! Encore-!!"

"그게……."

에디오스의 눈이 매니저들을 향했다. 이런 분위기, 그냥 가기엔 아쉬웠다. 매니저들은 이현지에게 연장할 것을 요청했다. 오늘 최고 결정권자는 그녀다.

"이 정도면 됐어요."

이현지는 고개를 저었다. 과한 의욕은 없느니만 못한 법. 매니저들은 알았다며 에디오스를 향해 팔로 X자를 보냈다. 에디오스는 아쉬워하며 마이크를 내렸다.

"WO--"

아쉬움에 야유가 쏟아졌다. 방법은 없었다. 이사님이 가자는데…….

"한 곡 정도는 괜찮을 것 같군요."

그때, 이현지의 뒤쪽에서 목소리가 들려왔다. 흠칫하며 돌아보니 익숙한 남자가 서 있었다.

"회장님."

"오랜만입니다."

강윤이었다. 이현지는 반가움에 그의 손을 잡았다. 평소와 달리 티셔츠와 청바지를 입은 강윤은 복장만큼이나 여유로운 모습이었다.

"이런 분위기에 찬물을 끼얹는 건 모두에게 아쉬울 것 같네요. 1곡 정도는 괜찮지 않을까요?"

"애들 컨디션이 우선 아닐까요? 잡힌 스케줄도 많은데……."

"조금은 오버해도 괜찮습니다. 그리고 오늘 스케줄은 없는 걸로 압니다만."

현장에 잔뼈가 굵은 강윤의 말이었다. 잠시 생각하던 이현지는 무대를 향해 동그라미를 쳤다. 에디오스 멤버들이 다시 마이크를 들었다.

"WAAAAAAAAA───!!!"

엄청난 함성이 광장을 메웠다. 지금까지 중 가장 큰 함성이었다. 강윤은 어깨를 으쓱였다.

"안 했으면 원망받았을지도 모르겠네요."

이현지도 쓴웃음을 지었다. 그녀에게 현장은 참 어려웠다.

MR이 흐르며 노래가 시작되었다. 에디오스의 목소리에 한층 힘이 들어간 듯했다. 사람들의 리액션도 강해졌다. 관중들은 손을 들어 파도를 탔다. 축제였다.

'검은색……'

강윤은 눈을 찡그렸다. 이번 무대도 마찬가지였다. 사람들의 환호성이 몰아치는 가운데서도 검은빛은 여전했다. 피부에 뭔가 닿는 느낌이 들었지만, 미약했다. 몇 번이고 눈을 비볐지만 검은빛은 변함이 없었다.

"회장님? 눈에 이상이라도……?"

이현지가 걱정스레 묻자 강윤은 얼른 고개를 흔들었다.

"아닙니다. 아, 이제 마지막이군요."

4분이 약간 안 되는 짧은 무대가 끝나갔다. 정민아가 손을 대지 않고 앞으로 한 바퀴 돌고 손으로 브이를 그리며 센터에 섰다. 다른 멤버들이 손을 반짝반짝 흔드는 것으로 무대는 끝이 났다.

"THANK YOU!!"

에일리 정의 윙크와 함께, 거대한 환호성이 터졌다. 다시한번 앵콜 요청이 터져 나왔지만 이현지는 무대를 끝내라는 신호를 보냈다. 강윤도 그녀를 제지하지 않았다.

에디오스가 차에 오른 후, 이현지와 강윤도 무대 정리를 마치고 차에 올랐다.

"회장님!!"

에디오스 멤버들은 강윤을 보며 화색을 띠었다. 오랜만에 보는 회장님이었다.

"다들 수고했어."

"우와, 진짜 회장님이 왔네."

숙소로 가는 내내 시끌시끌했다.

에디오스 멤버들은 궁금한 것이 많았는지 세무얼에 대해 여러 가지를 물었다.

세계 최고의 가수는 어떤 사람인지, 누구를 만났는지 등

등. 강윤이 입을 열 때마다 모두 귀를 쫑긋 세웠다.

"게스트 요청 건은 어떻게 됐나요?"

조용히 듣고 있던 이현지가 느닷없이 묻자 삽시간에 모두
가 침묵에 휩싸였다. 기대 어린 눈빛들이 한꺼번에 강윤에게
쏠렸다.

"게스트는 무슨."

"……에이."

하다못해 댄서라도 할 수 있었으면.

모두가 아쉬움에 틱틱거렸다.

"대신 좋은 선물이 있어."

"……뭔데요?"

"나중에 말해줄게."

"뭐야아."

기만죄로 도착할 때까지 강윤은 내내 시달려야 했다.

숙소에 도착하니 한밤중이었다. 저녁 먹을 시간은 지난 지
오래였다.

모두가 모여 간단히 술잔을 기울이기로 했다. 장소는 이현
지의 방. 간단하게 휴식을 취한 후, 그녀의 방에 모였다.

"하하하하하하!! 건배애!!"

에디오스 멤버들은 들떴다. 이현지도 모처럼 마음 놓고 술
잔을 기울였다. 익숙지 않은 현장 일을 마치고 강윤까지 만
나니 긴장이 풀려 버렸다. 거기에 에디오스의 미국행이 순항
중인 기쁨까지. 술맛이 좋았다.

"음냐아……."

술자리가 길어지자 하나둘씩 자리에 눕거나, 방으로 들어 갔다. 평소보다 많이 마신 이현지도 한껏 달아오른 얼굴로 방으로 들어가 버렸다.

"회장님은 안 드세요?"

조용히 캔 맥주를 홀짝이던 정민아는 게슴츠레 강윤을 쏘 아보았다. 다른 멤버들이 소주와 맥주를 섞어 마실 때, 맥주 만 고집한 보람이 있었다.

"천천히 마실게."

"여전히 재미없네."

"너도 여전해."

"누구 때문이죠."

정민아는 시크한 얼굴로 캔을 홀짝였다. 시원하게 넘어가 는 소리가 들려왔다. 강윤은 주먹을 말아 쥐곤 정민아의 머 리를 쥐어박았다.

"……아얏!! 아씨, 왜 안 때리나 했다."

"알면서 왜?"

"꼭 막혀가지고. 재미없어재미없어재미없어재미없어재미 없어재미없어재미없어!!"

평상시의 강윤 그대로였다. 정민아는 마구 투덜대며 혀를 빼꼼였다. 강윤은 웃음이 나왔다.

'민아랑 이러는 것도 오랜만이네.'

평상시와 다를 바 없는 모습. 안심이 되었다. 소속 가수이 기보다 여동생 같은 존재. 최근 일어난 일들로 조심스러웠는 데 이젠 다 괜찮아졌나 보다.

강윤의 생각을 아는지 모르는지 정민아는 퉁명스레 물었다.

"다들 자나 보네요."

"우리도 여기까지 할까?"

강윤이 일어나려고 할 때 정민아가 물끄러미 그를 바라보았다.

"……회저씨는 왜 이 일을 하게 됐어요?"

"회저씨는 뭐냐."

"회장 아저씨. 회저씨."

"……회접시도 아니고."

툴툴대는 강윤에게 정민아는 캔 하나를 까며 건넸다.

"아저씨는 질렸어."

"뭐라고?"

"혼잣말이에요. 무튼."

답을 재촉하는 정민아를 향해, 강윤은 한숨을 쉬며 말을 이어갔다.

"처음에는 먹고살 게 없어서 시작했지. 이거 하면 먹고살 수 있다니까."

"우등생이 교과서만 보고 공부했다는 말하고 똑같네요. 실격."

"뭐라는 거야."

강윤은 캔을 단번에 절반을 비워 버렸다. 쓴 기운에 살짝 얼굴을 일그러졌다.

과거로 돌아오기 전이 떠올랐다. 성공하던 매니저에서 실패에 실패를 거듭하던 프로듀서로 떨어지던 그 시절이. 동생

마저 책임지지 못하던 무능한 오빠의 모습까지 스쳐 갔다.

그의 얼굴에 쓸쓸함이 걸렸다.

"……아저씨?"

"……어?"

"갑자기 왜 그래요? 슬퍼 보이게."

강윤은 아차 싶었다. 금방이라도 울 듯한 얼굴로 정민아가 자신을 바라보고 있었다. 표정 관리를 못 했던 모양이었다. 강윤은 이내 웃음을 되찾았다.

"……아무튼 지금은 가수든 배우든 하고 싶은 걸 하게 해 주고 싶어."

"가수가 돈 안 되는 걸 부르겠다고 하면 어떻게 할 거예요?"

"타협해야겠지?"

"우기는 애도 많던데. 막 힘써서 협박하는 건 아니죠?"

"내가 너니."

강윤은 웃어버렸다. 하여간 정민아의 입담은 당할 도리가 없었다. 지금까지 어디서 실수했다는 말이 안 들려온 게 기적이었다.

이번엔 강윤 차례였다.

"그런 걸 묻는 이유가 뭐야?"

순식간에 훅 치고 들어왔지만, 정민아는 당황하는 기색 없이 씨익 웃었다.

"나 솔로 내고 싶어요."

솔로라니. 하기야, 그럴 때가 되기도 했다. 솔로곡이 크게 히트하기도 했고. 그룹 가수들에겐 홀로 노래하고 싶은 마음이 항상 있는 법이다.

"아잉, 네?"

정민아는 강윤에게 팔짱까지 끼며 아양까지 부렸다. 강윤은 피식 웃어버렸다.

"뭐, 내고 싶다면야……."

"히히히힛. 역시!!"

"생각해 둔 건 있어?"

"아주아주……."

"아주아주?"

"세에에에엑쉬이이이. 십구금으로다가 아무나 못 보…… 아얏!!"

딱콩!!

강윤은 정민아의 머리를 다시 한번 쥐어박았다.

"아, 진짜. 이 정도면 돈 되잖아요. 행사 많이 다니면."

"19금은 무슨. 섹시 컨셉도 에디오스 이미지 해치지 않는 선에서 생각해야지."

"하고 싶은 거 하게 해준다면서요?"

딱콩!!

강윤은 다시 한번 정민아를 쥐어박았다.

"아씨!!"

"하고 싶은 노래도 정도가 있지. 다른 애들은 어쩌려고? 알 만한 애가 그래? 네가 다 벗으면 다른 애들은? 사람들이 에디오스까지 벗으라고 요구하면?"

"자신 있으면 지들도 벗겠죠? 헤헷. 아얏!!"

들려오는 답이 가관이었다. 강윤은 이제 말로 할 생각이 없는지 주먹을 쥐었다.

정민아는 당황하여 양손을 흔들었다.

"그, 그래도 아깝잖아요. 이 넘쳐흐르는 섹시미를 계속 감추고 있는 건 전 지구적 낭비예요. 네?"

"그냥 낭비하자."

"아야야야얏!!"

술자리의 막바지는 꿀밤 세례였다. 덕분에 정민아는 술기운과 꿀밤 후유증을 동시에 앓아야 했고 강윤도 오른손이 지끈거리는 후유증에 시달려야 했다.

다음 날.

샤워를 마친 후 강윤이 식사를 위해 막 방을 나서려는 그때, 전화가 울렸다. 한국에서 온 전화였지만 모르는 번호였다.

"네, 이강윤입니다."

―…….

"여보세요."

―나, 원진표요.

원진문 회장의 아들, 원진표였다. MG엔터테인먼트의 사장. 생각지도 못한 전화에 강윤은 목소리를 가다듬었다.

"아, 네. 안녕하십니까."

―실례가 된 건 아닌지. 그쪽은 이른 아침이라…….

"아닙니다. 무슨 일이십니까?"

―그냥……. 나 같은 사람이 용건 있어서 전화할 이유는

없으니. 그냥…… 들으십쇼. 강윤 씨는 좋겠어요. 주변에 사람도 많고, 할 수 있는 일도 많고……. 이 무능한 나는 아무것도 없고. 하하하…….

횡설수설, 자조, 절망.

강윤은 등골이 싸해지는 것을 느꼈다. 느낌이 좋지 않았다.

"원 사장님, 한잔하셨습니까?"

─……조금. 하하하.

"원 사장님?"

─이젠 사장도 뭣도 아닙니다. 그런 거 다, 뒤진 지 오래지요. 후후.

강윤은 다급히 물었다.

"지금 어디십니까?"

─한강이지요. 한강. 내 친구, 한강. 저 아래에 하이얀 배가 지나가네요.

"원 사장님, 잠깐만요. 혼자 계십니까?"

─후후후. 요새 혼술이 대세라지요? 나도 그렇습니다.

휘이이잉.

바람 소리가 거셌다. 혹시라도 술기운에 극단적인 선택이라도 하지 않을까. 강윤은 핸드폰을 고쳐 잡으며 다급히 외쳤다.

"원 사장님, 제 말 잘 들으십시오. 실수는 누구나 할 수 있습니다."

─실수라. 실수 한 번에 회사가 사라지기요? 아버지가 어

떻게 키운 회사인데……. 난 안 되는 사람이었소.

"원 사장님은 최선을 다했습니다. 운이 없었을 뿐입니다. 운이……."

강윤은 필사적이었지만, 상대의 꼬인 목소리는 여전했다. 급기야 자괴감 어린 목소리마저 사그라지며 맹맹한 바람 소리만 들려왔다. 강윤은 10분이 넘도록 외쳤지만 빈 소리만 들려왔다.

"……살아만 있으면 다시 할 수 있습니다. 그러면……."

─이 회장님.

"네?"

침묵 끝에 술기운 섞인 목소리가 사라진 맑은소리가 들려왔다.

─당신과는 크게 상관없을 텐데. 왜 그렇게 필사적이요? 아버지 때문인가?

"그런 건 상관없습니다. 원 사장님 모습이 과거의 제 모습과 같기 때문입니다."

─하하, 무슨. 말도 안 되는…….

강윤은 잠시 심호흡을 했다. 상대에게도 깊은 숨소리가 들려왔다.

"사람들은 저를 성공만 아는 기획자로 알고 있겠죠. 하지만 저는 실패의 아이콘이었습니다. 하는 일마다 실패를 했었죠. 그 결과 사람들이 떠나갔고, 아무도 없이 홀로 남았습니다. 심지어 소중한 사람까지 잃어버렸죠. 무능력으로 모든 것을 잃은 아픔…… 누구보다도 잘 알고 있습니다."

─……무슨 말도 안 되는. 성공의 아이콘이.

"이대로 아버지도 안 보고 갈 겁니까?

─…….

필사적인 외침이 닿은 걸까. 반대편에서 긴 한숨 소리가 들려왔다.

강윤은 생각했다.

음악의 빛을 가진 채 과거로 돌아오지 않았다면?

아니, 그런 건 중요하지 않았다. 과거의 실패를 성공으로 바꿔가는 것에 집중했기에 지금의 자신이 있었다.

"……미련을 남기진 말아야죠. 저 역시 하나하나. 아주 작은 것부터 쌓아 나갔습니다. 그 결과가…… 지금의 저입니다."

─…….

한숨 소리마저 멎었다. 조용히 시간만이 흘러갈 뿐이었다. 강윤도 침묵으로 기다려 주었다.

뚜뚜──

통화가 끊겼다. 궁금했지만 강윤은 걸려온 번호로 다시 전화하지 않았다. 선택은 오롯이 개인의 몫. 최선의 선택을 했으리라 믿었다.

"배고파."

머리를 털어낸 후 강윤은 식당으로 향했다.

아침 식사를 마친 후, 강윤은 이현지와 함께 LA의 중심가에 있는 박람회장으로 출발했다.

운전대를 잡겠다는 강윤의 제안을 마다한 이현지는 액셀 러레이터를 거칠게 밟으며 투덜댔다.

"회장님, 의전에 신경 쓰셔야 하지 않을까요?"

"의전? 괜찮습…… 어어!!"

평소와 달리 이현지의 운전은 무척 거칠었다. 도로는 무척 한산했다. 강윤 옆에 앉은 정민아도 이리저리 흔들리는 몸을 바로잡으려 애썼다.

"어, 언니이이이!!"

"이사님, 너무 빠른 거 아닙…….."

"기분 탓이에요."

부우우웅!!

엔진 소리가 평소보다 배는 거칠었다. 이현지의 불만이 엔진 소리로 불거진 게 분명했다.

'회저씨!! 언니한테 잘못한 거 있어요?'

'없어.'

'그런데 언니가 저래요?!'

괴로움에 몸부림치며 정민아는 강윤의 귓가에 외쳤다. 이현지가 이유 없이 저런 심술을 부릴 리가 없었다.

오늘 일진, 매우 사나울 것으로 예상.

울고 싶었다.

"끼악!!"

멀미 직전의 정민아가 몸부림쳤지만 이현지의 화려한 코너링과 액셀질은 멈추지 않았다.

우여곡절 끝에 차는 박람회장 앞에 도착했다.

"······우엑."

도착하자마자 정민아는 도망치듯 내려 화장실로 뛰어가 버렸다. 강윤도 얼굴이 하얗게 질린 채 차에서 내렸다. 이현지는 아무렇지도 않은 얼굴로 내리며 강윤을 돌아보았다.

"계실 동안 회장님 기사는 내가 하죠."

"괘, 괜찮습니다."

"회사 돈도 아끼고 쓸데없는 기운 낭비도 줄이고. 일석 이조."

"······."

그놈의 의전이 뭔지. 단단히 작정한 것 같았다. 이럴 때 고집은 참 당할 재간이 없었다. 이를 위해 문 비서도 일부러 데려오지 않은 게 분명했다.

박람회장 안으로 들어서니 수많은 기업이 부스를 펼쳐 놓고 있었다.

[어서 오십시오. 입장권은······.]

[여기요.]

이현지는 미리 받은 초대장을 보여주었다. 저녁 파티까지 갈 수 있는 VIP 초대장이었다. 입구를 통과해 안으로 들어섰다. 안에는 다양한 기업이 여러 가지 기술, 제품을 시연해 놓고 있었다.

"우와아. 저거 액정 아니에요? 손목에 차는 거?"

정민아는 손목에 차서 쓰는 디스플레이에 빠졌는지 부스 앞을 떠나지 못했다. 직원도 정민아에게 제품을 보여주며 설명에 힘썼다. 필이 꽂힌 정민아는 바로 구입하겠다며 카드를 꺼냈지만 기업 간 거래만 가능하다는 답만 돌아왔다.

"힝, 하나만 팔지. 어? 저건 뭐예요?"

이내 손목 디스플레이를 잊어버린 그녀는 반짝이는 눈빛으로 로봇을 바라보았다. 검은 헬멧을 쓴 듯한 로봇이었다. 사람들의 명령에 따라 느릿하게 움직이는 로봇이었다.

정민아의 발걸음이 잠시 멈췄다.

"느려터진 게 꼭 릴리 같다. 오버하는 모습까지……."

느릿느릿한 움직임이 어디의 누구를 떠올리게 했다. 강윤은 로봇에 홀려 버린 정민아를 재촉했다.

"하 사장님."

"아, 이 회장님!!"

FINESTOK. 부스는 느릿느릿 로봇 부스의 옆에 있었다. 손님맞이에 분주하던 하세연 사장은 강윤을 보자 만면에 미소를 띠었다.

"오랜만이에요, 이 회장님. 잘 오셨어요."

"축하드립니다, 하 사장님."

하세연 사장은 한쪽으로 강윤 일행을 안내했다. 직원들을 위해 마련된 자리였다.

직원들이 커피를 내오자 그녀는 한껏 올라간 목소리로 팸플릿을 펼쳤다.

"초대받을 수 있었던 건 빅데이터 수집과 관리 기술 때문이에요."

강윤이 구매자라도 된 양 그녀는 열심히 기술들을 소개했다. 빅데이터 활용이 점점 대세가 될 것이라며, 파인스톡은 그 데이터 관리에 앞서가고 있다며 자랑스럽게 이야기했다.

오히려 매신저 관련 기술은 덤이었다.

"……이츠파인에서 적용되는 마니아 추천 듣기 같은 거군요."

"이츠파인 덕분이죠. 그때부터 빅데이터에 대한 기술을 축적하기 시작했거든요."

강윤이 고개를 끄덕이자 하세연 사장은 신이 나 설명을 이어갔다.

사람들의 연령대, 성별에 따른 곡 선호도, 장르 분석 등등. 다른 곳에서 시도하지 않은 것들을 이츠파인에서는 먼저 시도했다.

그 노하우들이 축적되어 지금 이곳에 올 수 있게 되었다. 단순 메신저 회사에서 더 큰 회사로 발돋움할 수 있는 계기가 된 것이다.

이현지까지 호기심을 드러내자 하세연 사장은 신이 나서 설명을 이어갔다.

커피가 식어갈 때쯤 강윤 일행은 자리에서 일어났다.

"저녁 파티에서 봬요."

하세연 사장의 배웅을 받으며 일행은 박람회장을 나섰다.

저녁 파티까지는 시간이 있었다. 이현지도 미국 지사 설립 때문에 만날 사람이 있다며 잠시 자리를 비웠다.

"민아야, 매니저 불러줄까?"

"아니요, 회저씨 따라갈래요."

정민아는 당연한 듯 강윤을 가리켰다. 아무래도 떨어질 생각이 없는 모양. 강윤도 예상한 듯 쓴웃음으로 일관했다.

"……가자."

"히히힛."

강윤과 정민아는 근처에 있는 작은 카페로 향했다. 대낮에도 은은한 조명이 묘한 분위기를 만들어내는 곳이었다.

은은한 조명 아래, 앤티크한 잔을 드니 묘한 분위기가 감돌았다. 마음이 가라앉는 듯했다. 들떠 있던 정민아도 차분해졌는지 커피를 마시며 눈을 감았다.

"완전 좋아. 아으."

……특유의 명랑함까지 감추진 못한 모양이었다.

강윤은 말없이 창가로 눈을 돌렸다. 조용한 거리만큼이나 사람들의 복장도 세련되고 기품이 있었다.

"정말 안 돼요?"

느닷없이 정민아가 내뱉었다. 강윤이 눈을 돌렸다.

"뭐가?"

"앨범이요."

강윤은 어이없는 웃음을 지었다.

"19금은 안 돼."

"정말로요?"

"에디오스 때문에요?"

"응."

"내가 에디오스 나가면요?"

딱콩.

정민아에게 꿀밤이 날아들었다.

"아씨!! 농담 아니거든요!!"

"말이 되는 소리를 해야지. 솔로 앨범 내겠다고 팀을 나가? 그게 팀 만든 사람 앞에서 할 소리야?"

"그게……."

정민아는 그제야 민망했는지 딴청을 피웠다. 강윤이 커피잔을 내려놓으며 물었다.

"지난번에는 비보잉이었잖아. 장기를 놔두고 왜 섹시 코드를 하려는 거야?"

"그냥, 딱 느낌이 왔어요."

근거로는 택도 없는 소리 같았지만, 강윤은 그녀 쪽으로 몸을 기울였다. 강윤이 자신의 말에 귀를 기울이는 기색을 보이자 정민아는 조금 진중하게 말을 이어갔다.

"듣고 웃지 마세요."

"말해봐."

"그제요. 씻다가 제 몸을 봤는데…… 너어어어무 예쁜 거예요."

강윤은 이마를 잡았다.

저걸 죽여 살려?

한 대 쥐어박아 버릴까 생각하다가 냉정하게 보니…… 틀린 말은 아니었다.

잘록한 허리하며 큰 키, 비율 좋게 쭉 뻗은 다리에 적당히 부푼 가슴, 예리하게 흐르는 턱선을 따라 호감 가는 얼굴까지. 하기야, 지금까지 에디오스의 센터 자리를 맡고 있었으니 할 말 다했다.

"······그래서?"

"어? 안······ 때려요?"

"더 들어보고."

의외라는 듯 정민아는 멀뚱거리다 말을 이어갔다.

"아무튼. 보면 볼수록 너어어무우 예쁜 거예요. 아, 내가 봐도 이렇게 예쁜데. 이걸 남들 앞에 선보이면 대박이겠다. 그런 생각이 들었어요. 그리고 나, 한 춤 하잖아요. 그때 삘이 딱!! 꽂혔어요."

"······어떻게?"

"이 정도 몸이면 가려도 조금만 흔들면 코피 딱, 쏟게 만들 수 있겠다. 히히."

강윤이 자리에서 일어났다. 정민아도 눈을 질끈 감았다.

뚜두둑.

손가락 마디마디에서 소리가 들려왔다.

"사, 살살······."

"괜찮네."

"네?"

정민아의 눈이 휘둥그레졌다. 눈을 떠보니 강윤은 이미 자리에 앉아 자신 쪽을 뚫어지게 바라보고 있었다. 이상하게 부끄러워져서 얼굴이 붉어졌다.

"계기는 불순하지만 나쁜 생각은 아니야."

"회, 아저씨."

"다 가린 19금 앨범. 풉. 말도 안 되는 발상인데 마음에 들어."

이쯤 되니 정민아가 멍해졌다. 사실 그녀도 자신의 생각이 말도 안 된다는 건 잘 알고 있었다. 진짜 목적은 다른 거였는데 이 사람은 엉뚱하게……

'난 아직 멀었어.'

이야기가 이상하게 전개되고 있었다. 정민아는 당황하기 시작했다.

"자, 잠깐만요. 이거 진짜……."

"……알았어. 해보자. 당분간 미국에 있을 거잖아."

"그, 그렇긴 한데요."

"나도 시간 내서 곡 만들어 볼게. 티켓팅도 끝나서 당분간은 괜찮을 거야."

일이 점점 커지고 있었다. 처음에 당황했던 정민아도 이내 포기했는지 고개를 도리질했다.

'에이, 어떻게든 되겠지!!'

어쨌든 솔로 앨범은 건졌으니까 이득이었다.

"회장님, 진짜 보호자 없으세요?"

분홍빛 간호사복의 여성은 링거를 꽂으며 걱정스레 초로의 노인을 바라보았다. 침대에 편안히 몸을 누인 노인은 책을 읽으며 웃을 뿐이었다.

"새삼스레 그런 걸 묻고 그러나."

"거, 걱정되니까 그러죠."

"왜? 자네가 내 보호자 하려고?"

"데뷔시켜 주시면 생각해 볼게요."

"하하하. 지금은 안 돼. 선이 너무 안 예뻐."

"아, 진짜아!!"

불행히도 간호사의 몸 선이 앞뒤로 부했다. 그녀에게 기분 나쁜 기색은 없었다. 링거를 모두 놓고 자리를 정리하며 간호사는 걱정스럽게 노인을 다시 바라보았다.

"회장님, 저번에도 말씀드렸지만 준비를……."

"허허. 걱정 말라니까. 올 때도 혼잔데 갈 때 혼자 가면 어쩌려고."

"그래도……."

"허허. 이 사람 참."

몇 번이나 간호사가 타일렀지만 노인은 막무가내였다. 나이가 들면 노인의 고집은 더욱 완고해진다는데, 딱 그 짝이었다.

간호사가 나간 후, 노인은 자리에 누웠다. 이상하게 책에 집중이 안 됐다. 결국 핸드폰을 들었다. 지난번, 주아가 신청해 준 최신 스마트폰이었다.

[연습생 술 접대, 도마 위에 오르나?(코엘엔터 연중엄 기자)]

연예 기획사 대표 A씨가 미성년자 연습생을 협박해 술 접대에 나서게 해서 물의를 빚고 있다.

서울지방경찰청은 서울의 한 연예 기획사 대표 A(35)씨가 회사 소속 연습생 L양을 협박, 술 접대에 나서게 하고 상습적으로 성폭……(중략)…….

이 같은 소식에 원로 연예인 고명호 씨는 "어린 연습생들의 소중한 꿈을 짓밟는 행위는 절대 일어나면 안 된다. 발 빠른 조치가 필요하다"며 각 소속사가 나서줄 것을 요구했고, 제작사협회나 음반산업협회도 "이런 악한 행위는 반드시 근절해야 한다"며 강한 유감을 표명했다. 또한 연습생들의 권리를 위한 협회를 조직하자는 움직임도 일고 있다.

하지만 실질적으로 연습생들에 대한 처우 개선은 어렵다는 게 일선 관계자들의 의견이다.

거대 기획사 지예나, 구라클, 버켓미리, 월드 등이 나서야 실질적인 처우 개선이 이루어진다며 모든 관계자가 의견을 모았다.

이름을 밝히지 않은 모 매니저는 MG와 예랑이 합병된 이후, 연습생들이 대량으로 해고된 이후 연습생 처우 문제가 심각해졌다며 앞으로 이 문제는 더욱 심화될 것이라며……(중략)…….

―모처럼 제대로 된 기사.

―연습생들 불쌍하다. 처우 개선 좀…….

―말만 하지 말고 기회를 주십쇼. 기회를!!

―보고 있나, 대기업들?

"애들 눈에서 눈물 나게 하면 피눈물 흘릴 텐데. 쯧쯧."

눈이 침침해졌다. 핸드폰을 놓고 잠시 눈을 감으려는데 똑똑 문 두드리는 소리가 났다. 간호사일까?

"들어오게."

문을 열고 들어선 이는 간호사가 아니었다. 정복을 입은 남성이었다. 노인의 눈매가 굳어갔다. 지금껏 단 한 번도 이곳에 온 적 없던 이. 아들 원진표였다.

"⋯⋯이리 와라."

쭈뼛대며 입구에서 망설이는 아들에게 노인은 손짓했다. 원진표는 망설이는가 싶더니 한 발, 한 발 노인에게 다가갔다.

건조하면서 투박한 말투는 여전했지만 힘이 없었다. 손짓조차 허약했다.

원진표가 천천히, 침대 곁에 섰다.

아들을 보는 노인의 눈가에 회한이 어렸다. 손을 거세게 들었다. 원진표는 눈을 질끈 감았다.

이제 원망이 날아들겠지.

각오는 되었다.

"늦었구나."

토닥토닥.

예상 밖이었다. 힘없는 노인의 손이 그의 등을 다독였다.

"⋯⋯아, 아버지."

"⋯⋯보고 싶었다."

원진표는 차마 고개를 들지 못했다.

그림은 도저히 자신의 길이 아니라고 여겼다. 늦은 나이, 경영을 하고 싶었지만 아버지가 반대했다.

마침 아버지가 병으로 쓰러졌다. 그런 아버지를 병원으로 밀어낸 후, 회사로 들어왔다.

문제는 무능이었다. 이후 이사들에게 휘둘리는 꼭두각시

가 되어버렸다. 아버지의 전부인 회사까지 날려 버렸다.

부끄러움에 고개를 들 수 없었다. 눈물이 앞을 가렸다.

노인, 원진문 회장은 아들의 등을 조용히 다독일 뿐이었다.

"……죄송, 죄송합니다."

"기다렸잖냐."

그 말이 기폭제였다. 원진표의 눈에서 눈물샘이 마르지 않았다. 부끄러움과 안도감, 슬픔 등등. 수많은 감정이 소용돌이쳤다.

모든 걸 다 잃어도 아버지는…….

눈물이 번진 눈을 들어 보니 아버지는 이미 많이 늙어 있었다. 주름진 손은 말라 버린 지 오래였다. 그러나 미소만큼은 최고였다.

"아버지, 회사는……."

"됐다. 아가는?"

"밖에서 기다리고 있습니다."

"어여 오라 하지 않고."

"네, 네……."

전화를 든 지 얼마 지나지 않아, 한 여성과 함께 초등학생 남녀가 조심스럽게 병실에 들어섰다.

원진문 회장의 만면에 밝은 미소가 어렸다. 지금껏 짓지 않았던, 화사한 미소였다.

"어이구, 우리 예쁜 녀석들. 잘 있었는가?"

"할아버지~!!"

손자, 손녀의 재롱에 원진문 회장의 눈가는 짙은 호선을 그랬다. 실로 수년 만에 오는 행복이었다.

　그로부터 몇 달 후.
　원진문 회장의 부음 소식이 매니지먼트 업계를 강타한다
는 걸 그때는 아무도 몰랐다.

미래산업 박람회의 절정은 저녁 파티였다.
　업계 관계자들은 물론, 비관계자들까지 한데 어우러져 친
목을 다지며 인연을 만드는 시간이었다.
　제아무리 고위 관료라고 해도, 대기업 회장이라고 해도 초
대장이 없으면 이곳에 들어올 수 없었다.
　그런 파티장의 한복판에 강윤이 있었다. 양쪽의 꽃, 드레
스를 입은 이현지, 정민아와 함께.
　[처음 뵙겠습니다. 성함이…….]
　[하하하. 여기.]
　강윤은 명함을 주고받으며 사람들과 인사를 주고받았다.
이현지도 강윤과 따로 떨어져 인맥을 쌓는 데 열을 올렸다.
정민아도 자신을 알아본 팬들과 뜻밖의 미팅에 정신이 없
었다.
　한 팀을 보내고 잠시 쉬고 있는데, 뒤에서 그를 부르는 소
리가 들려왔다.
　[이거, 귀한 얼굴을 보는군요.]

돌아보니 어디선가 본 백인 남성이 손을 흔들고 있었다. 흰 눈썹에 큰 키. 반갑지 않은 얼굴이었다. 강윤의 표정이 굳어갔다.

[리처드?]

[오, 날 기억하는군요. 서운할 뻔했어요.]

호탕하게 큰 입가를 양옆으로 찢는 남성, 헤지펀드 에릭튼 캐피탈의 리처드 트락손이었다. MG엔터테인먼트를 뒤에서 주물럭대며 민진서와 주아까지 밖으로 나가게 만든 장본인.

반갑지 않은 인연이었지만 강윤은 손을 내밀었다.

[이곳에서 만날 줄은 몰랐습니다.]

[하기야, 나도 그렇습니다. 아니죠. 이츠파인이 있으니…… 생각은 했습니다. 만나고 싶었어요.]

웃는 낯에 침을 뱉기는 힘들었다. 만면에 미소 짓는 리처드와 달리 강윤은 웃는 것조차 쉽지 않았다. 예의를 잃지 않는 게 최선이었다. 마침 다른 사람들과 인사를 마친 이현지가 다가왔다.

[당신은…….]

[오, 레이디. 반갑습니다. 현지 이사, 많이 들었습니다. 이제야 만나게 되는군요.]

[그렇게 반갑지는 않네요.]

이현지는 리처드가 내민 손을 잡지도 않았다. 무례했지만 리처드는 개의치 않고 껄껄 웃음을 터뜨렸다.

[회장님, 이런 귀한 자리에서 시간을 낭비할 필요는 없어요.]

[이사님, 괜찮습니다.]

반갑지 않기는 강윤도 마찬가지였지만 기본적인 것은 지켜야 했다.

심한 말을 들었지만, 리처드는 여유로웠다.

[한국에서 여러모로 신세 졌으니…… 할 말은 없어요.]

[다시 보지 말아야 할 인연끼리 여기까지 하죠.]

[이사님.]

강윤은 다시 한번 그녀를 제지했다. 주아나 민진서를 생각하면…….

이현지는 이글거리는 눈을 간신히 가라앉히고는 다른 곳으로 가버렸다.

[미안합니다.]

[서로 그럴 만하지요. 이해합니다.]

[이쯤에서 용건만 간단히 했으면 합니다. 과거는 과거지만, 오래 마주하기엔 서로에게 힘들 테니까요.]

리처드의 눈가 주름이 깊이 파이며 입가엔 쓴 미소가 어렸다. 월드와 얽혔던 악연을 생각하면 이현지의 반응에도 할 말은 없었다.

[고해성사나 할까 해서지요. 들어주겠습니까?]

[말씀하십시오.]

[난 사실, 강윤 씨를 좋아했습니다.]

[…….]

헛소리로 들렸지만 강윤은 조용히 귀를 기울였다.

[모든 직원이 기뻐하며 다니는 회사, 연예인들은 진심으로 하고 싶은 걸 하는 기획사. 사실, 그런 회사를 망쳐 놓는 게 미안했습니

다. 내 일이었지만 부러웠고, 미안했어요.]

[…….]

강윤에게도 쓰디쓴 미소가 어렸다. 혹여나 거짓일까, 눈빛을 바라봤지만 리처드는 당당했다.

[앞으로 우리가 만날지는 모르겠지만…… 다음에는 파트너로 만나길 기대해 봅니다.]

[그럴 수 있다면. 알겠습니다.]

강윤은 손을 내밀었다. 리처드는 굳게 그의 손을 맞잡았다.

[역시, 강윤 씨는 다른 사람입니다.]

[네?]

[후후, 아닙니다. 상으로 내가 좋은 걸 알려주죠.]

강윤이 고개를 갸웃할 때 리처드가 귓가에 조용히 속삭였다. 썩 좋은 그림은 아니었지만 강윤의 눈은 휘둥그레졌다.

[지예로 막대한 자금이 흘러들어 가고 있습니다. 중국의 거부들 사이에 이런 말이 돌고 있어요. 지예를 이용해서 월드를…….]

[……설마.]

[후후. 뒷말은 상상에 맡기죠. 아, 월드는 상장을 하지 않았죠? 그런데도 한국 제1의 종합엔터테인먼트 회사로 불리는 건 대단한 겁니다. 그런데 지킬 수 있겠어요? 돈은 무서운 겁니다.]

리처드는 만면에 미소를 지으며 강윤에게서 멀어졌다. 멀어져 가며 그는 강윤을 향해 손을 흔들었다.

'지예가 자금을 모으는 이유가…… 월드 때문이었나?'

강윤의 얼굴이 굳어갔다. 이제까지와는 다른 형태의 전쟁을 준비해야 했기에.

　-Day- Day- Move- Ooo--
　쿵, 쾅. 두둥.
　하나, 둘, 세 번째 박자에서 강한 비트의 음이 터져 나왔다. 8명의 연습생이 동시에 점프를 하며 오른팔을 앞으로 쭉 뻗었다.
　-Heat the show R.
　2년 전 발매 된 영국 여가수의 밀리언셀러. 강한 비트만큼이나 격렬한 안무로 특히나 사랑받은 곡이었다.
　포인트는 힘, 힘이었다. 이 노래를 부른 가수 디오네는 이 안무를 위해 근력 운동까지 따로 했다는 후일담까지 있었다.
　"학, 학!! 모, 못 하겠어요!!"
　양채영은 다리를 팔자로 벌리며 굴렀다.
　"약해!!"
　이내 안무가 이혁찬의 불호령이 떨어졌다. 불호령에 반응할 여유 따윈 없었다. 허리를 흔들며 머리를 뒤로 쓸어 넘기는 동작도 버거웠다.
　"……."
　옆의 양채영은 답할 여유조차 없었다. 그녀도 힘이 없긴 마찬가지. 입술이 하얘지도록 꾹 다문 채 박자나 맞추는 게 고작이었다.

뒷열의 중국 멤버, 차오와 루리도 숨을 몰아쉬며 간신히 쫓아가는 중이었고, 일본 멤버들은 이미 박자를 놓친 지 오래였다.

"……한심해."

맨 앞 센터에 선 정유리는 뒷열의 언니들을 고깝게 흘겼다. 그녀의 안무에는 힘이 넘쳤다. 이혁찬 안무가도 그녀만은 지적할 게 없었는지 눈짓만 슬쩍 하고는 바로 뒤쪽으로 시선을 돌렸다.

'아, 솔로 하고 싶다.'

누구보다도 자신 있었다. 노래야 기술로 다 뭉개면 그만이다.

"이시이!! 턴, 턴!! 유이한테 맞춰야지!! 채영이, 다영이는 앞에 유리 보고!! 차오, 카메라에서 눈 떼."

정유리 앞에서 함께 안무를 추던 이혁찬 트레이너는 성난 소리로 외쳤다. 연습생들 앞에 설치된 카메라는 붉은빛을 쏘아냈다. 모니터링 겸 AHF의 방송을 위한 촬영이었다.

카메라 뒤. 입구에서는 세 남녀가 심각한 얼굴로 의견을 주고받는 중이었다.

"……경쟁을 시키자, 이 말인가요?"

진혜리는 안색을 굳혔다. 팀 엔티엔 담당자이자 스카우터 2팀의 책임자로서 듣기 좋은 발언이 아니었다. 경쟁이라는 말을 언급한 맞은편의 남성, 책임 PD 강영하는 꿋꿋하게 말을 이어갔다.

"월드의 정책과 맞지 않는다는 건 이미 알고 있습니다. 한

번 받아들이면 끝까지 책임진다는 원칙에 어긋나는 게 아니에요. 이번에 떨어지면 다음에 데뷔시키면 됩니다."

"탈락한 연습생들의 이미지 추락은 어떻게 하죠? 첫인상을 지우는 데는 오랜 시간이 걸리는 법이에요. 가혹한 경쟁에서 이기든, 지든. 우리는 후폭풍을 감내해야 해요."

"그러면 대책이라도 있습니까?"

"저희는 최대한 협조하겠다고 말씀드렸어요."

진혜리나 강영하 PD나 서로 한 발자국도 물러나지 않았다.

"하, 진짜……."

진혜리는 머리를 거칠게 쓸어 넘겼다. 강윤과 함께 중국, 일본, 한국 3국을 돌아다니며 직접 데려온 아이들이다. 배 아파 낳은 자식이나 다름없었다. 단순히 방송을 위해 경쟁을 붙인다는 건 상상도 할 수 없었다.

이영지 작가가 말했다.

"진 책임님, 서로 좋은 결과를 내기 위해서예요. 경쟁이 반드시 나쁜 결과만을 불러오지는 않아요. 지금 저 아이들을 보세요. 저 어린아이만 빼면 발전의 기미가 안 보이잖아요?"

"……."

"경쟁 구도를 형성한다면 발전하는 기회가 될 수도 있어요. 생존이 걸리면 사람은 없던 힘도 활용하는 법이니까."

나긋나긋한 어조에도 진혜리는 고개를 흔들었다.

"월드의 방향과는…… 맞지 않아요. 받아들일 수 없어요."

"그렇다면 대안을 주세요. 지금 상태로는 좋은 대본을 쓸

수가 없어요.”

“…….”

이영지 작가가 직구를 날렸다. 진혜리도 난감했다. 프로그램 제작을 엎어버릴 수도 없고.

머리를 식혔는지 강영하 PD가 가라앉은 어조로 말했다.

“지금 이대로는 뻔한 방송을 만들 수밖에 없습니다. 연습생들 패턴이 숙소, 학교, 연습실을 반복하니까요.”

“연습생이라면 어쩔 수 없어요. 연습을 해야…….”

“사람들이 그렇게 생각할까요? 힘든 시간 속에서도 갈등, 로맨틱한 일이 일어날 건더기는 있어야죠. 월드는 그런 게 하나도 없어요.”

아이러니했다. 연습에 집중하기 위한 시스템 때문에 방송을 제작할 수 없다는 게. 진혜리가 가수들이 동원된다면 어떠냐고 물었지만 단타에 그칠 거라고, 두 사람은 선을 그었다.

진혜리는 생각했다. 그녀도 사실 방송의 중요성은 인지하고 있었다. 팀 엔티엔은 이번에 제작하는 방송을 통해 홍보를 하겠다고 전략을 수립했다. 그들의 말도 일리가 있었다.

“……일단 회장님께 이야기해 볼게요.”

진혜리가 한발 물러나자 두 사람도 수긍했다.

“알겠습니다. 기다리죠. 좋은 답이 전해졌으면 좋겠네요.”

“촬영은 계속하실 건가요?”

“일단은요. 영상은 많을수록 좋으니까요.”

강영하 PD는 구슬땀을 흘리는 연습생들에게로 눈을 돌렸다. 안무가의 고성에 따라 힘겹게 동작을 맞춰가는 연습생들이 눈에 들어왔다.

"⋯⋯진짜 연습 강도 세네. 다른 데도 그래?"

"이 정도는 아닐걸요? 월드는 참 유별나네요."

이영지 작가도 질렸는지 몸서리를 쳤다. 이미 바닥은 연습생들이 흘린 땀으로 흥건하게 물들어 있었다.

미래산업 박람회 주관 파티는 성황리에 막을 내렸다.

강윤과 이현지는 다양한 사람을 만나며 명함을 주고받았다. 구두에 불과했지만 목소리 사용 계약도 체결하는 등 소기의 성과도 거두었다.

악연과도 재회했다. 리처드 트락손. 헤지펀드 에릭튼 캐피탈의 아시아 지부장과의 만남이었다. 그가 한 이야기는 많은 생각을 하게 만들었다.

늦은 밤, 한산한 도로 위를 달리는 차 안. 가로등의 은은한 불빛과 재즈가 분위기를 더해갔다.

분위기가 마음에 안 든 탓일까. 운전대를 잡은 이현지는 가라앉은 눈빛은 착 가라앉아 있었다.

"⋯⋯중국의 막강한 자금력이 지예로 흘러갔다라."

창틀에 팔을 기댄 강윤의 눈매도 날이 서 있었다.

"⋯⋯왜 저래들."

파티도 즐기고, 밤의 재즈까지. 최고의 기분이던 정민아는 앞 좌석의 두 사람이 아리송했다. 애꿎은 핸드폰만 만지

작댔다.

이현지 쪽으로 시선을 돌린 강윤은 짧게 한숨을 쉬었다.

"지예의 단독 대표 취임에, 자금 유입. 강시명 사장의 수완도 대단합니다."

"쫌생이겠죠."

"픕."

이현지의 뜬금없는 발언에 강윤은 실소를 뿜었다. 그녀는 아무렇지 않은 듯 핸들을 틀었다.

"개인적으로는 그 사람을 믿고 돈을 맡기는 사람들이 어떻게 된 것 같아요."

"이사님."

"틀린 말은 아니죠. 소속 연예인들은 쥐어짜고, 연습생들은 마음대로 내보내고. 그런 사람이 성공한다? 난 인정할 수 없어요."

핸드폰을 만지작대던 정민아가 끼어들었다.

"그 덩치만 무식하게 큰 아저씨 말이죠? 윙클 애들도 엄청 씹고 다녀요. 들어보니까 안 씹는 사람이 없대요. 직원들도 장난 아니고……."

"그런 말은 어디에서 들었어?"

"대기실이죠. 윙클 애들 입 막 놀리잖아요."

각종 소문의 온상지가 대기실이었다.

신호에 걸려 차를 멈추고, 이현지가 말했다.

"하긴, 예랑 시절부터 강시명 그 사람, 악명이 높았죠. 신인들은 일주일에 1시간 자는 게 기적이라고 했었죠."

강윤은 턱에 손을 올렸다.

"씁쓸하군요. 도움이 되는 스케줄과 아닌 스케줄만 구별해도 그렇게까지 무리하진 않을 텐데."

"돈만 되면 뭐든지 하는 사람이니까요. 생각해 보니까 그 사람이 회장님을 싫어하는 건 당연하겠네요. 그렇게 그 위치에 올라간 사람이, 가수들이 원하는 것 다 하게 해주면서 회장 된 사람이 좋게 보이겠어요?"

"이 이야기는 이 정도만 하지요, 이사님."

"네, 회장님."

"혹시 리처드가 거짓 정보를 줬을 가능성도 있을까요?"

이현지는 단호하게 고개를 흔들었다.

"리처드가 거짓 정보를 줘서 얻을 이익이 있다면 생각을 해봐야겠죠. 그 사람이 어떤 사람인지 생각해 보면 정보는 진짜일 가능성이 높아요. 우리가 스타타워를 인수한 이후, 그는 순순히 건물을 비워줬었죠. 아주 깔끔하게."

"그랬었죠. 솔직히 놀랐습니다."

"치사하긴 했지만, 승복할 줄 아는 사람이에요. 굳이 긁어서 부스럼을 만들 이유는 없을 거라고 생각해요."

강윤도 동의했다.

"그렇다면 중국과 지예 쪽에 촉을 세워야겠군요."

"콘서트 마무리되면 바로 오세요. 당분간 이런 장기 스케줄은 잡지 마시고요."

강윤은 짧게 한숨을 내쉬었다.

생각해 보면 지예는 언제나 월드와 반대되는 길을 걸었다.

AHF 방송국과 협약을 맺은 후, 공중파 방송에서 하차하게 되었을 때, 월드 연예인들의 빈자리를 메운 것부터 월드와 반대되는 행보들 등등.

속도를 높이며 이현지가 말했다.

"제가 지예라면 우리를 내부부터 갈라놓으려 할 거예요."

"내부라. 자금을 이용한 스카우트를 말하는 거지요?"

"네, 우리는 위약금이 생각보다 큰 편이 아니니까요. 이제부터는 가수들 단속을 철저히 해야겠어요. 그럴 일은 없겠지만 한 명이라도 넘어가면 다른 사람들도 모조리 흔들리게 될 거예요."

강윤의 얼굴이 굳어갔다. 개인의 의사는 최대한 존중하지만, 회사 존립이 흔들린다면…….

생각이 복잡해졌다.

"전 안 가요."

"민아야."

뜬금없이 뒤에서 목소리가 들려왔다. 강윤이 돌아보니 정민아가 핸드폰에 눈을 둔 채 입을 움직이고 있었다.

"1조 원 이상 주면 생각만 해볼게요."

"너, 1조가 얼마나 되는 돈인지는 알고 하는 소리니?"

"우리 스튜디오도 살 수 있잖아요. 왜요? 내가 모를까 봐?"

빈말이라도 고마웠다. 강윤은 마음이 따뜻해지는 걸 느꼈다. 정민아는 어깨를 펴며 '엣헴' 소리를 냈다.

1시간을 달려 일행은 숙소에 도착했다. 주차를 하고 막 문을 잡으려는데 문이 벌컥 열렸다.

"한유야."

문 뒤에 하늘거리는 원피스 차림의 서한유가 있었다. 뭔가에 동요한 기색이 역력한.

"회장님, 소, 손님 왔어요."

"손님?"

강윤은 의아했다. 이미 한밤중이었다. 손님이라니. 서한유를 따라 서둘러 로비로 향했다.

"오오. 그래서, 그래서요?"

로비에 들어서니 여자들의 높아진 톤이 들려왔다. 로비 소파에 에디오스 멤버들이 꺄르르 웃고 있었고, 웬 야구모자를 쓴 남자가 다리를 꼬고 여유롭게 앉아 있었다.

"이거, 너무 날로 먹으려고 하네?"

"아잉, 해주세요. 네?"

대체 왜 그런 걸까. 에일리 정은 애교까지 보이고 있었다. 강윤은 당혹스러웠다. 에일리 정이 팀 내에서는 띨한 걸로 통하지만 팀 밖에서는 전혀 그렇지 않다. 회장이 나서기 전, 정민아가 튀어 나갔다.

"릴리, 뭐 하냐?"

"민아야, 어? 우와. 옷!!"

정민아의 드레스가 마음에 들었는지 에일리 정의 눈이 반짝였다. 가슴골과 오른쪽 다리 라인이 여실히 드러나는 드레스는 정민아를 한층 돋보이게 했다. 문제는 다른 멤버였다. 감탄보다 서로 입어보겠다며 손을 뻗었다.

"내놔. 혼자만 예쁜 옷 입기야?"

"저, 저리 가아!!"

마수에 쫓겨 정민아가 방으로 올라가 버렸다. 에디오스 멤버들도 드레스 입어보겠다며 썰물같이 빠져 버렸다. 졸지에 로비에는 세 사람만 남았다. 환호하던 관객들이 사라졌지만 남자는 아쉬운 기색이 없었다.

"정말 만나기 힘들군요. 오래 기다렸습니다. 하긴, 회장님 인데."

"실례지만 누구신지?"

"아, 이미 알고 계신 줄 알았는데……. 나도 참. 아직 멀었 네요. 하경락이라고 합니다."

"아."

강윤은 보고서에서 본 얼굴을 떠올렸다. 인문희의 데뷔 프로그램 제작 책임자, 하경락 PD였다. 이현지와도 인사를 나눈 후, 하경락 PD와 강윤은 로비의 소파에 함께 앉았다.

"먼 곳까지 직접 오실 줄은 생각도 못 했습니다."

"제가 좀 그렇습니다. 언젠가는 꼭 만나보고 싶었거든요."

하경락 PD는 지나칠 만큼 솔직했다. 비틀어 쓴 야구모자 에는 '나 특이함'이라고 쓰여 있는 듯했다.

이현지는 말도 섞고 싶지 않은지 잠시 머물다가 옷이 불편 하다며 올라가 버렸다.

"커피 한잔하시겠습니까?"

"커피보다, 이 시간엔 술. 술이죠."

강윤은 로비에 술과 안주를 주문했다.

"여긴 좀 그러니 제 방으로 가죠. 숙소는 잡으셨습니까?"

"아니요. 신세 질 생각으로 왔습니다."

그는 매우 당당했다. 어처구니없었지만 강윤은 담담했다.

"괜찮으시다면 올라가시죠."

"오오, 역시. 다른 사장님들처럼 척이 없어서 좋습니다."

"하하……."

강윤은 어색하게 웃으며 그와 함께 방으로 향했다. 다양한 괴짜를 만나봤지만 이런 종류의 괴짜는 또 처음이었다. 민폐 괴짜랄까.

방에 들어간 후, 룸서비스가 들어왔다. 맥주와 간단한 안 줏거리를 세팅한 후 두 사람은 캔을 부딪쳤다.

"크으. 그래!! 이 맛이지. 회장님!! 캬아!! 바로 이 맛 아닙니까?!"

"좋군요."

"캬아!!"

경박했다. 개성이랍시고 비틀어 쓴 야구모자는 경박함을 한층 더하는 듯했다. 목소리조차 가벼웠다. 이야기까지.

"미국에 도착해서 월드에 전화를 했죠. 분명 월드에 전화를 했는데, 직원들 누구도 회장님이 어디에 있는지 모른다는 것 아닙니까?"

"그랬습니까."

어느 직원이 회장 소재를 알고 있을까. 알아도 함부로 말한다는 것도 웃기는 일. 이 일이 하경락 PD를 짜증 나게 한 모양이었다.

"약속이 잡혀 있지 않으면 안 된다고. 회장님 소재는 절대-애 가르쳐 줄 수 없다며……. 가수 유리 때문에 만나야 한다고 그렇게 강조했는데……. 그 누구죠? 문 비서? 그 사람까지 입을 안 여네요. 결국 부사장님께 연락해서 공문까지 보냈습니다. 무슨 그렇게 꽉 막힌 여자가……."

"저희가 일하는 방식이 그렇습니다. 직원 잘못이 아닙니다."

"크, 직원의 잘못도 감싸주는 센스!!"

돌려서 네 잘못이라고 지적했지만 하경락 PD는 웃음을 연발했다.

'알 수 없는 사람이군.'

캔 맥주를 홀짝이며 강윤은 탐색에 들어갔다. PD에게 가장 필요한 것 중 하나가 인간 관계 형성을 위한 덕이다. 혼자 똑똑해 봐야 그걸 구현하는 사람들을 모을 덕이 없으면 다 소용없다.

알기 힘들 땐, 대화가 답이다.

"하 PD님은, 섭외는 어떻게 하십니까?"

"섭외요? 섭외 중요하죠."

강윤이 치고 들어오자 하경락 PD는 벌게진 눈을 게슴츠레 떴다. 짧은 시간에 술을 얼마나 마셨는지 사방에 캔들이 널려 있었다.

"소문이 자자합니다. 하 PD님은 새로운 기획과 예능에서 볼 수 없던 연예인들을 내세워서 항상 성공해 왔다고……. 그래서 궁금했습니다."

"너무 거저먹는 건 아닌지?"

"이거면 될까요?"

강윤은 여유롭게 캔 맥주를 흔들었고, 하경락 PD는 벌건 눈으로 웃으며 캔 맥주를 부딪쳤다. 꿀꺽꿀꺽 소리가 방 안을 시원하게 메워갔다. 하경락 PD의 게슴츠레한 눈이 가느다래졌다.

"제작이란 결혼이죠. 기획이라는 집에, 예쁜 마누라. 어울리는 섭외가 뒤따라야 하죠. 그 가정을 보며 사람들은 웃고 울며, 때로는 화를 내니까요. 새로운 집에는 새로운 여자를 들인다. 이게 제 섭외의 원칙입니다."

"신선한 기획, 뉴페이스. 아쉽네요. 좀 더 알아갈 수 있을 줄 알았는데."

"알아가는 건 차차 해도 늦지 않아요. 그래서 말인데……."

하경락 PD의 눈매가 올라갔다.

"전 가수 유리, 인문희가 마음에 들지 않습니다."

갑작스럽게 뭔가가 훅 들어왔다. 당혹감에 강윤은 캔 맥주를 내려놓았다.

"……이유를 물어도 되겠습니까?"

마른오징어를 질겅이며 하경락 PD는 아무렇지도 않은 듯 이야기했다.

"시시한 이유입니다. 필이 안 와요."

"가장 심각한 이유군요."

설명할 수 없는, 가장 중요한 결격 사유였다. 마른오징어 한 조각을 이리저리 꼬며 하경락 PD는 안면을 가볍게 구겼다.

"그런 얼굴 하지 마세요. 제작을 안 한다는 말은 아니니까요. 재호 형님 때문에라도 그건 힘듭니다."

"의문이군요."

"어떤 의문이죠? 졸작에 대한? 내가 여기에 온 이유에 대한?"

하경락 PD는 불거진 눈으로 호선을 그렸다. 마른오징어 조각이 기묘하게 꼬여갔다.

"하 PD님이 굳이 제작을 하지 않아도 되잖습니까."

분위기가 싸해졌다.

네게는 맡기지 않겠다.

강윤이 스크래치를 내버렸으니까. 하경락 PD의 눈에서 불꽃이 튀었고 강윤도 피하지 않았다. 스파크가 튀기 시작했다.

"……뭐, 깔끔하네요. 회장님이 엎었다면 부사장님도 할 말 없을 테니까."

도발적으로 말끝을 끌어올리며 하경락 PD는 얼굴을 붉혔다. 저 회장이라는 사람이 자존심을 건드렸다.

당신이 아니어도 된다? 어디에서도 이따위 소리는 들어본 적도 없었다.

"최고의 PD님이 월드 때문에 인생 최고의 졸작을 만들 것 같다는데. 그렇게 만들 순 없죠."

"……그런 배려라면, 감사하게 받죠. 볼일도 끝난 것 같고. 전 이만 손 털겠습니다."

도발이 역효과가 난 것일까. 하경락 PD는 자리를 박차고 일어나 버렸다. 최악의 경우, 제작이 한참 미뤄질 수도 있는 상황까지 치달았지만 강윤은 여유롭게 캔 맥주를 흔들었다.

그 모습에 배알이 뒤틀렸는지 하경락 PD는 뛰쳐나가려던 발걸음을 멈췄다. 한마디 쏘아붙이지 않고는 견딜 수 없었다.

"······기왕 이렇게 된 거, 솔직히 말하죠. 해괴한 기획대로 방송해 봐야······ 망조밖에 안 낄 겁니다."

"그렇습니까? 왜 그렇게 생각하십니까?"

"생각할 것도 없죠. 볼 사람보다 만드는 사람을 더 고려한 방송이 먹히는 게 이상하지."

하경락 PD는 강윤을 격동시키려고 전투적으로 쏘아붙였지만 강윤은 차분했다. 무슨 말이든 다 들어줄 것 같은 모습에 하경락 PD는 눈살이 찌푸려졌다.

'무슨 꿍꿍이야?'

궁금해지기도 했지만 하경락 PD에겐 치밀어 오르는 불길이 먼저였다. 당연히 있는 대로 쏘아붙였다.

"앨범 내는 과정을 예능으로 푼다? 이건 신비감이 있어야 통하는 기획인데······. 이젠 너무 많은 사람이 알고 있죠. 재미도 없고, 공감도 없는 방송이 될 겁니다. 아, 월드야 팬이 많으니까 그걸 믿고 이런 기획을 한 걸지도 모르겠네요."

"팬분들이라면 그럴 수 있겠군요."

"뭐, 이전부터 그런 류의 기획들은 종종 있었으니까······. 연예인 사생활까지 동원해서 팬덤 끌어들이는 싸구려들. 확실히 말하지만 난 사양입니다."

"알겠습니다. 정리하면 이 기획안은 기본을 무시한 기획안이다. 이 말이군요."

"……뭐, 그렇죠."

싸구려라며 심하게 폄하했지만 상대가 워낙 담담하게 인정하니 하경락 PD는 바보가 된 것 같았다. 찜찜함이 더해갔지만 멈추기는 싫었다.

"내가 알 바는 아니지만…… 잘 해보십쇼."

한바탕 쏘아대던 하경락 PD는 강윤에게서 휙 돌아섰다.

"하 PD님이라면, 어떻게 하시겠습니까?"

그 말이 결정타였다. 강윤의 질문에 하경락 PD의 오른쪽 안면이 형편없이 일그러졌다. 저 사람, 분명 놀리고 있는 게 분명했다.

"……그 질문에 답할 의무는 없습니다만."

"하 PD님은 대책도 없이 비난만 하는 사람이었습니까?"

"……칫."

지고 싶지 않았다. 하경락 PD는 강윤을 쏘아보다가 다시 자리에 앉았다. 무시하면 그만이지만 자존심이 허락하지 않았다.

대책 없이 쏘아댄다?

웃기는 소리였다. 저 회장이라는 작자가 고개를 숙이는 꼴을 꼭 봐야 직성이 풀릴 것 같았다.

"뭐, 좋습니다. 먼저 후회할 준비부터 하시고."

"경청하지요."

"이……."

저 평온한 말투는 끝까지 거슬렸다. 신종 비꼼인지, 뭔지.

하경락 PD는 간신히 마음을 누르곤 가방에서 서류를 꺼냈다. 기획안이었다. 강윤은 캔 맥주를 내려놓고 기획안을 꼼꼼히 읽어 내려갔다.

"밥스? 전국 방방곡곡을 누비는 밥 버스라……."

밥 버스라니. 기획안을 읽으며 강윤은 잠시 고개를 갸웃거렸다. 뭔가가 흐릿하게 떠올랐다.

'잠깐만. 이거, 시청률 대박 쳤던 그 프로 아냐?'

과거로 돌아오기 전, 하경락 PD가 기획했던 식도락 프로그램이었다. 유명 셰프들이 접하기 힘든 요리로 시청자들의 눈을 사로잡던 시기, 전혀 다른 종류의 먹방으로 공감과 재미를 동시에 잡아 시청자들을 사로잡은 프로그램이었다.

'맞아. 그랬어. 이게 지금 나올 프로그램이었나? 허…….'

강윤의 표정이 좋지 않은 듯하자 하경락 PD가 뚱하게 말했다.

"못 알아봐도 상관없습니다. 지금 이 안은……."

"이건…… 신선하군요."

"그렇죠. 신선…… 네?"

예상과 다른 답이 나오자 하경락 PD는 눈을 껌뻑였다. 그 마음을 아는지 모르는지 강윤은 기획안에서 눈을 떼지 못했다.

'이걸로 가자.'

강윤은 마음을 정했다.

과거의 사례, 하 PD의 역량 등을 생각한다면 이 프로그램의 성공 가능성은 상당히 높았다. 불안 요소인 인문희 투입과 기타 걱정거리를 고려해도 마찬가지였다.

"이만 주십쇼. 더 이상 볼 마음도 없는 것 같……."

어차피 이 기획안의 가치도 못 알아볼 것이라고 생각하고 그냥 보여준 것인데 상대가 너무 빠져들었다. 하경락 PD는 눈매만 사납게 치켜떴다. 그때, 강윤이 그의 손을 덥석 잡았다.

"이, 이게 뭐 하는……."

"이걸로 하죠. 전적으로 지원하겠습니다."

"……뭐, 뭐라고요?"

"부사장님은 제가 설득하겠습니다. 기획안, 바꿉시다."

"잠깐잠깐. 당신, 지금 이게 뭐 하자는……."

강윤의 급작스러운 태세 전환에 하경락 PD는 당황했다. 사람이 이렇게까지 급작스레 바뀔 수 있는 건지.

그러거나 말거나 강윤은 눈까지 반짝였다.

"듣던 대로 명불허전입니다. 이 정도의 기획이라면 저희 쪽에서 더 왈가왈부할 것도 없겠군요. 전권을 위임하겠습니다. 방송 시기, 예산 등. 필요한 게 있으면 다 말씀하십시오."

"하……!! 나 원. 갑자기 참……."

하경락 PD는 화를 낼 수도, 거절하지도 못했다.

'당신하고 일 안 해요'. 이 한마디면 될 일인데 이상하게 그 말이 나오지 않았다. 기획안 하나만으로 이렇게까지 가치를 인정해 준 사람은 없었다.

"흠흠. 그렇다면야……. 흠흠."

한참 동안 헛기침을 이어가던 끝에 하경락 PD는 작게 고개를 끄덕였다.

  찬바람이 쌩쌩 몰아치는 늦가을.

  신작 리딩이 한참인 SBB 방송국의 드라마국에 손님이 찾아왔다.

  "다들 수고가 많으십니다."

  "아이구, 강 사장님!!"

  MG와 예랑의 합작 회사, 지예의 사장 강시명이 조용히 문을 열며 들어섰다. PD는 물론이요, 작가, 모든 출연진까지 자리에서 일어나 그를 맞았다. 강시명 사장은 손을 들며 선량하게 웃었다.

  "잠깐 쉬었다 가지. 강 사장님, 이쪽으로 오십시오. 민희야, 넌 커피 좀 내오고."

  곧 방영되는 드라마 '에브리 체어'의 책임 PD인 오인수는 친히 앞서가며 강시명 사장을 안내했다. 복도에서 지나치는 사람들이 수군댔지만 알 바 아니었다.

  드라마국의 회의실, 여성 AD가 커피와 다과를 가져오자 강시명 사장은 그녀의 손을 덥석 잡았다.

  "처음 보는 얼굴이네. 이번에 들어왔어?"

  "네?! 아, 네……."

  꿀이 떨어지는 목소리와 눈빛. 여성 AD는 당황했는지 말까지 더듬었다. 강시명 사장은 윙크를 하며 그녀의 허리를 두드렸다.

"열심히 해요. 우리 애들도 잘 부탁하고."

여성 AD는 곧 눈물이라도 터뜨릴 듯한 얼굴로 밖으로 나갔다. 그 모습을 오인수 PD는 한심하다는 듯 바라보았다.

"사회생활을 저렇게 못해서야. 쯧쯧."

"우리 PD님은 후배들에게 너무 엄격하시다? 이제 풋내나는 애들인데……."

"근성이 있어야지요. 애들이. 쯧쯧."

커피를 마시며 두 사람은 이런저런 이야기를 나누었다. 드라마에 관한 이야기가 대부분이었다.

특히 주인공 양혜영에 관한 여러 가지 말이 오갔다. 대부분 칭찬이었다. 자신의 연예인이 칭찬을 받자 기분이 좋았는지 강시명 사장은 크게 웃음을 터뜨렸다.

"하하하하!! 아직 부족합니다만, 오 PD님 밑에 있으면 금방 배우겠죠? 앞으로도 잘 부탁합니다."

"저야말로. 아, 이번 OST는 믹키 걸로 선정했습니다. 일단 4화까지 생각 중인데……."

"4화요? 20부작 드라마에 4화라니……. 아쉽군요."

"아, 이것도 힘들었습니다. 하얀달빛 노래가 더 적합하다는 의견도 많……."

말이 끝나기도 전에 강시명은 품 안에서 봉투를 꺼내 건넸다. 오인수 PD는 재빠르게 봉투를 품 안에 집어넣었다. 순식간에 벌어진 일이었다.

"……아도 역시 믹키의 노래가 최고지요. 암암요."

"하하하하하. 앞으로도 잘 부탁합니다."

아무 일도 없었다는 듯 오인수 PD는 자리에서 일어나 다시 방으로 향했다. 그의 뒷모습을 바라보던 강시명 사장의 미소 띤 얼굴이 형편없이 일그러졌다.

"……돼지 같은 새끼. 생긴 대로 돈은 더럽게 밝히는군."

아직도 돈을 밝히는 PD가 있었다. 돈 생각을 하면 천불이 났지만 OST의 영향력을 생각하며 화를 삭였다. 자리에서 일어나던 강시명 사장은 비서에게 전화를 걸었다.

"양 비서, 내가 지시한 건 어찌 되어가나?"

-김진대와 이차희와는 내일 약속을 잡아났습니다. 하지만 정찬규는 연락이 쉽지 않아서…….

"그걸 말이라고 해? 빨리 약속 잡아. 하나라도 빠지면 의미 없다는 거 알잖아."

-죄송합니다. 서둘러 처리하겠습니다.

"빠져 가지곤. 이현아는?"

-이현아는…… 아직 말도 꺼내지 못했다고 합니다. 연 매니저가 AHF에서 만나면서 호감을 쌓는 중이라……. 시간이 조금 걸릴 것 같습니다.

"이현아는 신중하게 접근하도록. 강윤이 놈 귀에 들어가지 않도록 신경 쓰고."

통화가 끝난 후 강시명 사장은 입꼬리를 들어 올렸다.

"의리, 그까짓 것. 돈 앞에는 장사가 없는 법이지. 흐흐."

-그래서, 하겠다고?

"……뭐, 저쪽에서 숙이고 들어오는데, 받아줬죠."

새 아침이 밝을 시간. 강윤의 방 안은 부사장과 통화하는 하경락 PD의 목소리로 쩌렁쩌렁했다.

-……아무래도 이 회장에게 낚인 것 같은데.

"에이, 형님. 그런 고급 어휘를 동원하십니까. 그쪽에서 하도 굽히고 들어와서……."

-그랬다 치자.

계속 우기니 전화 상대방, AHF의 부사장은 스리슬쩍 넘어갔다. 하경락 저놈이 미국 가서 사고나 치지 않을까 걱정했는데…… 하겠다니 다행이었다.

-그래서 언제 들어올 건데?

"금방 들어갈 겁니다. 금방."

-빨리 와서 노예처럼 일해.

"노, 노예라뇨?!"

전화기를 붙들고 실랑이를 벌이는 하경락 PD를 보며 강윤은 입가에 새어 나오는 웃음을 숨기지 못했다.

'이제, 문희 일은 한시름 덜겠군.'

이미 월드에 하경락 PD에게 아낌없이 지원하라고 지시해 뒀다. 하경락 PD에게도 전적인 지원을 약속하며 인문희를 주 멤버로 출연시킨다는 약속까지 받았다.

간이지만 사인이 들어간 계약서까지 주고받았으니 이젠

빼도 박도 못했다.

얼굴이 울상이 되어가는 하경락 PD를 뒤로하고, 강윤은 로비로 향했다.

"어? 회저씨."

로비로 나가니 정민아가 트레이닝복 차림으로 막 외출 준비를 하고 있었다.

"연습 가?"

"네, 모처럼 쉬는 날이니까……. 회저…… 님은요?"

"통일 좀 해라. 나도 쉬는 날이라 산책이나……."

"그런 거야 아무렴 어때요. 히힛."

정민아는 강윤의 손을 덥석 잡았다. 강윤이 고개를 갸웃하자 정민아는 불퉁하게 눈매를 찌푸렸다.

"……뭐, 아무 느낌도 안 들어요?"

"느낌? 무슨 느낌?"

"……됐다 그래. 스님한테 뭘 바라겠냐. 괜찮으면 나 연습하는 것 좀 봐줘요."

"춤? 내가 춤에 대해서는 잘 몰라서 도움이 될지는 모르겠네."

"그래도 느낌은 잘 아시잖아요. 이게 뜰지, 안 뜰지. Hot Smile 안무를 바꾸는 중인데, 괜찮은지 확신이 안 와서요."

호기심이 인 강윤은 바로 승낙했다. 단독 콘서트도 끝났는데 안무를 바꾼다니. 정민아도 참 부지런했다. 은빛의 솔로곡을 바꾸면 어떻게 될지 궁금하기도 했다.

5분 정도 걸으니 지하 연습실에 도착했다. 안에 들어서니 사방에 거울이 붙어 있었고 중앙에 큰 오디오가 있었다.

정민아는 몸을 쫙쫙 펴며 간단하게 몸을 푼 후, 중앙에 섰다. 강윤도 거울에 몸을 기대곤 자리에 앉았다.

"일단 그냥 해볼게요."

강윤이 고개를 끄덕이자 정민아는 오디오를 틀었다. 곧 리드미컬한 전주가 흐르며 정민아는 몸을 거꾸로 세우더니 다리로 기억을 그렸다.

비보잉 안무 엘보우 프리즈로 시작하는 정민아의 솔로곡 'Hot Smile'이었다. 원곡이었다.

'……검은색.'

강윤의 눈에 핏대가 섰다. 조금이라도 달리 보기 위해 힘이 들어간 것이다.

이전 무대들에서 은빛을 뿜어냈었다. 연습에서도 하얀빛이 살랑여야 정상일 터. 그런데 검은빛이라니. 프리즈로 시작한 정민아의 안무가 팝핀으로 이어져도 변함이 없었다.

'감각…….'

또 뭔가가 느껴지기 시작했다. 셰무얼의 연습을 볼 때 느껴지던 감각과 비슷했다. 시원한 바람 같은 것이 피부에 닿는 느낌이었다.

'대체 이 감각이 느껴지는 이유가 뭘까?'

한여름에 시원한 바람을 맞는 느낌. 노래가 흘러갈수록 그 느낌은 강윤을 잠식해 갔다. 정민아의 관절이 따로 놀수록, 긴 머리가 마구 흔들릴수록 바람은 강윤을 더더욱 휘감아갔다.

"……후아."

본 안무가 끝난 후, 정민아는 숨을 몰아쉬며 강윤을 바라보았다.

"어땠어요?"

"좋아. 이건 더 할 말이 없지."

"하긴. 이제 바꾼 걸 해볼게요."

몇 번이나 한숨을 몰아쉰 정민아는 다시 중앙에 섰다. 곧 'DO IT' 소리가 반복되며 노래가 시작되었다.

'어?'

강윤은 눈에 이채를 띠었다. 정민아는 엘보우 프리즈가 아닌, 양팔을 위로 모은 채 몸으로 S자 곡선을 만들었다. 비트에 맞춰 몸을 살랑살랑 흔들더니 이젠 뒤로 돌아 골반을 흔들었다. 비보잉 안무가 주를 이루던 'Hot Smile'를 섹시 안무로 바꾼 것이다.

'섹시 안무를 하고 싶다더니. 이걸 바꿨네?'

하여간.

하고 싶은 건 꼭 하고 보는 녀석다웠다. 감탄은 잠깐이었다. 계속되는 검은빛 때문에 강윤은 절로 눈살을 찌푸렸다.

'여전하군. 이걸 어떻게 판단…… 어?'

강윤의 눈이 꿈틀댔다. 시원한 바람이 원곡보다 더더욱 강하게 불어오기 시작했다,

─서두르지 마─ 지금 이 시간─ 우리만의 순간─ Hot─ Hot─

'Hot Smile'의 후렴이 두 번 반복되었다. 정민아의 안무도 절정을 향해 갔다.

몸을 뒤로 한 후, 허리에 손을 올린 정민아는 골반을 가볍게 튕겼다. 시선을 비스듬히 내리자 앞머리가 한쪽 눈을 가렸다. 요염함이 한층 돋보였다.

'윽, 바람이…….'

불어오던 열풍은 점점 강해져 태풍이 되었다. 히터도 틀지 않은 연습실, 강윤의 이마에 땀이 흘렀다. 뒷걸음질은 덤이었다.

'고자야, 뭐야.'

그런 강윤을 보고 오해한 정민아의 안색은 굳어졌다. 섹시라는 컨셉에 원수라도 진사람 같았다. 오기가 들었다. 오늘, 그 생각을 뿌리 뽑아버리겠다고 결심하며 정민아는 턴을 했다.

-Come on- Come on-

정민아는 무릎을 꿇은 후, 위로 몸을 쓸 듯 웨이브를 탔다. 굴곡이 거대한 S자를 만들었다.

'봤지? 어디, 에이……!!'

이 얼굴!! 이 몸매로!! 이런 안무를 선보이는데!! 저 아저씨의 찌푸려진 얼굴은 그대로였다.

오기가 화로 바뀌었다. 정민아는 분노로 웨이브를 탔다.

'크윽!!'

정민아의 오해를 아는지 모르는지 강윤도 사투를 벌이는 중이었다. 열풍은 최고조에 달했다. 바람 때문에 눈까지 뜨기 힘들 지경.

-Come on- Come on-

한 손으로 앞머리를 쓸어 넘기며 다른 손으론 총을 쏘는 자세를 취하며 안무는 끝을 맺었다. 노래가 끝나자 강윤을 몰아쳤던 바람도 거짓말같이 사그라졌다. 정민아는 다시 흘러나오는 곡을 꺼버리고 강윤에게 달려갔다.

"……별로였어요?"

정민아는 툴툴댔다. 노력한 보람이 없는 것 같아 울컥했다. 저 아저씨 고집도 어지간했다. 강윤은 이마에 흐르는 땀을 닦으며 손으로 부채질을 했다.

"후아, 덥다. 좋은데?"

"가만히 서 있었으면서 더워요? 솔직히 말해줘요. 괜찮으니까."

"아니야. 정말 좋았다. 다 네가 짠 안무야?"

"그…… 렇죠?"

무슨 생각이지?

정민아는 고개를 갸웃했다. 미안해서 필요한 말을 안 할 회장님은 아니니까.

"이거, 조금만 다듬어 보자."

"하지 말라면 안 할…… 네? 뭐라고요?"

접자고 할 줄 알았는데. 정민아의 동공이 크게 흔들렸다.

더위가 가시지 않은 강윤은 흘러내리는 땀을 닦아내며 말을 이어갔다.

"기왕 이렇게 된 거 편곡까지 제대로 해보자. 섹시 코드를 안 좋게만 봤었는데…… 내 생각이 잘못됐었네."

"가, 갑자기 왜, 왜 그래요? 별로라고 생각했던 거 아니에요?"

"정말 좋았어."

반어법인 줄 알았지만 강윤의 말은 사실이었다. 계속 강윤을 살피던 정민아는 흔들림 없는 그의 모습에 그제야 안심하고는 화색을 띠었다.

"지, 진짜죠? 저 진짜 해요? 물리기 없어요?!"

"내가 물리는 거 봤어?"

"처음에는 에디오스 생각하라고 했으면서⋯⋯."

정민아는 의심을 쉽게 떨치지 못했다. 강윤에게 어지간히 섭섭했던 모양. 강윤은 어깨를 으쓱였다.

"알았다, 알았어. 내가 잘못했어. 이제 그만. 꼭 해줘."

"⋯⋯봐준다, 진짜."

"으이구."

강윤은 정민아의 머리를 비볐다. 정민아는 오른쪽 눈을 살짝 치켜올렸지만 손을 치우거나 하지는 않았다.

"아무튼, 이벤트성으로 한두 번 정도면 괜찮을 거야. 대신 임팩트가 있어야겠지. 고급스러운 섹시. 기억해 둬."

"고급스러운 섹시. 뭐, 알았어요. 근데, 진짜 해도⋯⋯ 돼요?"

"아이, 그만 물어봐."

하도 섹시 코드에 부정적이었던 회장님이라 정민아는 몇 번이나 되물었다. 결국 강윤이 투덜대고 나서야 정민아는 묻는 걸 멈추곤 만세를 외쳤다.

"아싸아~!! 물리기 없기예요?! 추가로 편곡도 회장님이? 헤헷."

"이럴 때만 회장님이지?"

"아이잉~ 네?"

정민아는 강윤에게 팔짱을 끼며 애교를 부렸다. 강윤은 그녀를 가볍게 밀쳤다.

"끼 안 부려도 해줄 테니까, 떨어져."

"좋으면서."

"야야야."

강윤과 가벼운 스킨십으로 장난을 친 정민아는 다시 중앙에 섰다.

쇠뿔도 단김에. 바로 안무 다듬기에 들어갔다. 강윤도 핸드폰을 들어 녹화에 들어갔다. 음악이 흐르며 검은빛과 함께 열풍이 불기 시작했다.

'뜨겁게 부는 바람이라……. 이 곡이 괜찮을수록 강해지는 것 같은데…….'

촬영을 하며 바람을 맞다 보니 강윤의 눈가에 힘이 강하게 들어갔다. 그 눈빛이 부담됐는지 정민아는 강윤을 보며 양팔로 엑스 모양으로 교차했다.

"너, 너무 느끼하게 보는 거 아니에요?"

"……야, 느, 느끼하다니."

시끌시끌하게 두 사람의 연습은 계속되었다.

♪ ♪♩♪ ♪♫♪ ♪

AHF의 드라마국은 손님맞이에 분주했다. 오늘은 차기 드라마 '사랑꾼 이해령'의 주요 배우진 미팅이 있는 날이었다.

남자 주인공 진영과 장기훈, 조연 배우 현민우와 여자 주인공 유미는 일찍부터 도착해 작가 이주미와 이야기를 나누고 있었다.

"……파리 로케라니. 으~ 설레면서도 긴장되네요."

신인 여배우, 유미가 한껏 웃자 작가 이주미는 피식 웃었다.

"로케가 마냥 좋지만은 않을 거야. 유미 씨는 달리는 신이 많잖아? 발에 불 좀 날걸?"

"그러잖아도 매일 2㎞씩 뛰고 있습니다. 걱정 안 하시게 하겠슴다~~!!"

유미가 힘차게 외쳤다. 책임 PD 윤태진은 책상에 대본을 올려놓으며 그녀에게로 눈을 돌렸다.

"믿음직하네. 다음에는 액션도 넣어볼까? 아, 마침 진서가 액션도 하니까, 배우면 좋겠네."

"네!! 열심히 배워보겠습니다!!"

신인 여배우가 인맥을 넓히느라 고개를 숙일 때, 윤태진 PD는 AD에게 눈을 돌렸다.

"한주야, 진서는 언제 온데니?"

"곧 올 시간입니다. 1시간 정도 늦어진다고 했으니까……."

"진서가 와야 이야기를 시작할 텐데."

모두가 모인 지 이미 1시간이 넘었다. 민진서 한 사람이 오지 않아 시작을 못 했다는 말이었다. 시간이 중요한 모두에게 이런 상황은 말도 안 되는 일. 작가나 출연진 중 누구도 불만을 표시하지 않는 게 이상했다.

모두가 평온히 한담을 나누고 있을 때, 사무실 문이 조심스럽게 열렸다. 기다리던 민진서였다.

"늦어서 죄송합니다."

"아유, 아니야, 아니야!! 비행기가 연착됐었다며? 오늘 와 준 것만으로도 고맙지!!"

윤태진 PD와 작가 이주미는 민진서에게 한달음에 달려갔다. 조금만 지각해도 불호령이 떨어지는 사람들과는 대우부터가 달랐다.

민진서는 주변을 둘러보며 정중하게 고개를 숙였다.

"기다리게 해서 죄송합니다. 오빠."

매니저가 모두에게 커피와 다과를 돌렸다. 사과의 의미였다.

민진서도 직접 커피를 돌리며 일일이 사과를 했다. 모두가 괜찮다며 크게 손을 흔들었지만 민진서는 사람들 손을 잡으며 고개를 숙여 나갔다.

"선배님, 사과 안 하셔도 괜찮아요."

"유미 씨, 안녕하세요."

"제 이름…… 아세요?"

이제 갓 데뷔한 신인 여배우의 이름을 안다니. 좋았지만, 유미는 긴장 어린 목소리로 말했다.

"함께 호흡을 맞추는 사이잖아요, 당연하죠. 앞으로 잘 부탁해요."

"말씀 편히 하세요. 선배님."

"말씀이라뇨. 그러지 마세요. 저보다 언니시잖아요. 편히 말씀하세요."

"아니, 아니에요!! 선배님이신데 어떻게 그래요?"

어리다지만 한참 선배인 민진서가 먼저 숙이고 들어오니 유미의 마음은 감격과 긴장을 줄타기했다. 사소한 이야기들을 주고받으며 두 사람은 친분을 다졌다.

화기애애해져 가는 두 여배우를 바라보며 윤태진 PD는 미소 지었다.

'월드 애들은 참 교육을 잘 받았다니까.'

윤태진 PD의 입가가 저절로 올라갔다. 민진서가 현장의 분위기를 만들어주니 일할 맛이 났다.

남자 배우들도 어느새 두 사람의 대화에 끼어 친분을 다져가고 있었다. 곧 작가, 스태프들이 끼며 하나의 팀을 만들어 갔다.

덕분에 미팅도 순조롭게 진행되었다. 막상 드라마 관련 이야기에는 1시간밖에 걸리지 않았지만 아무도 돌아가지 않았다.

"오늘, 술 한잔들 어떤가?"

"오오, PD님이 쏘시나요?"

장기훈이 가볍게 던진 밑밥을 윤태진 PD는 기꺼이 물었다.

"뭐, 오늘 3차까지 쏜다!! 고고!!"

"오오오!!"

드라마 '사랑꾼 이해령' 연출팀과 주요 출연진은 그날, 새벽 5시까지 함께하며 친목을 다졌다.

그로부터 며칠 후 열린 '사랑꾼 이해령'의 제작 발표회에서 박수갈채가 쏟아진 건 어찌 보면 당연한 결과였다.

편곡 작업을 위해 강윤은 복귀 일정을 이틀 정도 미뤘다. 세무얼이 아쉬워했지만 편곡을 이유로 들자 세무얼은 기꺼이 수락해 주었다.

덕분에 강윤은 머무르던 방에 노트북과 신디사이저를 설치하고 편곡에 열을 올리고 있었다.

'너무 미지근해.'

이도 저도 아닌 바람이 불어오자 강윤은 머리를 긁적였다. 노트북과 신디사이저로 강윤의 손이 바삐 오갔다. 화면이 급박하게 전환되며 스피커에서 음표들이 쉴 새 없이 흘렀다.

편곡을 마치고 다시 재생 버튼을 눌렀지만 크게 느껴지는 건 없었다. 무료하게 달라진 소리만 흘러갈 뿐······.

'키를 높여서 불러볼까? 아니야. 민아가 소화할 수가 없어.'

작업을 계속할수록 강윤의 고민도 깊어갔다. 정민아의 음역대로 소화하기 어려운 키마저 고려했다. 어차피 립싱크라며 타협하려다가 이내 고개를 세차게 흔들었다.

'민아도 가수야, 가수.'

부르지 못하는 노래라니. 웃기지도 않는 이야기였다. 키를 높이는 방안은 접어두고 악보에 다른 방법을 적어 나갔다.

'이게 F였어. 메이저지만 마이너 느낌이 나도록 진행돼. 다이아토닉으로…….'

어울리는 진행을 악보에 그리고, 어울리지 않으면 X표를 쳤다. 화음을 계산하고 강약을 더했다. 그리고 재생.

—망설이지 말고— 오늘만은 너를—

현악기를 일그러뜨린 전자음이 흘러나왔다. 세련된 느낌을 더하기 위함이었다.

'오, 이건가?'

강한 바람이 느껴졌다. 조금 전과 달리 확실히 뜨거운 바람이 불…….

'뭐야?'

갑자기 바람이라도 빠진 것처럼, 뜨겁게 불어오던 바람이 약해져 버렸다. 끝에서는 미약한 산들바람만이 느껴질 뿐이었다. 이도 저도 아닌 느낌. 강윤의 눈썹이 일그러졌다.

'아예 시작을 마이너로 해볼까? 고급스러운 섹시함을 살리려면 마이너 진행을 버릴 수는 없는데…….'

정민아에게 고혹적인 안무를 주문했다. 편곡도 밝은 느낌의 메이저 키보다 좀 더 어두우면서 세련된 느낌을 줄 수 있는 마이너 진행이 더 나았다.

'다이아토닉 코드로…… 아냐. 어렵게 가지 말자.'

화성에 맞춰 다양한 소리를 더하고 빼며 계속 편곡을 이어갔지만 결과물은 마음에 들지 않았다. 미지근한 바람이 불어

오거나 열풍이 불어도 너무 미약했다.

시간이 얼마나 흘러갔을까. 강윤은 결국 손을 놓아버렸다.

'뭐가 문제지? 대체 뭐가…….'

문을 걸어 잠그고 작업에만 몰두한 지 꼬박 하루. 실마리라도 잡혀야 하는데 한 소절조차 어쩌지 못하고 있었다.

'빛이었다면 좀 더 편안했을 텐데.'

급기야 음악의 빛이 그리워졌다.

"하하……."

강윤은 결국 침대에 누워 버렸다.

−서두르지 마− 지금 이 시간− 우리만의 순간−

자리에 누워 핸드폰에 있는 정민아의 안무를 봤지만 성과는 없었다. 중간부터 작업을 해도 마찬가지였다. 무거운 마음으로 핸드폰을 뚫어지게 보고, 또 봤다.

"아."

배터리가 없어 핸드폰이 꺼지고 나서야 강윤은 핸드폰을 놓았다. 영상이 머릿속을 정신없이 돌아다니고 있었지만 편곡을 어떻게 해야 할지 전혀 떠오르지 않았다. 어두운 얼굴로 강윤은 핸드폰을 충전기에 꽂았다.

딩동딩동딩동.

부재중 전화를 알리는 문자들이 쏟아졌다. 비행기 모드가 풀리자마자 쏟아진 것이다. 목록들을 살피던 중 유독 눈에 들어온 것이 있었다.

"진서?"

부재중 전화 두 통과 함께 무슨 일 있냐는 물음과 함께 하트가 쏟아지는 내용. 잠시 강박도 벗을 겸 강윤은 전화를 걸었다.

─선생님.

공손한 민진서의 목소리가 들려오자 강윤의 목소리도 부드러워졌다.

"한국이겠구나?"

─네, 미팅 끝나고 술 한잔하고 있었어요. 혹시 무슨 일 있으세요?

"아니야, 무슨 일은."

─아니면 다행인데……. 힘이 없는 것 같아서요. 내 감이 이상한가?

강윤은 움찔했다. 건더기를 준 적도 없는데……. 민진서는 당해낼 도리가 없었다.

"별거 아니야. 그냥, 일이 잘 안 돼서."

─큰일이네요. 선생님은 일 잘 안 풀리면 우울해지잖아요.

"아, 아냐. 내가 그럴 리가."

─에이, 선생님한테 일이 얼마나 중요한데요. 말해봐요. 내가 다 혼내줄 테니까…….

"풉. 하하하."

어린 애인의 귀여운 위로. 강윤은 웃음이 터졌다. 그가 웃자 민진서도 함께 웃으며 다시 물었다.

─웃으니까 좋잖아요. 진짜 무슨 일이에요? 그 지예? 그 나쁜 놈들 때문이에요?

"아니야, 우린 우리 일만 잘하면 돼. 곡 작업이 잘 안 돼서 그런 거야."

　—아아, 곡 작업. 힘들겠다…….

　"그러게. 문 잠그고 작업만 했는데 성과가 없어."

　—으, 어떡해요. 대신해 주고 싶다.

　저 목소리를 들으면 절로 힘이 났다. 자주 만날 수는 없어서 아쉬웠지만 통화하는 것만으로도 마음이 따뜻해졌다.

　"괜찮아. 진서 말만 들어도 힘이 나는걸?"

　—전 매일 선생님한테 힘 얻잖아요. 나한테는 가끔 얻어가면서…….

　"왜? 서운해?"

　—어엄처어어엉~

　엉뚱하기까지.

　민진서의 위로는 독특했다. 그녀의 위로에 강윤은 마음이 편안해졌다.

　"……고마워. 다시 할 수 있을 것 같아. 그럼…….."

　—바로 하시는 것보다 쉬었다 하시는 게 어때요?

　"이만하면 충분히 쉬었어. 흐름 끊기니까 바로 해야지."

　몇 번이나 쉬라고 권했지만 강윤은 민진서의 말을 듣지 않았다.

　결국 민진서는 깊은 한숨을 쉬더니 차분히 말했다.

　—선생님.

　"응?"

　—저 이전부터 하고 싶은 말이 있었는데. 지금 해야겠어요.

　"하고 싶은 말?"

강윤은 핸드폰을 반대로 잡았다. 오랜 통화로 뜨거워질 대로 뜨거워져 있었다.

 −저, 이번 드라마 끝나면서 깨달은 게 있어요. 저 이번 드라마 하면서 여러 가지로 힘들었잖아요. 단독 주인공 역할도 그랬고, 이상하게 따라붙는 사람들도 있었고…….

 "그랬지. 걱정 많이 했어. 다른 건 몰라도 사람들 따라붙는 문제는 빨리 해결하도록 할게."

 −네, 아무튼. 가장 중요한 걸 깨달았어요.

 "가장 중요한 거?"

 부스럭 소리와 함께 민진서의 목소리가 들려왔다.

 −전 배우라는 사실이었어요. 대작이든, 졸작이든 중요한 게 아니더라고요. 배우는 연기를 잘하면 되는 거였어요.

 "그렇지. 연기자는 연기를 잘해야 돼."

 −맞아요. 월드는 그 당연한 걸 가장 중요하게 생각하는 회사예요. 가수는 노래와 춤을 가장 중요하게 생각해야 하고, 배우는 연기를 가장 중요하게 생각해야 하죠. 가장 중요한 본질에 집중하는 거잖아요. 아주 단순해요. 그래서 강하다고 생각해요. 전 이런 월드가 너무 좋아요.

 최고의 칭찬이었다. 강윤은 어깨가 으쓱였다. 자신이 항상 생각하던 걸 애인이 알아주니 마음이 뿌듯해졌다.

 "이야, 하하하!! 날아갈 것 같네."

 −그래서 물어보고 싶었어요.

 "말해봐."

 −선생님이 생각하는 음악의 본질은 어떤 거예요?

민진서의 한마디에 강윤은 그대로 굳어버렸다.

"음악?"

―선생님이 생각하시는 음악이요. 음악 하는 사람한테는 이게 가장 중요한 거잖아요.

"맞아. 중요하지."

말은 했지만 정작 음악이 어떤 것인지에 대해서는 말이 쉽게 나오지 않았다. 가수가 원하는 노래, 사람들이 원하는 곡 등이 떠올랐지만 이내 고개를 저었다.

"진서는 연기를 뭐라고 생각해?"

―그 사람이 된 걸 보여주는 거예요.

"된 걸, 보여준다?"

심플했지만 확신에 찬 목소리였다. 잠시 생각하던 강윤은 고개를 끄덕였다.

"……하긴, 복잡하게 생각할 필요는 없지."

―맞아요. 판단은 제 몫이 아니니까요. 선생님이 강조하셨던 이야기죠?

"그랬던가?"

―'그랬던가'가 아니라 '그래요'예요.

모를 수 없었다. 자신이 무게감에 짓눌린 가수들에게 매일같이 하던 말이었으니까. 그 말이 그대로 돌아왔다.

"그 말을 이렇게 돌려받을 줄은 생각도 못 했네."

―저도 듣기만 했지, 이해하게 된 건 얼마 되지 않았지만요. 월드로 옮긴 후 마음에 여유가 생겨서 알게 됐어요.

"진서 너라면 MG에서도 어떻게든 했을 거야."

-전혀 아닐 것 같은데요. 으~ 상상도 하기 싫으네요. 원 사장님이 쉽게 놔줘서 다행이었죠. 아무튼 여유를 가지면서 음악에 대해 생각을 해보시는 게 어떤가 싶어서요. 오지랖 같지만…….

　민진서는 조심스러웠다. 내가 이런 말을 감히 해도 되나? 하는 분위기였다.

　-……선생님?

　이야기가 들려오지 않았다. 민진서는 당황했다.

　-혹시…… 제 말이…….

　"……말이 맞아."

　-……네?

　"네 말이 맞다고. 후우."

　다행히 그런 일은 없었다. 전화기에선 긴 한숨 소리가 퍼져 나갔다.

　"연기자한테 음악에 대해 생각해 보라는 말을 듣다니…… 충격적이야."

　-죄송해요. 혹시 건방진 참견이었다면…….

　"하하하. 아니야. 가장 필요한 조언인걸? 나의 음악이라…… 정곡을 제대로 찔린 것 같아서 당황스러운데?"

　-그냥 흘려 들으셔도 괜찮아요. 아무 생각하지 말고 쉬세요. 업무 전화도 받지 마시고요.

　"진서 전화도?"

　-그건…… 안 돼요. 네버.

　민진서의 투정을 유쾌하게 받아들이며 강윤은 통화를 마

무리했다. 머리맡에 핸드폰을 내려놓고 강윤은 잠시 침대에 누웠다.

'나의 음악이라…….'

음악에 뛰어들게 된 계기부터 떠올려 봤다.

MG엔터테인먼트의 원진문 회장에게 전격적으로 발탁되면서 주아의 일본 진출 프로젝트가 첫 시작이었다. 그 이후 가수들의 음반 기획, 공연, 작곡, 콘서트 등 여러 가지 일을 해나갔다.

강윤은 하나하나 그동안의 일들을 그려갔다.

'부르고 싶은 노래를 만든다. 사람들이 좋아하는 음악을 만든다. 이게 내 음악이었어.'

이게 잘못됐던 걸까? 그동안 자신이 했던 모든 일은 음악이 아니었던 걸까?

그건 또 아닌 것 같다. 이대로 가다간 착란이 올 것 같았다.

강윤은 결국 벌떡 일어나 로비로 향했다.

"어? 회장님. 작업은 벌써 끝났나요?"

로비를 지나는데, 안경을 쓴 이현지가 소파에 앉아 독서삼매경에 빠져 있었다.

"아, 이사님."

강윤이 멈추자 이현지는 안경을 벗으며 앉으라고 손짓했다. 강윤은 그녀의 맞은편에 앉았다.

"보아하니 아직 다 안 끝난 것 같은데…… 왜요? 작업이 잘 안 돼요?"

귀신이 여기도 있었다. 강윤은 허탈한 웃음으로 고개를 끄덕였다.

"저란 사람이 참 알기 쉬운 것 같네요."

"몰랐어요? 회장님만큼 알기 쉬운 사람도 없다는 거?"

"……."

강윤은 졌다는 듯 고개를 저었다. 이현지는 탁자에 팔꿈치를 기대며 강윤 쪽으로 몸을 기울였다. 여유로운 복장만큼이나 한결 편안한 표정으로.

"그래서, 산책 가시는 길?

"머리라도 식힐 겸 잠깐 바람이라도 쐴 생각입니다."

"잘됐네요. 마침 심심했는데. 같이 가요."

강윤이 승낙하자 이현지는 책을 방에 올려놓고는 따라나섰다.

숙소를 조금 벗어나니 한산한 주택 지역이 나왔다. 거리에는 셔틀버스만이 천천히 돌아다녔다. 나무 아래에서 뛰어노는 어린이들과 개를 산책시키는 남녀까지. 여유와 일상이 흘렀다.

길을 걸으며 강윤은 이현지를 내려다보았다.

"잠깐이지만, 쉬니까 마음이 편해지는 것 같습니다. 찾는 사람도 없고."

"그러게요. 매일이 전쟁이었죠?"

이현지도 맞장구를 쳤다. 강윤이 밖에서 전쟁을 치르는 동안, 안살림을 책임지느라 눈가에 주름이 늘고 있었다.

의도적으로 강윤은 일 이야기를 하지 않았다. 덕분에 평소와 달리 개인적인 이야기들이 주를 이루었다. 이현지도 평소

의 사무적 어투가 아닌, 나긋나긋한 어조로 답하며 강윤을
바라보았다.

"날도 쌀쌀해지는데……. 강윤 씨, 어디 좋은 사람 없을
까요?"

"하하하. 이사님 눈에 맞추는 것도 쉽지는 않을 것 같습
니다."

"그건 편견이에요. 대머리만 아니면 된다니까?"

"하하하. 가만 보면 여자들은 대머리에 목숨을 거는 것 같
네요."

"다 버려도 머리만은 포기할 수 없거든요. 그건 마지막
자존심이에요. 아, 또 생각나네. 카페 사장이라는 사람하고
소개팅을 했었어요. 잘생겼고 키도 컸죠. 괜찮았어요. 몇 번
더 만나볼까 생각하는데, 바람에 휙……. 뒤는 상상에 맡길
게요."

강윤은 팔을 뒤쪽으로 쭉 밀며 기지개를 켰다.

"하하하. 이제 이사님이나 저나 선 아닙니까?"

"서, 선이라뇨?! 소개팅이죠. 소. 개. 팅."

이현지의 눈에 감정이 담기자 강윤은 껄껄 웃었다. 평소의
이현지에겐 보기 힘든 광경이었다.

"하하하. 아무튼 그 선 자리에서 어떻게 됐습니까?"

"강윤 씨, 일부러 그러는 거죠?"

짝.

이현지는 발끈해서는 강윤의 팔을 손바닥으로 내려쳤다.
장난의 대가는 스매싱이었다.

"으, 맵군요."

"아직 한창인 사람한테 선이라니⋯⋯. 맞아도 싸요. 아무튼 괜찮은 사람 있으면 소개 좀 해주세요."

"이상형이 어떻게 되십니까? 알아보겠습니다."

이현지는 손가락을 세며 하늘로 눈동자를 굴렸다.

"가장 중요한 건 성실이죠. 본받을 만한 사람이 좋아요."

"이사님이 본받을 만한 사람이요? 그럴 만한 사람이 있을까요?"

강윤은 회의적이었다. 이현지만큼 일하는 사람은 남자 중에서도 드물었다.

짝.

다시 팔에 스매싱이 꽂혔다.

"아픕니다."

"산통 깨는 데엔 뭐 있다니까? 비슷한 사람이라도 괜찮으니까요."

"이사님, 다음 생애를⋯⋯."

"뭐라고요?!"

이현지의 눈이 잔뜩 올라가자 강윤은 저만치 앞서 달려갔다. 곧 이현지에게 따라잡혀 팔뚝에 불이 났다. 응징 후, 이번에는 그녀가 물었다.

"회장님은 어때요? 만나는 사람 있어요?"

손을 터는 그녀 앞에서 강윤은 담담하게 고개를 끄덕였다.

"있습니다."

이현지의 눈이 화등잔만 해졌다.

"뭐예요. 난 일 지옥에 빠뜨리고 언제 혼자 탈출했데? 언제부터요?"

"조금 됐습니다. 정말 괜찮은 사람입니다."

"회장님이 괜찮다니……. 보고 싶어지네요. 어떤 사람이죠? 어디서 만났죠? 몇 살?"

남의 연애사만큼 재미있는 것도 없는 법. 이현지는 강윤에게 바짝 붙었다. 강윤은 당황하며 거리를 벌렸다.

"때, 때가 되면 말씀드리겠습니다."

"……뭐야. 그럴 거면 없다고 처음부터 없다고 하지, 왜?"

어지간히 서운했던 모양이었다. 강윤은 시간을 들여 조금씩 이야기하며 충격을 완화할 생각이었다.

"우리 사이에 비밀 있기, 없기?"

"……차차, 말씀드리겠습니다. 지금은 좀 그래서……."

이현지가 눈을 흘겼지만, 강윤은 난감한 얼굴로 웃기만 했다. 뭔가 있다는 사실을 깨달은 이현지는 아쉬움에 입술을 꿈틀댔다.

"……연예인이구나?"

"그렇습니다."

"대신 때가 되면 제일 먼저 말해주기예요? 열애설 기사로 알게 하면 혼나요?"

"약속하겠습니다."

강윤의 확신 어린 말을 듣고서야 이현지는 납득했다.

"궁금하긴 하지만…… 기다리죠. 회장님이 사내 연예인과 그렇고 그런 사이가 될 일은 없을 테고……."

"저기로 가 볼까요?"

강윤은 이현지의 등을 떠밀며 길을 인도했다. 밀려가면서도 이현지는 신신당부를 잊지 않았다.

"기사 안 터지게 조심하세요. 월드 노리는 기자가 엄청 많다는 거 알고 계시죠? 특히 중국 쪽에서는 사생팬들 저리 가라 할 정도로 들러붙고 있잖아요? 터질 기미라도 보이면 바로 저한테 이야기하기예요."

"알겠습니다. 이, 이사님 소개팅은……."

"됐거든요. 난 또 동병상련이라고. 동정은 필요 없습니다만?"

심통이 난 이현지는 핑핑 앞서가 버렸다. 남몰래 한숨을 쉰 강윤도 그녀를 뒤따랐다.

두 사람의 발걸음이 멈춘 곳은 한 학교 운동장이었다. 잔디가 깔려 있는 운동장 구석에는 20명 정도의 학생 오케스트라가 모여 있었다. 각종 악기를 조율하는 소리가 퍼져 갔다.

학생들의 앞에는 학부모로 보이는 사람들이 그들의 이름을 부르며 환호성을 외치고 있었다.

"애들 발표하나 보네요?"

이현지는 오케스트라에 흥미가 생겼는지 강윤의 팔을 잡아끌었다.

백인, 흑인, 황인까지. 다양한 인종의 학생이 학생들은 오케스트라 악기들을 조율하는 광경.

호기심이 일었다.

강윤과 이현지는 학부모들 틈에 섞였다.

조율이 끝났다. 소리가 멈추고 지휘자로 선 학생도 지휘봉을 들었다. 긴장했는지 그의 손도 떨리고 있었다.

[지미!! 괜찮아. 잘할 수 있어!!]

맨 앞줄에 있던 통통한 체형의 백인 여성이 외쳤다. 지휘자 학생은 뒤를 힐끔 쳐다보더니 함박웃음을 지었다. 그 모습에 사람들은 낄낄 웃었다. 오케스트라의 몇몇 학생도 웃고 있었다.

"재밌네요."

"……."

자유분방한 오케스트라. 이현지는 부드러운 시선으로 학생들을 바라보았다. 반면, 강윤은 잔뜩 굳은 얼굴로 학생들을 바라보고 있었다.

♩♪♩ − ♫♪♪ − ♪♫♪ − ♫♪ − ♫♩ − ♩ −

지휘봉이 움직이자 오케스트라의 음악도 함께 흐르기 시작했다.

삑− 삐삑− 힉.

물 흐르듯 이어져야 할 교향곡에서 불협화음이 계속 섞여 들렸다.

지휘자 학생은 눈치 못 챈 듯 계속 지휘봉만 저어댔고, 불협화음의 주범인 제1바이올린은 당당히 활대만 열심히 저어댔다.

박자가 처졌고, 오케스트라는 서로만 바라보다가 동요했다. 음악이 요동쳤다.

관객들도 뭔가가 이상하다는 걸 느꼈는지 동요하기 시작

했다.

'뭐, 뭐야.'

강윤도 마찬가지였다. 검은빛은 물론이고 끈적끈적한 감촉까지. 흡사 늪에라도 빠진 것 같았다. 얼굴이 절로 일그러졌다.

'연습도 안 된 상태에서 발표를 하면 어떡해…….'

완성 안 된 음악을 듣는 것만큼 괴로운 것도 없다. 강윤은 자리를 박차고 일어나려고 했다. 그때, 옆에 앉은 이현지가 눈에 들어왔다.

[괜찮아. 좀 더, 좀 더.]

괜찮다고?

분명히 이현지가 하는 말이었다. 박수까지 치고 있었다.

[괜찮아. 다시 해봐.]

[오오, 오오!!]

관객들은 연주를 멈추려는 아이들을 박수로 독려했다. 지휘봉을 내려놓으려던 아이는 박수 소리에 다시 힘을 얻어 힘차게 지휘봉을 저었다. 연주도 힘을 얻었다. 불협화음은 그대로였지만 환호 소리가 더해지기 시작했다.

조용한 오케스트라 관객들은 이미 없었다. 마치 록 공연을 보는 관객의 모습이었다. 오케스트라 공연에 계속 박수가 박자같이 더해졌고 환호성이 추임새같이 들어갔다.

[더, 더!!]

이현지도 거기에 박수를 쳤다. 그녀 눈엔 작은 고사리손으로 바이올린을 연주하는 아이가 마냥 귀여워 보였다. 중간에

삑삑 소리를 내는 것 따위는 중요하지 않았다.

'…….'

강윤은 혼란스러웠다. 이런 엉망인 공연을 즐기는 사람들도 처음이었다.

'단순히 부모…… 라서 그런 건가?'

맨 앞 열은 부모가 확실해 보였다. 문제는 중간부터는 아무런 연고도, 관계도 없는 사람 같았다. 이들도 아이들의 엉망인 연주에 아낌없이 격려를 보내고 있었다.

대체, 왜? 단순히 아이라는 이유만으로?

"회장님?"

한참 공연을 관람하던 이현지는 진땀까지 흘리는 강윤을 보며 물었다.

"괜찮습니다."

"괜찮다니요. 얼굴이 하얘요."

얼굴에 혈색이 없었다. 이러다가 무슨 일이라도 생기는 건 아닌지. 이현지는 강윤을 잡아끌었다. 강윤은 고개를 흔들었다.

"별것 아닙니다."

"회장님, 이러다가 큰일…….."

이현지는 몇 번이나 권유했지만 강윤을 당하지는 못했다. 결국 정 안 되겠다 싶으면 꼭 말하라고 주의를 주곤 공연으로 눈을 돌렸다.

'윽…….'

온몸이 늪에 잠긴 느낌이었다. 지금까지의 연주 중 최악이라고 할 만했다. 불협화음은 말할 것도 없고, 박자도 빨라졌다 느려졌다 하며 일정하지 않았다.

'……가만. 관객?'

강윤은 관객들에게 눈을 돌렸다. 그들에게서 거대한 뭔가가 흘러나와 아이들을 덮쳐 가고 있었다. 아이들을 덮친 기운은 음표와 함께 다시 관객 쪽으로 향했고, 그 기운은 다시 아이들에게로 흘러갔다. 온통 검게 물들여진 흐름이었다. 검은빛에는 최악의 반응이 나와야 하는데……. 오늘 반응은 관객이나 공연자나 최고였다.

"이사님."

"네?"

"오늘 공연, 괜찮습니까?"

이현지는 눈을 몇 번이나 껌뻑이며 이해가 안 간다는 듯 이야기했다.

"왜요? 회장님은 별로인가요?"

"그게……."

"좋지 않나요? 전 애들이 저 정도로 연습한 것만 해도 좋은데."

"그렇습니까."

"하기야, 회장님은 다르게 볼 수 있겠네요. 아, 그래도 난 그냥 즐길래요. 회장님처럼 생각하면 피곤해요. 오오오!!"

이현지는 살짝 표정을 찡그리곤 오케스트라로 다시 눈을 돌렸다. 지나가듯 말한 이현지의 이야기에 강윤은 머리가 번쩍 뜨였다.

'즐긴다?'

음악은 음악이었다. 실력은 중요했다. 가수나 관객이나 즐거운 것이 최고고. 연주하는 아이들의 웃는 모습과 어른들의 환호하는 모습을 번갈아 보니 머리가 환하게 밝아지는 느낌이었다.

"아……."

그때였다. 눈꺼풀에서 뭔가가 벗겨지는 느낌이 났다. 관객석에서 오케스트라로 흘러들던 검은빛이 하얀빛으로 변해갔다. 온몸을 끈적끈적하게 짓누르던 감각도 사라졌다. 삽시간에 찾아온 변화였다.

'이건?!'

강윤은 눈을 비볐다. 그토록 찾던 새하얀 빛이었다. 타이밍 좋게도 연주도 막 끝나고 있었다.

[감사합니다!!]

[와아아아--!! 호오오오!!]

지휘자와 강윤의 눈에서 눈물이 흘렀다. 관객석에서 박수와 환호가 터져 나왔다. 자신에게 치는 박수인 것 같아 강윤은 이상하게 마음이 뿌듯해졌다.

'감동. 그래, 이걸 잊고 있었던 거야.'

어느샌가 너무 실력만을 고집했던 것은 아니었을까?

감동이라는 빛을 찾기 위해, 무의식적으로 검은빛만 보게 되었던 것은 아니었을까?

박수를 치며 강윤은 잠시 상념에 잠겼다.

'연주자와 관객의 감동을 잇는 것. 그게 내 음악이야.'

박수를 치던 강윤의 몸이 천천히 옆으로 기울었다.

"회장님, 회장……."

이현지가 다급한 목소리가 들려왔지만, 강윤의 의식은 미소와 함께 서서히 사그라졌다.

.

2화
물질 NO만능주의

인디의 성지, 홍대 공연장 '그린라이트'는 공연 준비로 한창이었다.

직원들이 막 라인 세팅을 끝냈고, 음향 엔지니어는 분주히 돌며 소리를 맞췄다. 무대 위에선 인디밴드 서쪽남자 멤버들이 분주하게 악기 체크를 하고 있었다.

"더 필요한 거 있어들?"

무대 위로 한 남자가 성큼 올라섰다. 그린라이트의 사장, 윤창선이었다. 공연 이야기에 정신없던 서쪽남자 멤버들은 묵직한 목소리에 시선을 돌렸다.

"아뇨, 괜찮습니다. 필요한 거 있으면 말씀드릴게요."

"알겠어들. 아, 차희는?"

두두둑. 탕-!!

자신을 부르는 소리에 긴 머리의 여성 베이시스트는 엄지와 검지를 멈추곤 눈을 들었다. 세션으로 지원 나온 이차희였다.

"……없어요."

방해하지 말라는 듯 이차희는 다시 손가락을 분주히 움직였다.

"……그, 그래. 알았어."

윤창선 사장은 애써 머리를 긁적였다. 민망한 대접을 받았지만 쉽게 뭐라고 할 수 있는 상대가 아니었다. 월드 연예인이 홍대 공연장 사장에게 좋은 감정을 가질 리가 없었으니까. 특히 인디밴드 출신인 하얀달빛 멤버였으니까.

'그놈의 월드. 이츠파인까지……. 끄응.'

무대에서 내려오며 윤창선 사장은 앓는 소리를 냈다. 사장 체면이 말이 아니었다.

"그, 그럼 오늘도 잘 부탁들 해요. 몽땅 매진돼서 분위기도 좋을 것 같으니까."

"네~!!"

서쪽남자 멤버들의 힘찬 대답에 손을 들어 답한 후 윤창선 사장은 서둘러 공연장을 나섰다.

"오늘도 매진이래!!"

"이여우!! 역시, 하얀달빛 빠워어~!!"

매진이라는 말에 서쪽남자 멤버들은 만세를 불렀지만 이차희는 덤덤한 얼굴로 베이스 소리만 맞췄다.

"……하아."

무슨 생각인지 모를 얼굴로.

짧은 대기 시간이 지나고 공연 시간이 되었다. 서쪽남자 멤버들의 인사가 이어지고 부드러운 피아노 선율과 보컬의 목소리가 관객들을 매료시켰다.

"오오오오오!!"

이차희의 묵직한 스케일 연주가 없히자 보컬과 건반이 더더욱 부각되었다.

가볍게 박자를 리드해 가는 드럼과 높은 음에서 놀고 있는 건반을 부드럽게 이어준 것이다. 그녀는 세션의 중심 역할을 톡톡히 해내고 있었다.

관객들의 높은 호응 속에 공연이 무르익어 갔다. 드럼 솔로파트 이후, 베이스 솔로 파트 순서가 되었다.

이차희는 조용히 한 걸음 나와 엄지로 스트링을 두드리고, 검지로 튕겨냈다. 슬랩과 플럭, 베이스의 고급 주법이었다.

타당, 탕- 팅.

두드리고, 튕겨내는 소리가 분위기를 한층 끌어올렸다.

"와아아아아ㅡㅡ!!"

관객들의 환호성이 커지는 가운데, 이차희는 이상한 눈빛을 느꼈다.

'누구지?'

관객석 중앙이었다. 붉은 옷을 입은 여자와 한 남자가 뚫어져라 자신을 쳐다보고 있었다. 관객이 가수를 바라보는 눈빛이 아닌, 먹잇감을 바라보는 듯한 눈빛이었다.

[하얀달빛의 이차희라. 기본에 솔로까지 완벽하네요. 얼굴도 예쁘고.]

이차희를 뚫어지게 바라보던 붉은 옷의 여성은 팔짱을 끼었다. 같이 있던 남성은 고개를 끄덕였다.

[하얀달빛의 핵심 멤버입니다. 세션과 보컬을 이어주는 중간 역할을 한다고 합니다.]

[이현아 빼면 쓸 만한 물건은 없다고 생각했는데……. 저 나이에 저런 센스 있는 세션은 드물어요. 드럼과 건반 호흡이 그렇게 좋은 것 같지는 않은데, 저 베이스 덕분에 관객들을 확 사로잡고 있잖아요? 탐나네요.]

붉은 옷의 여자가 입맛을 다시자 남자는 당황했다.

[저, 아가씨. 이차희는 이미 강 사장님께서…….]

[그거야 내가 직접 해결하죠. 한 명 정도 데려온다고 강 사장이 뭐라고 하지는 않을 테니까. 그리고 아가씨?]

[죄, 죄송합니다, 본부장님.]

본부장이라는 말을 듣고 나서야 여자는 미소를 되찾았다. 여자는 이차희를 향해 미소 지었다. 남자는 핸드폰을 들고 밖으로 나섰다. 중얼중얼하는 소리가 들려왔지만 여자는 전혀 개의치 않았다.

[컬렉션이 또 하나 늘겠네.]

때마침 이차희의 솔로 파트도 끝났다. 그녀는 미련 없이 관객들을 헤치고 공연장을 벗어났다.

"으, 으음……."

강윤은 힘겹게 눈을 떴다. 가장 먼저 눈에 들어온 건 하얀 천장이었다. 곧 거친 발소리와 함께 커튼이 젖혀졌다.

"강윤 씨, 정신이 드세요?"

애써 침착함을 유지하고 있는 여인, 이현지였다. 강윤이 몸을 일으키니 그녀는 강윤을 붙잡으며 만류했다.

"누워 있어요. 곧⋯⋯."

"괜찮습니다. 딱히 이상이 있는 건 아니니까⋯⋯."

"이상 없는 사람이 갑자기 쓰러져요?"

이현지는 쉬어야 한다며 강하게 밀어붙였지만 강윤의 고집을 꺾을 수 없었다.

"정말 괜찮은 거죠?"

"네, 조금⋯⋯ 피곤했나 봅니다."

학교를 벗어나며 강윤은 이현지를 안심시키려 애썼다. 의식을 잃고 쓰러졌으니 쉽지는 않았지만, 결국 나중에 병원에 가보겠다며 간신히 타협을 이뤄냈다.

"볼 때마다 잔소리해야겠네요. 홀아비라 건강 관리를 너무 안 해."

"호, 홀아비라뇨."

홀아비라는 별명을 뒤집어쓴 건 어쩔 수 없었다. 숙소에 도착하는 내내 받은 구박은 덤이었다.

숙소에 도착한 후, 강윤은 숙소 침대에 몸을 누였다.

'빛이 돌아왔어. 게다가 감각까지⋯⋯.'

마음이 편안해졌다. 눈꺼풀에서 뭔가가 벗겨졌던, 낮의 일은 아직도 생생했다.

게다가 음악마다 다르게 느껴지는 감각까지.

빛만으로 노래를 판단했던 과거보다 더 여러 가지 일을 해 나갈 수 있을 것 같았다.

'민아 작업을 해볼까?'

지금이라면 할 수 있을 것 같았다. 강윤은 컴퓨터를 켰다. 녹화한 정민아의 안무를 보며 'Hot Smile'을 편곡해 나갔다. 음표들이 온 방 안을 가득 채워 나갔다.

'미지근한 바람에 검은…… 이건 확실하구나.'

이전처럼 바이올린에 전자음을 일그러뜨렸더니 검은빛과 함께 뜨거운 바람이 느껴졌다. 실패였다.

'음이 높으니까 긴장감을 높여서…….'

찌잉—

첫 음이 일그러졌다. 그 후 흘러나온 건 일렉트릭 기타 소리 였다. 강윤은 리버브 효과를 넣은 후, 재생 버튼을 눌렀다. 울 리는 효과와 함께 뜨거운 바람, 하얀빛이 퍼져 나가기 시…….

'윽!!'

온몸을 강타하는 찌릿찌릿한 느낌. 이전보다 곡에 예민해 진 것 같았다. 강윤의 눈가에 힘이 들어갔다.

"제대로 다시 해봐야겠어."

강윤의 곡 작업은 밤새도록 계속되었다.

다음 날, 오후.

강윤은 USB를 들고 정민아가 연습하고 있는 연습실로 향했다. 화장기 하나 없는 얼굴로 땀을 흘리던 정민아는 서둘러 수건으로 얼굴을 가렸다.

"오, 오면 온다고 예고는 하고 오라고요!!"

날 선 외침에 강윤은 뚱하게 고개를 기울였다.

"한두 번도 아니고. 뜬금없이."

"나도 여자라고 몇 번……. 아무튼!! 님, 배려 좀. 네?!"

"허, 참……."

기가 찼지만 강윤은 웃으며 알겠다고 답했다. 그제야 성난 기세가 잦아들고, 정민아는 헤벌쭉 웃음을 되찾았다. 강윤 손에 들린 USB를 보고 정민아가 눈을 동그랗게 떴다.

"설마 그거 내 노래?"

"응, 왜? 설마 싫은 거야?"

"그럴 리가요? 좋아서. 헤에~"

정민아는 강윤의 손을 잡고 볼을 비볐다. 뜻하지 않은 애교에 강윤은 피식 웃었다.

"좋아?"

"당연히 좋죠. 아저씨 곡 받기가 얼마나 어려운데. 히히히."

"시간이 되면 녹음도 다시 했으면 좋겠지만, 스케줄이……."

"지금 하면 되죠?"

"지금?"

언제나 그랬듯 행동력 하나는 끝내줬다.

바로 녹음을 할 수 있으면 좋았겠지만 최상의 컨디션을 만들어서 임해야 하는 게 녹음이었다. 강윤은 고개를 저었다.

"녹음은 나중에 하자. 곡부터 들어보는 게 어때?"

"어련히 좋을까요, 아저씨 곡인데."

"믿어주는 건 고마운데……. 일단 들어보자."

큰 리액션에 강윤은 민망한 헛기침을 하곤 음악을 재생했다.

휘이이이―

바람 소리가 들려오기 시작했다.

"여유롭네요."

숲에 홀로 서서 바람을 맞는 느낌이었다.

정민아는 눈을 감았다. 곧 바람 소리에 마림바(실로폰의 일종. 울림이 풍부하고 둥근 소리를 냄) 소리가 함께 섞여 흘렀다.

"소리 완전 좋다……."

맑은 실로폰이 둥글게 울리는 듯한 음색이 잔잔하게 흘렀다. 정민아는 눈을 감고 입가를 올렸다.

그때.

딱.

"어?"

딱. 딱.

손가락 튕기는 소리와 함께 리듬이 가속되기 시작했다. 전자 드럼의 리드와 함께 묵직한 베이스, 고음의 멜로디도 함께 더해졌다.

분위기가 급변하자 정민아의 동공이 커다래졌다. 빠른 비트로 흥을 돋우는, 팝핀과 비보잉 안무에 최적화됐던 원곡과는 판이하게 달랐다.

정민아는 노래를 흥얼거리며 가볍게 몸을 움직였다.

"Hot, hot……. 느낌 있다. 여유로운데 늘어지진 않고."

"좀 더 박자 당겨볼까?"

"아니요. 이게 더 좋아요."

정민아는 가볍게 웨이브를 타더니 큰 S자를 만들었다. 그녀에게서도 음표가 흘러나왔다.

'하얀빛.'

아쉬웠다. 은빛 정도는 기대했는데. 완성은 아니었으니 더 발전할 수 있었다.

"여기서 옆으로 흔드는 게 나을까요? 아니면 뒤로 돌까요?"

정민아는 강윤의 옆쪽에서 골반을 흔들어 보고, 강윤에게서 뒤로 돌아서서 흔들었다. 두 안무 모두 하얀빛 안의 은빛이 일렁였다. 문제는 감각이었다.

'뒤로 도는 안무에서 바람이 더 강했어.'

확실히 차이가 났다. 뒤로 도는 안무에서 뒤로 밀려날 듯한 바람이 느껴졌다.

"뒤로 도는 게 더 나을 것 같아."

"오케이. 그걸로 할게요. 안무는 대충 됐고……. 그럼, 가요."

"어디를?"

"어디긴요. 녹음하러 가야죠."

당장에라도 녹음하러 가겠다는 정민아를 말리느라 강윤은 애를 먹었다. 결국, 정식으로 녹음 일정을 잡은 후에야 정민아를 진정시킬 수 있었다.

"……행동력 하나는 최고야, 최고."

"칭찬은 감사."

당연한 듯 가슴을 펴는 정민아를 보며 강윤은 고개를 절레절레 흔들었다.

다음날.

휴가를 마치고 강윤은 셰무얼에게 복귀했다.

[어서 와요, 강윤.]

입구까지 마중 나온 셰무얼은 강윤을 끌어안으며 반가움을 표했다.

티켓팅이라는 고비를 넘기고 나니 남은 일정들은 수월하게 진행되었다. 장비 통관, 콘서트장 설치와 콘서트곡 저작권 업무 등 모든 게 순조롭게 진행됐다.

정신없이 시간이 흘러갔다.

브라질로 건너간 팀이 보낸 보고서를 검토하던 강윤은 묘한 보고에 머리를 쓸어 넘기며 이마를 찌푸렸다.

'운송이 늦어질 수도 있다?'

몇몇 장비 운송이 늦어져 12월에나 들어갈 것 같다는 보고였다. 행정적인 절차 문제였다. 중요한 장비들도 꽤 있었기에 중요한 문제였다.

강윤은 바로 브라질에 전화를 걸었다.

[늦어도 12월이 되기 전까지는 모든 장비를 통과시켜야 합니다.]

[네, 팀장님. 그때까지는 모든 작업을 마치겠습니다.]

부팀장 리사에게 강윤은 신신당부했다. 12월에 시작되는 우기 때문이었다.

티켓팅이 끝난 이후, 콘서트에 영향을 줄 최대의 변수였다. 세무얼이 신경 쓰지 않도록 강윤을 비롯한 기획팀 모두가 신경을 곤두세우고 있었다.

[12월 비에 관련된 것은 모두 보고해 주세요.]

[알겠습니다, 마스터.]

통화를 마친 후, 강윤은 다른 서류들에 도장을 찍어갔다.

일을 마치고 기지개를 켜니 늦은 오후였다. 언제나처럼 강윤은 연습실로 향했다.

'역시.'

연습실 입구에서부터 음악이 새어 나오고 있었다. 문을 열자 녹색, 파랑의 조명이 춤을 췄다.

허리를 흔들며 무대 위를 미끄러지듯 춤을 추는 세무얼과 댄스팀 주변으로 하얀빛이 넘실댔다. 하얀빛 안에 강렬한 은빛이 꿈틀댔다.

'촉촉하군. 거품 같아.'

거품 같은 부드러운 감촉이 느껴졌다. 노래, 춤, 조명에서 음표들이 흘러나오며 빛을 만들어냈다. 세무얼의 노래와 댄서들의 춤이 일렁이는 하얀빛을 만들면 조명의 음표가 잦아들게 만들었다.

[오, 강윤.]

음악이 멈췄다. 잔뜩 들뜬 얼굴로 세무얼은 강윤을 향해 손을 들었다. 몸에서 김을 뿜어내던 댄서들과 세션들도 잠시 한숨을 돌렸다. 강윤은 무대 앞으로 걸어갔다.

[제가 방해한 건 아닌지?]

[하하하. 쉴 시간이었어요.]

무대 앞에 놓인 의자에 강윤과 세무얼은 나란히 앉았다. 콜라를 시원하게 딴 후, 강윤은 세무얼 쪽으로 고개를 돌렸다.

[지금 곡이 'Joy'였지요?]

[맞아요. 어땠나요?]

[세무얼의 느낌이 나는 곡이라는 생각이 들었습니다.]

[나다운 느낌?]

세무얼은 흥미 어린 얼굴로 강윤을 바라보았다. 잠시 생각하던 강윤은 차분히 운을 뗐다.

"I've figured out that joy is in your arms(난 기쁨이 당신의 품 안에 있다는 걸 발견했습니다)."

가사를 읊은 후 강윤은 담담히 말했다.

[이 부분이 포인트였죠?]

[맞아요. 수줍지만 당당한 고백이죠. 왜요?]

[다른 가수들이라면 이 말을 어떤 어조로 했을까? 이 생각을 잠깐 해봤습니다. 요즘 대세는 직설이니까요. 세무얼은 속삭이듯 돌려서 이야기하고.]

[이런 말은 직설적으로 하면 매력이 떨어져요.]

세무얼은 가사를 흥얼거리며 눈을 감았다. 그의 노래에서 하얀빛이 넘실거렸다. 강윤도 함께 가사를 흥얼거리자 세무얼은 화음까지 섞었다. 하얀빛이 요동치기 시작했다.

'어우.'

목소리만으로 빛이 요동칠 정도라니. 강윤은 전율이 느껴졌다. 흥얼거림을 멈춘 셰무얼이 웃으며 물었다.

[강윤은 내가 트렌디하게 직설적인 노래를 부르는 게 좋을 것 같나요?]

어려운 질문이었다. 어떻게 대답해야 할지 강윤은 작은 신음과 함께 고민했다.

[원하는 노래를 하는 게 당연히 좋습니다.]

[그렇죠?]

[다만······.]

강윤의 망설이는 기색에 셰무얼의 눈가가 조금 올라갔다. 곡에 대한 이야기에 민감해지는 건 어쩔 수 없었다.

[이번 곡은 두 가지 버전을 준비해 보는 게 어떨까요?]

[두 가지?]

[브라질에서는 호불호가 갈릴 것 같습니다. 그곳 문화가 워낙 마초적이니까요.]

[마초? 하긴······ 브라질이 좀 거센 나라이긴 했어요.]

셰무얼이 동의했고 강윤은 부연 설명을 이어갔다.

[불과 몇 년 전까지만 해도 신부가 처녀가 아니면 결혼 자체를 무효로 할 수 있는 법이 있던 나라였습니다. 그 외 마초적인 문화는 여기저기 남아 있죠.]

[허······ 그 정도였나요?]

셰무얼은 팔짱을 끼었다. 브라질 문화는 또 언제 분석해 온 건지. 셰무얼은 강윤의 어깨를 가볍게 두드린 후 무대 위에 있던 밴드 마스터, 엘레나를 불렀다. 그녀는 세션들과 한창 이야기하다가 두 사람에게 다가왔다.

[불렀나요, 세무얼?]

[잠깐 강윤 이야기 좀 들어보겠어요?]

강윤은 같은 이야기를 다시 했다. 엘레나의 표정이 묘하게 일그러졌다. 여자 입장에서 듣기 좋은 말은 아니었을 터. 그래도 그녀는 프로였다.

[……그러니까, 편곡이 필요하다는 거죠? 현지 사정에 맞춰서?]

[네, 부탁드립니다. 앨범 편곡이 아니니까, 세션들이 나서주셨으면 합니다.]

엘레나는 시크하게 한 번 고개를 끄덕이고 다시 무대에 올라섰다. 곧 세션들에게서 외마디 소리가 퍼져 갔다. 세션들의 얼굴이 푸르죽죽해지는 모습을 보며 강윤은 볼을 긁적였다.

'미안해지네…….'

기껏 쉰다고 좋아한 사람들에게 일거리를 준 격이었다.

하루를 마치고 숙소로 돌아왔다. 이미 새벽 2시가 넘은 시간. 피곤함에 지쳐 침대에 몸을 누였다.

지잉- 지잉-

핸드폰이 요란하게 춤을 췄다. 앞자리 082. 한국에서 온 전화였다.

"네, 이강윤입니다."

─혹시…… 이강윤 팀장님. 그러니까…… 워, 월드 회장님 핸드폰인가요?

잔뜩 긴장한 여성의 목소리였다. 흔하지 않은 허스키한 보이스. 강윤은 의아했다. 김지민이나 이현아의 허스키 보이스와는 완전히 달랐다.

"누구…… 아, 혹시 혜성이니?"

－네, 저예요. 아…… 다행이다. 휴우~~

그제야 핸드폰에서 안도하는 소리가 들려왔다. 워낙 특색 있는 목소리였기에 바로 기억이 났다.

MG의 연습생, 이혜성이었다. 모든 연습생이 두려워하던 강윤에게 당돌하게 조언을 구하던 중학생이었다. 덕분에 강윤에게 여러 조언을 듣고 실력을 많이 키워냈었다.

"오랜만이야."

－아니에요. 팀장님은 여전하시네요. 달라진 게 별로 없으신 것 같아요.

강윤은 잘 지내냐는 말은 하지 않았다. 지예의 연습생 구조조정. 이혜성도 그때 정리된 연습생 중 하나였다. 묻는 건 무의미했다.

"그렇게 보여?"

－회장님 되셨으니까 연습생하곤 멀게 느껴졌거든요. 전화하기도 무서웠는데…….

이야기를 이어가며 강윤은 의문이 들었다. 대체 MG에서 왜 이혜성을 내보낸 건지. 155㎝에 황금비율, 매력적인 허스키 보이스까지. 외모나 실력이나 어디 하나 부족한 것이 없었다.

"……그래서 이번에 나온 거야?"

-네, 구조조정만 네 번째 겪으니까 도저히 견디질 못하겠더라고요. 앞으로 월드처럼 데뷔할 사람들만 키우겠다며 다 쳐내는데 견딜 방법이 없었어요. 지금 남은 애들, 7명밖에 안 돼요.

"딱 한 팀 만들 정도네. 너무하네."

-제가 부족하니까 떨어졌겠죠. 실력이 있었다면 살아남았을 거예요.

이혜성은 끝까지 남 탓을 하지 않았다. 그녀를 대견하게 생각하면서도 강윤은 지예의 처사에 화가 났다.

갑작스럽게 데뷔할 수 있는 연습생만 데리고 가겠다니. 꿈만 보고 달려온 연습생들은 뭐가 되겠는가.

-……전화 받아주셔서 감사합니다.

"이게 감사할 일이야? 앞으로도 자주 연락해. 환영이니까."

-에헷. 네. 아, 맞다. 저 오늘 오디션 가거든요. 잘되도록 응원해 주세요.

"어디 가는데?"

-알면, 힘 좀 써주시게요?

"아니."

-하하하. 그렇게 말씀하실 줄 알았어요. 저도 팀장님 백으로 합격 딱지 붙이고 싶진 않거든요. 기다리세요. 조만간 그 바닥으로 갈 거니깐.

"하하하. 기다릴게."

통화를 마친 후, 강윤은 침대에 누웠다.

'진 팀장한테 만나보라고 할까?'

엔티엔 담당자, 진혜리 팀장에게 강윤은 전화를 걸었다.

부스 안에는 벙거지를 쓴 남자와 야구모자를 쓴 여자가 한창 곡 작업에 매진 중이었다.

－어떻게 말할까, 아깝다는 말. 어떻게 사람들 기억하게 할까. 나의 생각, 나의 행동, 엇비슷한 스웨그－

손짓과 함께 라임과 꽉 찬 목소리가 터져 나왔다.

－너의 성공을 반겨. 나의 성공을 반겨. 다들 최고라 하지. 이곳, 이 방, 이 순간.

남자의 손이 여자를 가리켰다. 몸을 흔들며 가볍게 리듬을 타던 여자는 마이크에 입을 가져갔다.

－우린－ 아무나 할 수 없는－ 미래를 걸어가야 해 －－

시원하고, 강렬한 소리가 터져 나왔다. 부스 앞을 지키던 음향기사는 만족스러운 미소와 함께 기계를 조작해 갔다.

"오늘 주한이 장난 아닌데?"

"현아가 대박이에요. 와, 저런 감정을 보여주네?"

작곡가 유대명과 작사가는 부스를 바라보며 흐뭇해했다. 흐름을 탔는지 한 번의 끊어짐 없이 녹음은 시원하게 진행되었다.

"우와우. 더 할 필요도 없겠는데?"

노래가 끝나자 두 사람이 부스에서 나왔다. 작곡가 유대명은 박수로 두 사람을 맞았다. 랩을 한 신주한은 장난기 어린 눈빛을 쏘았다.

"내가 했는데. 당연하죠."

"신주한이, 넌 100번은 더 해야 돼. 현아 말이야, 현아. 최고야, 최고."

신주한이 입술을 씰룩였지만, 작곡가나 다른 스태프들도 이현아에게 박수를 아끼지 않았다.

"더 안 해봐도. 괜찮을까요??"

"느낌 너무 좋아. 괜찮아!! 과연 하얀달빛 보컬. 어쩜 이렇게 잘할까?"

"주한 오빠가 워낙 잘 맞춰줬거든요."

공이 자신에게 돌아오자 신주한은 입이 헤벌쭉 벌어졌다. 이내 프로듀서가 그를 부스 안에 넣어버렸지만…….

피처링을 끝내고 이현아는 매니저와 함께 차에 올랐다.

"오빠, 오늘 스케줄 더 없죠?"

"응, 왜?"

"저 홍대에서 내려주실래요? 만날 사람이 있어서……."

만날 사람이라니. 매니저가 걱정되는 눈빛으로 물었다.

"진성 씨 만나려고? 아무리 공개 연애라지만……."

"아니거든요. 작업 때문에요. 자주 만나면 질려요, 질려. 오빠도 연장 근무 콜?"

매니저는 격하게 고개를 흔들었다. 오늘까지 늦게 들어가면 마누라한테 쫓겨날지도 몰랐다. 월급만 많이 갖다준다고 남편 역할 다하는 게 아닌 법…….

"사람 조심하고."

"알았어요."

매니저는 몇 번이나 신신당부하고, 이현아를 내려주었다. 홍대에 위치한 공연장, 스팟홀 부근이었다. 별다른 변장 없이 이현아는 길을 걸었다. 그녀를 알아본 사람들이 모여들었다.

"이현아다!!"

"언니!!"

유독 그녀는 여성 팬이 많았다. 몰려든 사람들도 상당수가 여성이었다.

"여기요."

"감사합니다!!"

사인도 해주고 사진도 찍다 보니 목적지로 가는 길은 더뎠다. 홍대에서 그녀는 여신이었다.

한 여대생 무리에게 둘러싸여 사인 공세, 플래시 세례를 받는데, 2층 카페에서 익숙한 실루엣이 눈에 들어왔다.

'차희?'

멀리서도 한눈에 보이는 바스트. 이차희였다. 반가운 마음에 이현아는 서둘러 사인을 해나갔다.

'어?'

이차희는 혼자가 아니었다. 2층 창가에서 붉은 옷을 입은 여성과 함께 마주 앉아 있었다. 이상했다.

'누구지?'

"언니!! 사진 한 장만……."

"꺄아악. 언니, 완전 좋아요!!"

"누나, 사랑해요."

갑작스럽게 사인과 사진 공세들이 밀려왔다. 이상하다는 생각에 이현아는 양해를 구하곤 서둘러 맞은편 2층 카페로 올라갔다.

"헉, 헉……."

없었다. 이차희도, 붉은 옷의 여성도.

'잘못 본 거 아니었는데…….'

느낌이 좋지 않았다. 혹시 몰라 직원에게 물어보니 분명히 이차희였다. 나갔다는 이야기 외에 다른 수확은 없었다.

이현지는 한국으로 돌아오자마자 전 직원을 소집했다.

"연예인, 연습생 주위에 수상한 사람이 접근하면 바로 보고하세요."

"이사님께 직접 말입니까?"

"네."

직원들도 중국에서 연예인들의 신변 보호가 어렵다는 걸 알고 있었다. 사안이 무척 중하다는 말이었다. 곧 지시는 공문이 되었다.

"지혜 누나, 무슨 일 있어요?"

강윤의 집에서 곡 작업을 하던 김재훈은 의아했다. 회사에 들렀다 온 유지혜 매니저가 잔뜩 긴장하고 있었으니…….

"아니, 아, 재훈아. 혹시 이상한 사람 없었어?"

"이상한 사람이요? 집하고 회사만 왔다 갔다 했잖아요."

"그랬었지……? 그래도 혹시라도 수상한 사람 접근하면…….'

김재훈은 바로 감을 잡았다. 김지민도 마찬가지였다. 유지혜 매니저와 달리, 문주명 매니저는 한마디도 하지 않았지만…… 표정에서 티가 나버렸다.

"오빠, 언니들. 혹시 요 며칠 사이 이상한 사람 없었죠?"

하얀달빛의 매니저, 이태정이 낭랑하게 물었다. 이현아는 당연한 듯 고개를 저었지만 남자 멤버들은 헛기침만 늘어놓았다.

"……진대 오빠, 오늘 이상해? 누구 만났어요?"

"마, 만나긴."

딴청을 피웠지만 얼굴에 거짓말이 다 쓰여 있었다. 이태정 매니저는 발끈했다.

"오빠, 솔직히 불어요. 누구 만났죠?"

"……그래!! 만났어, 만났다고. 돈 세 배로 줄 테니까 넘어오라더라."

"형!!"

"오빠!!"

엄청난 이야기에 정찬규와 이현아가 발끈했다. 이태정 매니저는 예상치 못한 전개에 말문이 막혀 버렸다.

"야야, 거절했거든? 걱정 마시고요."

"그래, 그래야 우리 오빠지!!"

이현아는 김진대의 어깨를 감쌌다. 정찬규도 김진대와 하이파이브를 했다.

"차희야, 왜 그래?"

"……."

"차희야?"

"……어?"

이현아가 몇 번이나 부르고 나서야 이차희는 고개를 들었다.

"무슨 생각해?"

"……아냐, 아무것도."

"진대 오빠 봐. 멍청해 보이긴 해도 한 의리 하지?"

"야, 멍청하다니!!"

김진대가 발끈하는 것과 달리 이차희는 아무런 반응이 없었다. 평소의 툭 쏘아붙이는 반응조차 없었다. 뭔가 이상했다. 이현아는 며칠 전 일을 떠올렸다. 홍대에서 붉은 옷의 여성과 이차희를 봤던 일을.

"차희야. 너 며칠 전에 홍대에 간 적 없었어?"

"없어."

"진짜?"

"어."

단호한 답. 이현아의 눈이 가늘어졌다. 재차 물었다.

"진짜로?"

"왜 자꾸 물어봐? 내가 거짓말이라도 했다는 거야?"

"아, 아니. 그게 아니라……."

"한번 아니라면 아닌 거지."

쾅.

이차희는 그대로 연습실 문을 닫고 나가 버렸다. 평소와 너무도 다른 격한 반응에 김진대와 정찬규는 어안이 벙벙해졌다.

"……쟤, 왜 저래?"

두 남자가 서로를 멀뚱멀뚱 바라볼 때, 이현아는 그녀대로 복잡했다.

'그건 분명 차희였어. 설마…….'

느낌이 좋지 않았다. 그녀의 고민이 깊어져 갔다.

연습이 끝난 후, 콘서트 기획 회의가 이어졌다. 콘서트에서 가장 중요한 것 중 하나인 오프닝에 대한 회의가 진행 중이었다. 셰무얼은 강윤의 설명이 이해가 안 갔는지 손을 들고 질문을 던졌다.

[그러니까, 30명의 셰무얼. 내가 30명이 돼서 오프닝 무대를 만든다는 거예요?]

[맞습니다. 정교한 홀로그램 기술을 적용해서 실제와 구별하기 힘들 겁니다.]

강윤은 확실히 못을 박자 셰무얼을 비롯한 출연진들은 선선히 수긍했다. 이미 강윤의 말은 모두에게 강한 신뢰를 받고 있었다.

오프닝 무대에 대한 이야기를 끝낸 후, 강윤은 기타 과정에 대한 보고를 이어갔다.

[실연곡 신고, 저작권 등의 작업은 모두 끝났습니다. 브라질이 저작권에 대한 개념이 덜 잡혀 있어서 애를 조금 먹긴 했습니다. 아, 엘레나. 세션들에게 이동식 라이저가 필요하다고 했었죠?]

[네, 미안해요. 전달이 늦었네요.]

밴드 마스터 엘레나의 사과에 강윤은 고개를 저었다.

[아닙니다. 기한을 맞추는 데는 무리가 없을 겁니다. 그리고…….]

강윤은 셋 리스트(실연곡 리스트)를 보며 회의를 이끌어 갔다.

세무얼과 다른 팀장들은 적극적으로 필요한 것과 하고 싶은 것들을 요구했다. 강윤은 요구를 수용하되, 힘들다고 생각하는 건 거절했다.

회의가 끝나갈 무렵, 세무얼이 물었다.

[베스트 선정은 어떻게 되어가고 있어요?]

[지금 알아보고 있습니다. 지원자가 너무 많아서 애를 먹고 있습니다. 혹시 생각해 둔 가수가 있습니까?]

[있기야 한데…….]

세무얼은 강윤을 장난스러운 표정으로 바라보았다.

[강윤 회사에서 한 명 데려오는 건 어때요?]

[오, 나쁘지 않은데요?]

[굿. 강윤 매니지먼트 한다면서요?]

사람들도 호의적이었다. 반면 강윤은 난색을 표했다. 마음이야 굴뚝같았지만 그렇게 하면 책임자로서 권위가 서지 않았다.

[괜찮습니다, 세무얼. 제 생각엔 브라질에서……]

[주아에게 들었는데 자기 못지않은 댄서가 있다고 하던대요.]

[네?]

세무얼이 모두를 향해 이야기했다. 다른 사람들도 호의 어린 눈빛이었다.

[오, 주아 정도의 댄서라면 환영이에요.]

[나도. 보고 싶은데요?]

[난 이름도 들었는데. 민아?]

출연진, 댄서들까지 장난스럽게 의견을 내고 있었다. 난감해하는 강윤을 보며 놀리듯이. 댄서팀장의 옆에 서 있던 주아는 강윤을 향해 손가락으로 브이 자를 보이고 있었다.

'나밖에 없지?'

그녀를 보니 답이 나왔다. 저 녀석 작품이었다. 강윤은 너털웃음이 새어 나왔다. 자신도 모르게 멍석이 깔려 버렸으니까.

강윤이 주변을 둘러보자 이미 사전 작업이 되어 있는 모양새였다. 모두가 이미 결정이라도 한 듯 키득대고 있었다.

'우리가 다 알아서 해줄게'.

모두가 한마음이었다.

[댄스 가수를 딱 1명만 추천하라고 한다면 망설임 없이 추천할 수 있죠.]

[주아하고 비교하면 어떤가요?]

세무얼이 장난스러운 어조로 묻자 주아도 눈꼬리를 휘며 답했다.

[당연히 내가 최고긴 한데…….]

[에이, 그럼 안 되겠네요.]

[그, 그래도…… 벼, 별 차이 안 나요. 쬐끔, 아주 쬐끔.]

주아가 필사적으로 손가락까지 동원하며 부정을 하니 모두가 낄낄대고 난리도 아니었다. 질문을 한 셰무얼도 이미 마음을 정했는지 분위기는 화기애애했다.

'하아…….'

가시방석에 앉은 이는 단 한 명, 강윤뿐이었다.

'하여간.'

'저래야 우리 마스터지.'

사람들은 아무 말도 하지 않는 강윤을 보며 킥킥댔다.

한편으론 감탄했다. 이건 기회였다. 아주 큰 기회. 여기 있는 대부분의 사람은 크고 작은 소속사에 속해 있는 가수나 댄서가 많았다.

이런 큰 기회에도 경거망동하지 않는 강윤의 모습이 다시 한번 모두에게 새겨졌다.

셰무얼이 강윤의 팔을 잡았다.

[강윤, 해줄 거죠?]

셰무얼이 눈을 반짝이니 말을 못 잇던 강윤은 힘겹게 고개를 끄덕였다.

[……알겠습니다. 감사합니다, 모두들.]

[와아아!!]

모두의 환호와 함께 결론이 났다. 강윤이 그동안 얻은 신뢰, 주아의 추천이 만들어낸 결과물이었다.

회의가 끝나고 모두가 자리에서 일어나는데, 강윤이 말했다.

[혹시 모르니까……. 직접 보고 판단하시는 게 어떻습니까?]

이미 선발된 가수의 책임자가 검증을 요구했다? 잠시 서로를 멀뚱멀뚱 바라보던 사람들은 이내 크게 웃음을 터뜨렸다.

[푸하하하하!!]

강윤은 어디서 웃음이 터진지 몰라 눈만 껌뻑였다. 그때, 주아가 강윤의 등을 두드렸다.

[이 사람아, 확정된 가수 검증이라니. 그것도 그 소속사 회장이……. 풋. 막혔네, 막혔어.]

주아가 다시 자리로 돌아갔고, 세무얼을 비롯한 사람들도 자리에 앉았다. 사람들의 생각도 크게 다르지 않았다.

'마스터다워.'

'확실하다니까.'

사람들이 수군대는 소리를 애써 흘려 버리곤 강윤은 핸드폰에 있던 영상을 노트북으로 옮겼다.

영상을 재생하니 연습실에 홀로 서 있는 정민아가 등장했다. 음악이 흐르며 중앙에 선 정민아가 가볍게 비트를 타더니 엘보우 프리즈로 안무를 시작했다.

[오우!!]

[비보잉?!]

영상의 정민아는 한 팔로 몸을 세우더니 다리를 구르며 턴을 했다. 일반 남자도 쉽게 소화하지 못하는 고난도 안무에

연신 탄성이 터져 나왔다.

[주아, 한국 여자들은 다 저렇게 춤을 잘 춰?]

[저 애가 이상한 거죠. 다들 예쁜 척밖에 못해요.]

세무얼의 물음에 주아는 어깨를 으쓱였다. 칭찬에 인색한 그녀다운 말이었다.

주아 못지않게 사람들을 빨아들이는 듯한 춤. 정민아의 춤은 그랬다. 마음은 정했지만, 더더욱 확고해졌다.

[강윤.]

[네, 세무얼.]

세무얼은 강윤의 팔을 가볍게 잡고 그윽하게 웃었다.

[이해해요. 저런 애라면 당연히 자랑하고 싶었을 것 같아.]

[네?]

사람들도 키득키득 웃었다. 확실한 검증을 위해 튼 영상이 졸지에 '나 이런 가수 있어요'라는 자랑하는 영상이 되어 버렸다.

[잘 부탁해요~]

사람들이 회의실을 모두 나간 후, 사무실에는 강윤과 주아만 남았다. 주아는 눈망울을 반짝이며 강윤을 향해 턱을 괴었다.

"……야, 연주아."

"나 잘했…… 아얏!!"

꽁!!

강윤은 주아의 머리에 꿀밤을 박아버렸다. 주아는 눈을 시퍼렇게 뜨며 발끈했다.

"또 왜!! 나 잘 했잖아!!"

"고맙지. 아주 고마운데, 이런 일을 말도 없이 이런 일을 저지르면 어떡해."

"오빠 언제 말하고 사고 쳤냐? 이사 언니 생각은 해줬어?"

"난 비상상황이었지. 이건……."

"하여간 고지식해 가지곤……."

"고, 고지식?"

주아는 고개를 절레절레 흔들곤 어조를 차분하게 바꿨다.

"이사 언니가 부탁하더라. 오빠 성격이면 월드 애들은 10년 정도 지나야 이런 무대 설 수 있을 것 같아서 걱정이라고. 그래서 손 좀 썼지롱~ 아, 정민아 고것 좋은 일만 시켰네. 비싼 거 얻어먹어야지~ 오빠한테 받은 거 갚으려면 멀긴 했지만……."

주아는 강윤의 말은 듣는 둥 마는 둥 하며 회의실을 나가 버렸다.

"……이사님이 미국 왔을 때 손을 써놨던 거였군. 아무튼, 빚을 졌네."

강윤은 시계를 본 후 핸드폰을 들었다. 지금쯤이면 에디오스가 스케줄을 마치고 이동할 시간이다. 전화를 거니 매니저가 받았다. 그는 바로 정민아를 바꿔주었다.

-어? 회…… 장님. 왜요?

자고 있었는지 한껏 졸린 목소리였다. 강윤이 바로 용건을 이야기하자, 목소리에 가득했던 졸음이 단번에 날아가 버렸다.

─……이상해. 4월도 아닌데. 솔직히 불어요. 구라죠?

"구라? 무슨 소리야?"

─내가 어떻게 셰무얼 무대에 서요? 이런 거짓말하면 벌받아요.

"하아……."

하기야, 그럴 만도 했다. 강윤의 고지식함은 소속 가수들이라면 다 알고 있었으니까.

정민아도 강윤 못지않게 고지식했고. 몇 번이나 같은 말을 반복한 후에야 정민아를 믿게 만들 수 있었다.

─……구라 치면 모가지 날아가요.

"알았으니까 그만하자. 어?"

─그니까. 제 무대를 브라질, 셰무얼 콘에서. 그것도 단독으로?

"같은 말만 10번째 했어. 셰무얼 콘서트 맞고, 솔로 무대도 맞아. 단단히 준비하자고."

─……거짓말이면…….

"아니라니까!!"

지쳐 버린 강윤은 전화를 끊어버렸다.

지잉지잉─

핸드폰이 다시 울렸다. 정민아였다. 강윤은 속을 꾹꾹 누르며 통화 버튼을 눌렀다.

─진짜 거짓말이면…….

"그마안!!!!!!!"

결국 강윤은 같은 말을 10번이나 더 하고 나서야 그녀를 믿게 할 수 있었다.

GNB엔터테인먼트의 매니저 겸 스카우터, 김정훈은 가볍게 몸을 떨었다.

'아씨, 하필이면…….'

하필이면 그가 오디션 심사를 보는 날, 옆에 회사에서 가장 높으신 분, 한영숙 사장이 심사위원으로 참석을 하다니…….

"김 실장."

"네, 사장님."

"요새 우리 GNB 이름이 바닥인가 봐? 오늘 애들이 다 왜 이러지?"

김정훈 매니저는 고개를 푹 숙였다. 사장이 옆에 있어봐야 좋을 게 없다.

"오늘따라 유난히 인물이 없는 것 같습니다."

"없는 것 같은 게 아니라 없어요. 왜일까요?"

"……죄송합니다."

김정훈 매니저도 할 말은 있었지만, 변명은 하지 않았다. 지난번 위진성 스카우트 실패 이후로 한영숙 사장에게 제대로 찍혀 버렸다. 줄타기를 하던 월드와도, 지예와도 사이가 벌어진 데다 성과도 없었으니까.

"……마지막 애나 보죠."

한영숙 사장은 아예 그쪽에서 고개를 돌려 버렸다. 더 보기 싫다는 듯.

김정훈 매니저는 체념한 표정으로 진행 요원에게 신호를 보냈고 곧 키 작은 여자가 안으로 들어섰다.

"안녕하십니까. 이혜성이라고 합니다."

"어디 준비해 온 것부터 볼까요?"

키 작은 여자, 이혜성은 곧 USB를 진행 요원에게 건넸다. 느릿한 음악이 흐르기 시작했다. 이혜성은 눈을 감으며 감정을 끌어올렸다.

"내 마음은— So— So— 당신을 향해—"

독특한 허스키 보이스가 터져 나갔다. 김정훈 매니저의 눈이 빛났다. 한영숙 사장도 턱에 손을 올렸다. 오늘 봐왔던 지망생들중 최고였다.

1절이 끝난 후, 한영숙 사장은 손을 들었다. 곧 MR이 멈췄다.

"혹시 'COLD'도 불러줄 수 있나요?"

"네."

이혜성은 바로 목소리를 가다듬곤 노래를 이어갔다. 얼마 전에 유행했던 외국곡, 여성의 허스키 보이스가 돋보이는 노래를 그녀는 무리 없이 소화했다.

'하나는 건졌네.'

한영숙 사장은 그제야 만족스러운 미소를 지었다. 합격 도장을 찍기 위해 이력서로 눈을 돌렸다.

'MG 연습생이었다고? 잠깐. 이때 나왔다면……'

이력을 보니 마음에 걸리는 게 있었다. 노래가 끝나자 한영숙 사장은 물었다.

"지예에서는 무슨 일로 나오게 됐나요?"

곤란한 질문이 날아들었다. 반드시 부딪히는 문제였다. 속여봐야 소속사 들어가면 거의 들통나게 마련. 그녀는 차분히 입을 열었다.

"지예는 연습생들을 대거 정리했습니다. 그때 나왔습니다."

혹시 나가 역시 나였다. 한영숙 사장의 눈매가 가늘어졌다.

'지예는 3번에 걸쳐 구조조정을 했었지, 이 시기면 두 번까지는 버렸다는 이야긴데.'

처음에 나갔다면 받아들였을 것이다. 하필이면 두 번째라니. 이때 나간 연습생들은 지예에 원한도 더욱 많을 것이다. 실력이 있어도 그런 마음이 있으면 곤란했다. 특히 GNB에서는.

"……알겠습니다. 고생했어요. 조만간 연락할게요."

"수고하셨습니다."

이혜성은 공손히 고개를 숙이곤 밖으로 나섰다.

'연락이 올까, 안 올까?'

조용히 문을 닫고 나가며 이혜성은 작게 희망을 가졌다.

"오늘은 여기까진가요?"

"네, 저 연습생이 마지막입니다."

한영숙 사장이 묻자 서 있던 비서가 답했다. 서류를 정리하던 김정훈 매니저가 물었다.

"방금 그 연습생은 어떻게 생각하십니까? 저런 목소리를 가지고 있는 연습생은……."

"······아무래도 안 되겠어요."

예상 밖이었다. 저 정도면 준수한 물건이었다. 김정훈 매니저의 눈이 동그래졌다. 한영숙 사장도 아까웠는지 입맛을 다졌다.

"아무리 옥이 탐나도, 금 간 옥을 탐할 만큼 우린 급하지 않아요. 차기 프로젝트가 걸그룹인데, 저렇게 튀는 목소리로는 섞이기도 힘들고, 나이도 많고, 키도 작고. 오늘은 꽝. 아무것도 못 건진 걸로."

무엇보다 지예에 대한 원한. 그녀는 굳이 언급하지 않았다.

GNB의 오디션은 그렇게 마무리되었다.

며칠 후.

가로등 불빛이 홀로 내리쬐는 공원에서 홀로 연습하던 이혜성은 한 통의 문자를 받았다.

−귀하의 재능은 높이 평가합니다. 하지만 지원자가 많아 함께하지 못하게 됐습니다. 다음 기회에······.

GNB에서 온 불합격 문자였다. 혹시나 했던 희망을 가졌던 이혜성은 바닥에 철푸덕 주저앉았다.

"······하하. 그러면 그렇지."

불합격 문자를 받은 날은 연습할 기운도 나지 않는다. 몇 번을 받아도 익숙해지지 않았다. 전봇대 밑에 주저앉아 올려다보니 가로등 불빛이 더더욱 외롭게 느껴졌다.

지잉지잉−

그때, 전화가 걸려왔다. 02로 시작하는 모르는 번호였다.

'설마…… 에이. 그럴 리가.'

불합격 통보를 받은 직후였다. 혹시 잘못 왔다는 말은 아닐까. 이상한 기대를 안고 전화를 받았다.

"여보세요?

―혹시 이혜성 씨 되실까요?

"맞아요. 누구세요?

친절한 여자 목소리였다. 혹시나 합격 통보일까라는 생각에 이혜성은 침을 꿀꺽 삼켰다.

―안녕하세요. 월드 스튜디오 스카우터 진혜리라고 합니다.

"아, 월드……. 네?"

―월드에 영상 오디션 응모하셨죠? 본 오디션 일정 때문에 연락드렸어요.

이혜성은 자리에서 벌떡 일어났다. 뭔가가 일어나려 하고 있었다.

작곡을 위해 강윤은 세무얼에게 스튜디오를 빌린 후 강윤은 정민아를 불렀다.

"여기가 세계 최고 가수가 쓰는……."

평소와 달리 정민아의 발걸음은 조심스러웠다.

"그래 봐야 다 똑같은 장비야."

"세무얼이 쓰는 스튜디오잖아요. 뭐가 달라도……."

"길이 어떻게 들었는지는 다르겠지만, 다 똑같은 장비야.

그리고 여기 세 번째 스튜디오래. 주 작업실은 집에 있고."

"……하여간. 깨버리는 덴 일가견 있다니까."

무드 따윈 없다며 정민아는 투덜댔다. 강윤은 한 귀로 흘려 버리며 부스 앞에 앉았다.

"편곡한 게 느낌이 달라져서 다시 녹음하는 거야."

"알았어요. 근데요. 저 무대에서 라이브하면……."

"욕심이 과하면 안 돼."

말이 끝나기가 무섭게 강윤은 그녀를 말렸다. 정민아는 입술을 삐죽대다 바로 부스 안으로 들어가 버렸다.

"1PRO 넘기지 말자."

－3시간 안에 끝냅시다!! 아자!!

헤드셋에서 흘러나오는 강윤의 목소리에 정민아의 눈에도 안광이 흘렀다.

강윤이 믹서를 올리자 스피커와 헤드셋에서 MR이 흐르기 시작했다. 새하얀 빛과 함께 시원한 바람이 함께 불어닥쳤다.

－This is Secret Party Oh－

그녀의 목소리에 반주에 얹혔다. 하얀빛이 꿈틀대며 시원하게 불어오는 바람이 거세지기 시작했다.

－터지는 비트－ 서두르지 말고－ 언제까지－

목소리가 너무 꼬였는지 혀 짧은 소리가 들려왔다. 바람이 따가워지며 일렁이던 빛이 잠잠해졌다.

'이번은 끝까지 가 보자.'

이미 변화의 조짐을 잃어버린 하얀빛은 멈춰 버린 지 오래였다. 바람마저 잠잠해졌다. 이번 녹음은 실패. 그래도 강윤은 조용히 귀를 기울였다.

–어땠어요?

녹음이 끝난 후, 강윤은 토크백을 눌렀다.

"느낌은 좋았어. 처음 랩을 할 때 인위적인 느낌을 약간 자연스럽게 내보자."

–분위기 따라간 건데…….

"EDM 부르는 가수들도 웬만하면 인위적으로 내진 않아. 그건 기계 몫이지."

정민아는 악보에 강윤의 말을 꼼꼼히 적어갔다.

–서두르지 말고– Do– Do–

처음과 달리, 강윤은 토크백에 손을 얹었다.

"목소리가 너무 말렸어."

–다시 갈게요.

"일부러 거친 소리를 낼 필요는 없어. 최대한 자연스럽게."

티격태격하며 녹음은 계속 진행되었다.

이전보다 진행 속도는 무척 빨랐다. 빛만을 봤을 때보다 강윤의 진행이 한층 디테일해졌기 때문이었다. 덕분에 3시간도 되지 않아 정민아의 녹음은 거의 마무리되었다.

"너무 빨리 끝난 것 같은데……. 날림으로 한 거 아니에요?"

부스에서 나온 정민아는 시계를 보곤 툴툴댔다.

"빨리 끝나면 좋지."

"좋긴 뭐가……. 됐고요. 이젠 안무만 만들면 되는 거죠?"

정민아는 에둘러 말을 돌렸다. 이런 핑계로 조금만이라도 그와 함께 있고 싶었다. 강윤이 그 마음을 알아주든 몰라주든.

"스케줄은 다 빼놨어. 안무가님한테도 연락했고. 더 필요한 거 있으면……."

"완성곡만 빨리 보내주시면 된답니다. 나머진 내게 맡기고요."

정민아는 어깨를 펴며 엄지손가락으로 자신의 가슴을 찌르자 강윤은 픽 웃었다.

"알았어. 기대할게."

"대신 브라질에서 맛있는 거 사줘요. 진짜 맛있는 거."

"알았어."

"나 그땐 다이어트고 뭐고 진짜 많이 먹을 거예요. 나 말리지 마요."

"공연할 때만 출렁대지 않으면 돼."

"뭐, 뭐래!!"

정민아가 눈을 부라릴 때, 때마침 전화가 걸려왔다. 월드에서 온 전화였다. 강윤은 정민아를 다독이며 전화를 받았다.

"네, 이강윤입니다."

―회장님, 진혜리입니다. 이혜성에 대해 보고드릴 게 있어서 연락드렸습니다.

"절차대로 했죠?"

―네, 영상도 확인했고 오디션도 봤습니다. 적합하지 않다면 떨어뜨릴 생각이었습니다. 키는 작았지만 비율이 좋았고

허스키한 보이스까지 가진 옥석이었습니다. 하지만…….

"하지만?"

─걸리는 게 있습니다. 22세. 연습생을 하기엔 나이가 너무 많습니다.

강윤은 전화기를 바꿔 들며 그녀의 이야기에 귀를 기울였다.

─팀 엔티엔 막내 정유리가 이제 중학생입니다. 이혜성이 22살이니까…….

"혜성이 외모라면 관리만 잘하면 괜찮을 것 같은데……."

─그래서 더 고민됩니다. 지금도 교복만 입혀놓으면 중학생 같으니까요.

이혜성은 동안이어도 너무 동안이었다. 22살이면 슬슬 성숙미가 풍겨야 하는데, 한참 앳됐다.

"엔티엔 말고, 새로운 팀은 어떨까요?"

─회장님, 현재로선 여력이 부족합니다. 유리 한국 데뷔와 김재훈, 은하의 중국 진출까지. 지금 전 직원이 몇 달째 철야 중이라는 거 아시잖습니까.

"중국 작업이 끝나면 여력을 그쪽으로……."

─회장님, 저희 좀 살려주세요.

강윤은 헛기침을 했다. 졸지에 악덕 회장이 될 뻔했다.

'큭큭.'

옆에서 통화 내용을 엿듣던 정민아는 입을 막으며 키득댔다.

"……알겠습니다. 좀 더 고려해 보죠."

–네.

통화를 마친 후, 정민아는 놀란 눈으로 강윤을 바라보았다.

"……아저씨, 낙하산 꽂으려고 했어요?"

"낙하산?"

"에이, 낙하산이구만. 잠깐만. 혜성이면, 그 쬐끄맣고 여우 같던 재수 없던 애 맞…… 아얏!!"

마지막 말 때문에 정민아는 또 꿀밤을 얻어맞아야 했다.

둥– 두둥.

월드 스튜디오 하얀달빛 전용 연습실에선 평소대로 묵직한 베이스 소리가 울려갔다.

"……하아."

6현 베이스를 튕기는 이차희의 표정은 어두웠다. 둥둥 울리는 소리가 메트로놈 소리와도 이상하게 잘 맞지 않았다.

'먼저 미안하다고 해야겠지?'

혼란한 생각 때문일까?

지난 연습 때 있었던 이현아와의 트러블이 머릿속을 떠나지 않았다. 아무래도 그때 너무 예민했던 모양이었다. 평소라면 쿨하게 넘어갔을 일인데.

'오늘 사과하자.'

모두 모이면, 쿨하게 사과하자고. 이차희는 몇 번이나 마음먹었다.

손을 풀기 위해 메트로놈 소리에 크로메틱 스케일을 튕겨 가는데 팔에서 온기가 느껴졌다.

"······희야."

"······."

"차희야."

"······어?"

눈을 떠보니 이현아였다.

"아······ 너구나."

"너구나라니. 며칠 동안 연락 한번 없더니 첫 마디가 그 거야?"

앰프에 걸터앉은 이현아의 목소리엔 날이 서 있었다. 오늘, 한소리 하겠다고 작정하고 온 듯. 이차희도 연주를 멈추곤 베이스를 내려놓았다.

"그동안 뭐 했어?"

"······집에."

"집에 가 봤더니 없던데?"

"······잠깐 돌아다녔어."

"어디 갔었는데?"

이현아는 추궁하고, 이차희는 피하고. 대화가 묘하게 돌아갔다. 제자리였다. 두 사람 모두 표정이 점점 일그러져갔다.

"차희, 네가 이유 없이 연습을 뛰쳐나갈 애가 아니잖아."

"그땐 나도 컨디션이 안 좋았어."

"······그건 그렇다 치자. 그런데 왜 자꾸 피해? 진대 오빠나 찬규 오빠 전화도 안 받고. 회사 전화도······."

"생각할 게 있었다니까."

"자꾸 이상한 변명하지 마. 평소답지 않게 왜 그렇게 피해?"

"……신경 쓰지 마. 너랑 상관없는 일이니까."

방아쇠가 당겨졌다. 이현아의 눈에 불길이 타올랐다.

"내, 내버려 두라고? 그게 지금까지 걱정하던 사람에게 할 소리니?"

"누가 걱정하랬어? 어차피 넌 우리 없어도 잘나가잖아."

"이차희!!"

사소했던 말다툼이 격화됐다. 둑이 터진 것처럼 이차희의 입에서도 뭔가가 마구 터져 나왔다.

"……기왕 말이 나온 거 지금 하는 게 낫겠네. 팀이라면서, 혼자 솔로 내고, 혼자 방송 다니고."

"그, 그건. 그래서 물어봤었잖아. 그때 차희 너는 괜찮다고 했었고."

"괜찮다는 걸로 들렸어?"

홀로 솔로를 낸 이후 이현아는 내내 하얀달빛에게 미안한 마음을 품었다. 양해를 구할 때, 너무 늦게 이야기했으니까.

하얀달빛과 다른 음악을 해보고 싶어서 솔로로 음반을 냈을 때 일을 들추다니…….

"그때 일은 계속 미안하다고 했잖아. 그래서 차희, 넌 다른 소속사로 넘어가려고 했던 거야?"

"그게 무슨 말이야?"

"내가 아무것도 모른다고 생각했던 거야? 그때, 홍대에서 만난 빨간 여자."

이차희의 눈이 가느다래졌다. 생각할수록 화가 나는지 이현아의 눈가가 파르르 떨려왔다.

"혹시나 해서 그 여자에 대해 알아봤어. 진성 오빠한테 물어보니까 바로 알려주더라? 영유희. 중국에서도 아주 유명한 투자회사의 본부장이며?"

"혀, 현아 너, 지금 날 의심하는…… 거야?"

"만났어, 안 만났어?"

이차희는 입을 꾹 다물었다. 사실이었으니까.

끼익.

"이야, 역시 여자들은 먼저 와 있…… 뭐야, 분위기가 왜 이렇게 무거워."

최악의 타이밍이었다. 김진대와 정찬규가 먹을 것을 한 아름 끌어안고 연습실에 들어섰다. 이현아는 남자들을 힐끔 쳐다보고는 이차희를 노려보았다.

"오빠들도 왔으니, 잘됐네. 이참에 확실히 말해봐. 이차희. 만났어, 안 만났어?

"너 정말……."

김진대와 정찬규는 서로를 멀뚱멀뚱 바라보았다. 뭔가가 심상치 않았다. 김진대가 가운데 서서 중재에 나섰다.

"어이들, 무슨 일인지 모르겠지만 너희 너무 흥분했어. 진정하고……."

"……오늘부로 하얀달빛 탈퇴하겠어."

김진대와 정찬규의 눈이 휘둥그레졌다.

"이차희!!"

두 남자가 놀라 소리쳤지만 이차희는 뒤도 돌아보지 않고 연습실을 나가 버렸다. 김진대가 이차희를 쫓아 나갔고, 정찬규는 남아 이현아를 돌봤다.

"현아야, 갑자기 이게 무슨……."

"터질 일이 터진 것뿐이야."

이현아는 천장을 바라보며 탄식했다. 둑이 터진 것처럼 한꺼번에 뭔가가 터지고 있었다.

"이츠파인은 다른 곳보다 검토하기 편안해서 좋아요."

이제는 상무가 된 전형택을 향해 이현지는 만족스러운 표정으로 서류를 건넸다.

"칭찬으로 듣겠습니다."

"칭찬 맞습니다. 순위 조작 박멸 프로젝트라니. 이걸 확실하게 잡을 방법을 고안했을 줄은 몰랐어요."

"이츠파인이 성장한 이유는 고품질의 음원을 저렴하게 공급했기 때문입니다. 우리가 덜 가져간 만큼, 듣는 사람과 가수들이 더 이익을 봤죠. 여기에 이츠파인이 공정하다는 이미지를 얻을 수 있다면 이츠파인은 흔들리지 않는 입지를 얻을 겁니다."

말은 쉽지만 결코 쉬운 일은 아니었다. 회사에서 운영하는 순위 조작단도 있었지만 팬클럽이 하는 순위 조작의 경우, 고객 이탈도 각오해야 했다.

"그럼 다음 보고 때 봐요."

전형택 상무가 나간 후 이현지는 소파에 몸을 묻었다.

"휴우, 이제 얼마나 남았죠?"

원래는 강윤의 비서인 문 비서가 스케줄표를 보며 답했다.

"이츠파인 검토가 마지막입니다, 이사님."

"후우, 오늘은 일찍 퇴근할 수 있……."

따르르릉—

야속하게도 이사실의 전화가 울렸다. 이현지는 눈을 감았다. 퇴근 직전에 오는 전화치고 멀쩡한 법이 없었다. 문 비서가 통화를 이어가는 중에도 묘한 느낌은 계속되었다.

"……이사님, 아무래도 하얀달빛 연습실에 가 보셔야 할 것 같습니다."

"무슨 일인가요?"

"이차희가 탈퇴하겠다며 연습실을 뛰쳐나갔다고 합니다."

"……X 됐네."

이현지의 진심을 담은 한마디에 문 비서는 몸을 와들와들 떨었다. 정말, 무시무시했다.

이한서는 월드 스튜디오의 숨은 공신이었다. MG의 고급 정보를 전달해 주는 것부터 에디오스나 민진서, 주아를 보호하고 간접적으로 월드로 이끈 인물이었다. 후에는 찻집을 운영하면서 업계에서는 완전히 손을 뗐지만…….

그런데 그 사람이 지금 강윤의 눈앞에 있었다.

"……원 사장을 한 번만 만나달라니요. 이렇게 갑자기."

이미 늦은 밤이었다. 손님이 왔다는 말에 내려가 봤더니 이한서 이사였다. 반가운 마음에 인사를 하려고 했더니 다짜고짜 원진표를 만나달란다.

"이사님이 이유 없이 이러실 분이 아니라는 거 알고 있습니다. 무슨 일입니까?"

난데없는 상황이었지만, 강윤은 침착했다.

따로 댓글 부대까지 운영하며 언론 조작으로 찍힌 원진표 사장이다. 그런 사람을 위해 이한서가 고개를 숙이다니. 납득하기 어려웠다.

"……사장님이 원 회장님의 아들이기 때문입니다."

단순한 이유였다. 아니, 뻔한 이유였다. 강윤이 아무 말도 하지 않자 이한서는 한 걸음 성큼 다가왔다.

"제 개인적인 부탁입니다. 원 회장님껜 부끄러운 아들이지만…… 하나밖에 없는 아들이니까요. 이대로 두고 볼 수 없었습니다."

"알겠습니다. 하지만 지금은 시간이 늦었으니……."

"회장님께서 가끔 원 회장님을 만나러 가신다는 걸 들었습니다."

"……."

업계의 기밀 아닌 기밀을 논하며 이한서는 말을 이어갔다.

"아버지에게 어떻게든 인정받기 위해 발버둥 치던 원 사장님이 안타까운 마음도 있습니다만……. 그보다 원 회장님을 위해서입니다. 하나밖에 없는 아들이 폐인이 됐다면 아버지 마음이 얼마나 찢어지겠습니까."

"……."

강윤은 기억했다. 원진문 회장이 몇 번이나 아들 이야기를 하려다 참던 모습을. 강윤도 일부러라도 아픈 손가락은 건들지 않았다.

"부탁드립니다."

"이사님."

이한서는 강윤 앞에 무릎을 꿇었다. 강윤이 놀라 일으켜 세우려고 했지만 그는 요지부동이었다.

"부탁드립니다. 한 번만, 딱 한 번만 만나주십시오. 그거면 됩니다."

"알겠습니다. 이사님 부탁을 제가 어떻게 거절하겠습니까. 한국에 돌아가면……."

"지금 여기에 와 있습니다."

놀랄 만한 추진력이었다. 강윤은 헛웃음을 흘리다가 고개를 끄덕였다.

"감사합니다, 감사합니다!!"

"우리가 이런 걸로 감사할 사이입니까. 이러지 말고 일어나세요."

강윤은 이한서를 일으켰다. 얼마 있지 않아 머리카락에서 기름이 흐르고 초췌한 안색의 원진표가 들어섰다.

"원 사장님."

"……오랜만입니다."

이한서는 조용히 자리를 비워주었다.

고개를 푹 숙인 채 원진표는 강윤과 제대로 눈을 마주치려고 하지도 않았다. 몸에선 고리고리한 냄새까지 올라왔다.

'경영권까지 뺏겼으니. 그럴 만하네.'

갑작스러운 방문객. 그가 거지꼴을 하고 있었지만 강윤은 내색하지 않았다.

"뭐 좀 드시겠습니까?"

"……됐습니다. 죄인이 먹어서 뭐 하겠습니까."

수그러드는 말투. 이미 모든 걸 잃어버린 절망이 느껴졌다.

'저런 사람 때문에 원 회장님이……'

처진 어깨와 자신 없는 얼굴의 원진표를 보니 항상 어깨를 펴며 호탕하게 웃던 원진문 회장이 겹쳐 보였다.

원 회장을 병원으로 밀어냈으면 경영이라도 잘할 일이지…… 인정받고 싶은 욕심 때문에 연습생들은 거리로 내몰렸고 회사도 남에게 넘어갔다.

"죄인. 맞네요."

"……."

강윤은 눈매를 좁히며 담담히 쏘아붙였다.

"대체 왜 그랬습니다. 연습생들은 왜 거리로 내몰았습니까."

"……투자를 받기 위한 조건. 그들은 효율적인 시스템을 원하니까……."

"투자가 아무리 중요해도 회사를 믿고 자신을 던진 연습생을 중간에 내칩니까?"

"연습생은 소모품……. 소모품은 나중에 또……."

꽉.

강윤은 원진표의 멱살을 쥐며 자리에서 일어났다.

"당신, 말이면 단 줄 알아? 소모품? 당신 눈엔 사람이 물건으로 보여?"

"……."

"……하!!"

원진표를 노려보던 강윤은 그를 거칠게 소파로 내동댕이쳤다. 그는 생기 없는 눈을 옆으로 돌려 버렸다.

"소모품? 소모품?! 당신 아버지가 그렇게 이야기했나?"

"……아버진 내게 가르쳐 준 게 없어."

강윤이 목소리를 높였지만 생기 없는 목소리는 멈추지 않았다.

"……아버진 내게 기회조차 주지 않았지. 넌 그저 그림만 그리고 살면 된다. 경영에는 재능이 없다. 난 언제나 준비가 되어 있다고 이야기해도 요지부동이었어. 아버지가 건강이 안 좋아졌어도 그 생각은 변함이 없더군. 난 아버지를 위해…… 손을 쓴 것뿐이야. 아들 노릇을 한 것뿐이라고. 그게, 잘못인가?"

"당신……."

"……이게 다 주변 쭉정이들 때문이야. 하이에나 같은 놈들. 그래, 그들 눈엔 내가 기름진 고깃덩이로 보였겠지. 원진문 회장의 아들이라는 기름이 떨어지는 고깃덩이!! 난 고기가 아니라는 걸 증명하고 싶었을 뿐이야."

당연히 그에게도 이유는 있었다. 강윤은 팔짱을 낀 채 물었다.

"그래서 어땠지?"

"결과야, 아는 대로. 빌어먹을 하이에나 새끼들……. 덕분에 아버지의 인정도 받고, 회사도 갖는다는 계획은 물 건너갔지. 고집불통, 아버지……. 왜 난 아니지? 너는 되고?"

원진표는 손으로 눈을 가리며 미친 듯이 웃기 시작했다. 눈을 가린 손바닥 사이로 눈물이 흐르기 시작했다.

"대체, 아버지는 왜!! 넌 인정하고 난……. 너와 내가 차이가 있다는 건가?! 경험치인가? 아니, 환경!! 그래. 나에게도 너 같은 환경만……."

"못난 사람."

"……뭐?"

강윤은 혀를 찼다.

"언제까지 핑계를 댈 건가? 원진문 회장님을 건강상의 이유로 경영에서 물러나게 했을 때, 이사들에게 권한을 넘겨줘서 휘둘릴 여지를 제공한 건 당신 탓 아닌가?"

"……이익에 이리저리 휘둘리는 이사들이 하나로 뭉칠 줄은 생각하지 못했다."

"스타타워는 또 어떤가? 무리한 증축으로 빚이 커져서 연예인들로 벌어들이는 돈에 한계를 느껴 우리에게 넘긴 것 아닌가? 이번에 경영권을 잃은 일도 애초에 댓글 부대를 운영하지 않았으면……."

"낮은 이자로 자금을 대출해 줬던 애릭튼 캐피탈이 그렇게 입을 씻을 줄은 몰랐지. 댓글 부대? 그걸 여론 조작으로 매도…….”

피할 곳이 없었다. 이렇게까지 자신을 몰아붙인 사람은 없었다.

“그만해, 그만!!”

원진표는 고개가 부러질 듯 도리질 치더니 괴성을 질렀지만 강윤은 사정없이 쏘아붙였다.

“처음에 왜 원진표라는 사람이 이리저리 휘둘렸을까, 의문이 들었는데 오늘 그 의문이 풀렸어.”

“……이강윤.”

“핑계만 대는 사람에게 발전이 있을 리가 없지. 당신 같은 사람이 원진문 회장의 아들이라니……. 회장님이 불쌍해지는군.”

퍼억!!

원진표가 강윤의 얼굴에 주먹을 날렸다. 불의의 일격이었지만 강윤의 눈은 도리어 세차게 타올랐다.

“……최악이야.”

강윤이 경멸스러운 눈빛을 쏘아 보내자 원진표가 강윤의 멱살을 잡았다.

“너 따위 새끼가 뭘 안다고!!”

“알고 싶지도 않아.”

“이 새끼가!!”

원진표가 주먹을 쥘 때 강윤이 차갑게 가라앉은 눈으로 말했다.

"주먹을 쥘 힘이 있으면 원 회장님 앞에 가서 빌어."

"뭐, 뭐야?!"

강윤은 힘으로 원진표의 손을 풀어버렸다. 원진표가 재차 달려들었지만 강윤은 가볍게 그의 두 팔을 잡더니 바닥에 넘어뜨리곤 등에 올라탔다.

"끄으으윽!! 너어, 너어어!!"

"정말 이 정도밖에 안 되는 사람이었나?"

"너어어어어!!"

"이대로 MG를 끝장낼 생각인가?!"

뚝.

강윤의 외침에 몸부림치던 원진표의 움직임이 멈췄다.

"그만해, 그마안!!"

구조조정된 연습생들은 원진표에게는 가슴의 응어리였다. 투자를 받기 위한 결단이었다며 몇 번을 스스로 위로했지만 괴로운 건 어쩔 수 없었다.

원진표의 눈동자가 성나게 강윤에게로 향했다.

"그 상황에서 연습생들을 지킬 수 있었겠나? 어쩔 수 없는 선택이었어!!"

"꿈을 맡긴 연습생들까지 정리하면서 받는 투자가 어쩔 수 없었다고?!"

원진표의 팔을 잡은 손에 힘이 더욱 들어갔다.

"분명히 강시명, 그 사람의 이야기에 넘어갔겠지. 연습생들은 또 받을 수 있지만 투자는 쉽게 받을 수 없을 거라고."

"그건……."

"갑작스러운 합병에 소속감도 갖지 못하는 MG와 예랑 연습생들은 걸림돌이었겠지. 정리하면 투자금도 들어오고, 회사도 커지고. 이때다 싶어서 정리했겠지."

"그래서 그게 잘못됐다는…… 건가?!"

원진표는 소리쳤지만 확신이 없었다. 이런 방식은 명백한 잘못이다. 누구보다도 잘 알고 있었다. 강윤을 만나면 비난이 날아들 것도 예상했다. 그런데도 이한서의 설득에 못이기는 척 미국까지 날아왔다.

……이 문제에서 자유로울 수 없다는 걸 알고 있었다.

"……"

강윤은 소파에 앉았다. 이미 할 말은 다 했다. 더 질책할 이유가 없었다.

원진표는 바닥에 엎드린 채 미동도 하지 않았다. 생각을 정리할 시간이 필요할 것이다. 그의 등을 보니 원진문 회장이 떠올랐다. 마음이 쓰려왔다.

한참이 지난 후, 원진표는 엉망이 된 얼굴을 천천히 들었다.

"아직 늦지 않았을…… 까?"

강윤이 다가와 쪼그려 앉아 그와 눈높이를 맞췄다.

"그런 건 중요하지 않아. 뭐라도 한다는 게 중요하지."

"한다는 게……?"

강윤은 고개를 끄덕였다. 원진표는 강윤의 눈을 바라보다. 담담하지만, 흔들림 없는 눈빛. 말없이 눈을 마주하던 쓴 미소와 함께 몸을 일으켰다.

"이제 알겠군. 사소한 것 같지만, 결정적인 차이가 있었어. 주변에 휘둘리지 않는 확고한 신념⋯⋯. 그래, 그래서 아버지가⋯⋯ 당신을 인정했던 거야."

월드가 성장하기까지 방해도 많았다. 그럴 때면 강윤은 가장 중요한 것에 집중하곤 했다. 가수와 노래, 사람. 방해를 뚫기 위한 원동력을 지금 볼 수 있었다.

"무엇이든, 다시 해봐야겠어."

원진표의 눈에 생기가 돌아왔다. 어떤 것을 해야 할지는 아직 몰랐다. 그건 중요하지 않았다. 다시 의지를 불태울 수 있게 된 것이 중요했다.

몇 번이고 고개를 끄덕이는 원진표의 손을 강윤은 덥석 잡았다.

"이강윤⋯⋯."

"원 회장님께 용서를 구해."

"자, 잠깐. 그건⋯⋯."

강윤의 눈이 가라앉았다. 원진표는 표정을 굳혔다가 힘겹게 끄덕였다. 아버지와 회사에 관해 이야기하는 게 겁이 났지만 마음을 굳혔다.

"⋯⋯알았어. 병원부터 가 보겠어."

"그 마음으로, 진심으로 부딪혀 봐."

원진표가 자리에서 일어나자 강윤은 그의 옷을 털어주었다. 원진표는 어색했는지 헛기침을 하며 서둘러 방을 나섰다.

"⋯⋯흠흠. 밤중에 실례했다. 이 빚은 반드시 갚겠어."

원진표는 몇 번이고 강윤에게 고개를 숙이곤 방을 나섰다. 한밤중의 소동은 그렇게 마무리가 되었다.

소란스러운 밤이 지나고 다음 날.

50명이 넘는 대인원이 한 무대에 올라 있었다. 세무얼을 비롯한 출연진들은 무대 위에서 리허설에 한창이었다.

[순조롭네요.]

2층 방송실에서 무대를 내려다보던 강윤에게 조명 감독 제이크가 다가왔다.

그의 손에는 큐시트와 짙은 아메리카노가 들려 있었다. 눈가에 잔뜩 날을 세웠던 강윤은 이내 수그러든 눈매로 고개를 돌렸다.

[아, 제이크.]

[여기에서 포그가 너무 적어요. 레이저도 쏴야 하는데…….]

제이크는 강윤에게 큐시트를 보여주며 조언을 구했다. 특수장비 담당자와 제이크 사이에 의견이 쉽게 좁혀지지 않는다는 이야기였다. 강윤이 펜을 들자 제이크는 전문 지식들을 펼치며 의견을 펼쳐 갔다.

지잉- 지잉-

그때. 핸드폰이 요란하게 울렸다.

'차희?'

액정만 확인만 하고 넣으려는데 공교롭게도 거의 전화를 한 적이 없던 가수였다. 잠시 고민하던 강윤은 제이크에게 양해를 구했다.

[제이크, 잠시 실례할게요.]

[하핫, 애인인가요?]

[안타깝지만, 아닙니다.]

강윤은 연습실 밖으로 나가 통화 버튼을 눌렀다.

"여보세요?"

─안녕하세요, 회장님. 이차희입니다.

"그래, 차희야. 무슨 일이니? 한국은 지금 새벽 아니야?"

시간도 그렇고, 묘하게 잠긴 목소리까지. 싸한 느낌이 들었다. 이차희는 잠시 머뭇대더니 바로 본론으로 들어갔다.

─회장님, 그동안 배려해 주셔서 정말…… 감사드립니다.

"차희야, 갑자기 그게 무슨 말이니?"

─하얀달빛…… 여기까지 해야 할 것 같아요.

강윤에겐 뜬금없는 소리였다. 한밤중에 홍두깨였지만 강윤은 차분하게 물었다.

"차희야, 무슨 일 있었어?"

─아니에요. 그냥 나쁜년이라고 생각하시면 돼요. 회장님이 해주신 배려는 나중에라도 반드시 갚겠습니다.

"차희야? 차희야!!"

뚝.

전화가 일방적으로 끊어졌다. 강윤이 다시 전화를 걸었지만 핸드폰은 이미 꺼져 있었다. 회사에 전화를 걸려는데, 전화가 걸려왔다. 이현지였다. 조금 동요된 목소리였다.

─회장님, 혹시 차희에게 연락받으셨나요?

"조금 전에 왔습니다. 팀 내에서 무슨 일이 생긴 것 같던데……."

─제대로 보셨어요. 현아하고 차희가 크게 한판 했거든요.

이현지의 톤이 올라갔지만, 강윤은 담담했다.

"멤버들끼리 싸울 수도 있죠. 그동안 너무 안 싸워서 걱정했는데, 드디어 한 건 했군요. 시간이 조금 필요하겠군요."

－회장님이 생각하는 것처럼 단순한 싸움이 아닌 것 같네요. 조금 전에 웬 중국 여자한테서 전화가 왔었거든요. 차희의 위약금을 지불하겠다면서.

그제야 강윤은 전화기를 고쳐 들었다.

"중국 여자라면 그쪽 소속사인지, 단순 장난인지. 좀 더 알아볼 필요가 있겠군요. 하얀달빛은 계약금이 크지도 않아서 위약금이 많이 필요하지 않은데……. 그보다 차희는 만나 보셨습니까?"

－회사나 멤버들에겐 잠수 중이네요. 하…… 연예인 관리는 너무 어렵네요.

"알겠습니다. 일단 전문 스카우터인지 아니면 누구인지부터 파악해 보죠."

－알았어요. 그런데, 혹시라도 차희와 이미 이야기가 끝났다면 어떻게 하죠?

"아직 계약 기간이라 교섭권은 우리에게 있습니다만…….마음이 떠났다면 보내줘야죠."

통화를 마친 후, 강윤은 씁쓸한 얼굴로 핸드폰을 바라보았다. 마음이 복잡했다.

수많은 사람이 거리를 동그랗게 둘러쌌다. 중앙에 보기 드문 구경거리가 있었다.

구석의 발전차를 따라 라인이 깔리며 카메라와 붐마이크, 각종 조명이 설치됐다. 구석에서는 배우들이 의자에 앉아 분장을 서두르고 있었다.

그곳에 모인 배우들 중 한 명에게 사람들의 시선이 집중되었다.

[저기 민진서야, 민진서!!]

[고우주!!]

[꺄악!!]

환호성이 들려오자 파우더를 바르고 있는 민진서는 가볍게 손을 들었다. 그녀를 부르는 함성은 더더욱 커졌다. 급기야 공안까지 와서 질서유지에 나서야 했다. 공주를 넘어 여신이 된 배우의 위엄이었다.

소란이 지나가고, 세팅이 완료되었다. PD는 메가폰을 들었다.

[레디, 액션!!]

신호가 떨어지자 짧은 치마를 입은 민진서를 거리를 뛰었다. 중앙에 돌부리가 있었다. 그녀는 발등이 돌부리에 걸려 앞으로 엎어졌다. 짧은 치마 탓에 짧은 속바지가 잠시 노출됐다. 구경 온 사람들의 눈이 휘둥그레졌다.

[컷!! 좋아요!! 다시 한번!!]

PD는 카메라 각도를 바꾸었다. 위치 세팅을 하는 동안, 강기준이 민진서에게 속삭였다.

'진서야. 치마, 치마.'

'괜찮아요. 속바지 입었잖아요.'

'저 사람들이 찍잖아.'

강기준이 핸드폰을 든 사람들을 가리켰지만 민진서는 시원하게 웃었다.

'어쩔 수 없잖아요. PD님 요구인데요. 복장에 일일이 신경 쓰면 촬영하기 힘들잖아요.'

강기준은 감탄하면서도 입맛이 썼다.

세팅이 끝나고 다시 카메라에 불이 들어왔다. 민진서는 다시 우스꽝스럽게 넘어졌다. 역시 단번에 OK 사인이 났다. 넘어지는 신이라 촬영이 계속될수록 무릎의 상처도 늘어갔지만 촬영 중이라 상처를 돌볼 틈도 없었다.

[커엇!! 좋아!! 쉬었다 합시다.]

[쉬었다 가요!!!]

AD의 우렁찬 목소리가 촬영 현장을 울렸다. 드디어 휴식 시간. 분장팀과 강기준이 쏜살같이 달려와 민진서의 무릎에 반창고를 붙였다.

"진서야, 괜찮아?!"

"별거 아니에요."

편안한 말과 달리 무릎에서 피가 흐르고 있었다. 여신 소리까지 듣는 외모와 달리 그녀는 터프했다.

강기준은 밴드를 붙여 처치를 하곤 그녀를 데리고 차로 향했다.

[한국 여자들은 유난하다던데, 민진서 쟤는 다르긴 달라?]

몰려든 인파들 틈엔 치웅렌 기자, 그도 있었다. 커다란 뿔테 안경와 작은 수첩으로 무장하고는 일반인 틈에 섞여 민진서를 날카로운 눈매로 관찰하고 있었다.

[그래, 도!! 차 안에서 일어나는 일은……. 흐흐.]

배우의 차에는 기삿거리가 많은 법.

뿔테 뒤에 가려진 음흉한 시선이 계속 민진서에게로 향했다. 뿔테 양 끝에는 작은 렌즈가 달려 있었다. 그는 차로 향하는 민진서 뒤로 몰래 따라붙었다.

정장 군단과 강기준도 눈치채지 못하게 조용히, 몰래몰래, 적당히 거리를 유지한 채…….

덥석.

[여긴 오시면 안 됩니다.]

[화, 화장실을 찾다가…….]

치웅렌 기자의 눈빛이 흔들렸다. 우악스럽게 자신의 뒷덜미를 잡아챈 거한 때문이었다. 특히 눈에서 쏘아내는 살기가 무시무시했다.

[화장실은 저쪽.]

[감사합니다. 헤헤.]

첫 번째 시도는 실패였다.

당연히 포기할 순 없었다. 그는 화장실 쪽으로 방향을 틀었다가 옆의 숲길로 몸을 숨겼다.

숲 쪽을 돌아 민진서의 차로 다가갈 생각이었다. 전날 숲길을 탐방했던 보람이 있었는지 차 옆까지 가는 건 순조로웠다.

'흐흐, 여기라면…….'

[이쪽으로 오시면 안 됩니다.]

[으헥!!]

창을 향해 몰래 고개를 들려는데, 가드가 그의 목덜미를 덥석 잡았다. 조금 전의 가드와는 비교도 안 되는 험악한 인상이었다. 오른쪽 뺨에 난 흉터가 이상하게 꿈틀댔다.

[기, 기, 길을 이, 잃어서…….]

[……공원은 저쪽입니다만.]

이후에도 치웅렌 기자는 접근해 보려 수없이 시도했지만 모두 가드들에게 가로막혔다.

"저 사람, 겁먹은 연기하는 거 맞죠?"

차 안에서 이 상황을 지켜보던 민진서는 짧게 한숨지었다. 어떻게든 가드를 뚫어보려고 안간힘을 쓰는 모습이 대단하다는 생각까지 들었다.

강기준도 어이가 없었다.

"한국이나 중국이나 기자란 족속들은 똑같네. 진서야, 오늘은 나은 편이지만 이런 일이 계속되면 활동을 줄이는 게 나을 것 같아."

"오빠, 그건 아닌 것 같아요. 벌 수 있을 때 바짝 벌어야죠."

"정말 괜찮겠어?"

"물 들어올 때 노 저어야죠. 선생님이 준 기회, 놓치고 싶지 않아요."

강기준은 고개를 끄덕였지만 한편으로는 걱정됐다.

"차희하고는 연락해 봤어?"

평소와 달리 드럼 위에 앉지도 않은 김진대는 애꿎은 스틱만 돌리며 연습실을 왔다 갔다 했다.

"아니, 여전히 꼬르륵."

"갑자기 잠수를 왜 해. 미치겠네. 집에도 없고, 연습도 안 나오고. 홍대에도 없고."

정찬규가 힘없이 고개를 흔들자 김진대는 더더욱 안절부절못했다.

"헬로."

두 사람이 이차희를 걱정하고 있을 때 평상시와 다름없는 모습으로 이현아가 들어섰다. 김진대가 다가가 물었다.

"차희는?"

"……몰라, 오든가 말든가."

정찬규는 눈매를 찌푸렸다.

"말이라도 그렇게 하면 안 되지."

"뭐가. 지가 못 하겠다고 뛰쳐나간 거잖아. 지금까지 잠수 탔으면 다 끝난 거지."

"현아야, 리더가 팀원한테 그러면 안 돼."

김진대의 얼굴이 굳어가자 이현아의 눈매도 사나워졌다.

"그럼 나더러 어쩌라고. 가서 무릎 꿇고 사과라도 할까? 머리채라도 잡아? 그런데 어쩌나? 지금까지 얼굴도 못 봤는데?"

"지금 잘했다는 거야? 뭐, 워낙 잘나신 분이니……."

"뭐라고 했냐? 야, 김진대. 말이면 단 줄 알아?"

이현아가 눈을 시퍼렇게 뜨고 다가가자 정찬규가 놀라 두 사람을 가로막았다.

"아, 쫌!! 이러지들 말자."

정찬규가 두 사람을 막으려 애썼지만 두 사람의 악담은 멈추지 않았다.

하얀달빛이 생긴 이래로, 최대의 위기였다.

♪ ♫ ♪ ♫ ♪

"계약서부터 달라고? 화끈해서 좋네. 도장부터 찍자는 거지?"

머리부터 발끝까지 온통 붉은색으로 물들인 여성, 영유희는 다리를 꼬며 미소를 지었다.

"일주일만 더, 생각해 보고 도장을 찍어서 가지고 오겠습니다."

이차희의 똑 부러지는 말투에 영유희의 입꼬리가 더더욱 올라갔다.

"일주일이라……. 돈이 부족해? 하여간, 한국 애들 욕심 많은 건 잘 아니까."

"아니요. 돈은 충분합니다. 그래도 한국을 떠나야 하는 일이니까. 신중하게 생각하고 싶어요."

"영영 떠나는 건 줄 알겠네?"

영유희는 붉은 눈썹을 꿈틀거리더니 가볍게 탁자를 두드리며 계약서를 주욱 밀었다.

"고향이 밥 먹여주진 않지만, 좋아. 기분이야."

"감사합니다, 본부장님."

"대신. 일주일 뒤에 여기, 여기에 도장 찍어와."

영유희는 도장을 찍는 부분에 손가락으로 몇 번이나 동그라미를 쳤다. 입가에는 미소가 감돌았지만 눈매는 사나웠다.

이차희는 말없이 고개를 숙이곤 자리에서 일어났다.

[일주일이나 기다리게 하다니. 뭐, 컬렉션을 기다리는 기쁨이라고 생각하자. 호호~]

이차희가 카페를 나서는 모습을 보며 영유희의 입꼬리가 크게 올라갔다.

〈팬 여러분 안녕하세요. 이차희입니다.〉

처음으로 글을 남기네요. 하얀달빛에서 베이스를 맡고 있는 이차희입니다. 그동안 팬분들의 사랑을 받아 여기까지 올 수 있었습니다. 뒤늦게 감사 인사를 드리네요.

······(중략)······.

첫 글이지만, 죄송한 말씀을 올려서 정말······ ㅠㅠ 죄송하고, 또 죄송합니다. 그래도 저를 사랑해 주신 팬분들께 가장 먼저 말씀드리는 게 예의라고 생각해서 글을 올리게 됐습니다.

저 이차희는 하얀달빛을 탈퇴하게 됐습니다. 저와 다른 멤버들 간의 음악적인 뜻이 달라서 그렇게 된 거니까 오해를 만들지 말아주셨으면 합니다. 불화 같은 게 아니니까 오해는 말아주시길 부탁드려요.

추후에 따로 인사드리겠습니다.

새벽.

하얀달빛의 팬 카페, 리버스 루나에 하나의 글이 올라왔다. 이차희가 올린 탈퇴 공지문이었다.

사전에 언질조차 받지 못한 월드는 날벼락을 맞았고 떡밥을 문 기자들은 떡밥을 물곤 축제를 벌이기 시작했다.

　-하얀달빛 멤버 탈퇴의 전조, 솔로 앨범. 과연 옳은 건가?

　-하얀달빛 베이시스트 이차희, 불화로 인한 탈퇴?

　-음악적 뜻이 다르다? 하얀달빛 불화설의 진실은?

절대 불화가 아니라는 말이 오히려 의혹을 증폭시켰고 여론은 악화되어 갔다.

"이차희, 이년이 진짜……!!"

"배신자……!!"

새벽까지 잠도 못 자고 이차희를 찾던 정찬규와 김진대는 이를 갈았다. 같은 멤버의 소식을 팬 카페에서 보게 될 줄이야……. 그것도 탈퇴 공지문이었다. 뒤통수도 이런 뒤통수가 없었다.

"……."

이현아도 참담했다. 스케줄도 취소하고 온 홍대를 뒤지고 다녔던 이현아의 분노가 하늘을 찔렀다.

변명이라도 듣고 싶어 이차희에게 계속 전화를 걸었지만 부재중이라는 알림 소리만이 들려올 뿐이었다.

월드도 급했다. 이현지의 부름에 팀장들은 새벽에 급히 회사로 불려 나왔다. 긴급 회의였다.

"급한 불부터 끕시다. 하얀달빛과 월드의 이미지를 보호하는 것."

"침묵하는 방법과 적극적으로 해명에 나서는 방법이 있습니다."

홍보팀장 강용진의 의견에 이현지는 지시를 내렸다.

"반박 기사를 올리기엔 근거가 부족합니다. 지금은 무시하죠. 일단 하얀달빛 추가 멤버 모집은 없다는 기사를 내보내십시오."

"알겠습니다."

멤버가 탈퇴하면 새로운 멤버를 모집하는 건 당연한 수순. 추가로 멤버를 모집하지 않는다는 말은 혹시나 탈퇴하지 않을 거라는 기대감을 줄 수 있었다. 물론 어디까지나 임시방편.

"다른 거 다 내버려 두고 이차희부터 찾으세요. 전국을 다 뒤져서라도!!"

"네!!"

새벽부터 한국이 시끄러울 때, 강윤은 미국 스케줄을 마무리하고 있었다.

[이틀 뒤엔 출국입니다.]

무대에 누워 가슴을 들썩이던 세무얼은 강윤의 이야기를 듣고 환하게 웃었다.

[예정보다 빠르네요. 무대 설치 때문에 공연 일에 임박해서 갈 거라고 생각했는데……]

[모두가 일을 잘 해줘서 가능했습니다. 손발이 척척 맞았습니다. 걱정했던 통관도 문제없이 진행됐고요. 이제 남은 건 브라질에서 본 무대를 준비하는 일뿐입니다.]

[예에스~!!]

세무얼은 몸을 튕기며 일어나 강윤을 향해 달려와 손바닥을 들었다. 강윤은 그의 손바닥을 가볍게 쳤다.

[역시, 내 눈은 틀리지 않았어. 하하하.]

강윤을 미국으로 불러들이기 전에는 콘서트가 가능할지도 막막했다. 그는 확신할 수 있었다. 가장 잘한 일이 한국에서 강윤을 스카우트한 일이라는 걸.

지잉지잉―

강윤의 핸드폰이 요란하게 울어댔다. 확인만 하고 넣으려고 했는데, 공교롭게도 이차희였다.

[세무얼, 전화 한 통만 받고 오겠습니다.]

양해를 구한 강윤은 연습실 밖으로 나가 통화 버튼을 눌렀다.

"차희야."

―회장님. 마지막으로 인사드리려고 전화했어요.

"인사? 갑자기 그게 무슨 말이니?"

―기사…… 못 보셨어요?

요 며칠간 인터넷하고 담을 쌓아서 새벽에 벌어진 일은 잘 몰랐다. 강윤은 눈치껏 답했다.

"차희야, 정말로 하얀달빛에서 나갈 생각이니?"

─……죄송해요. 더 이상 월드에 있을 수 없을 것 같아요.

"이유를 들을 수 있을까?"

─회장님 잘못이 아니에요. 그냥…… 제가 나빴고, 욕심이 많은 거예요.

이차희의 목소리에서 망설임이 느껴졌다. 마음이 확실하게 떠났다면 미련 없이 보내줄 생각이었다. 아직까지 그런 느낌은 아니었다.

강윤이 먼저 침묵을 깼다.

"알았어. 네가 정말 원한다면 그렇게 해야지."

─……그동안 감사했습니다.

"그 전에 마지막으로 만나서 이야기하자. 너하고 나, 단둘만."

─회장님, 그건…….

"이건 예의야."

전화기에서 침묵과 함께 짙은 숨소리가 들려왔다. 이차희에게, 아니, 하얀달빛 멤버들 모두에게 강윤은 은인이었다. 하얀달빛이라는 그룹이 세상에 나올 수 있게 해준 은인.

"알겠습니다. 하지만 제가 미국까지 가기는 힘들어요."

─알아. 3일 후, 인천공항에서 보자.

"네?!"

자신 때문에 한국까지 온다는 강윤의 말에 이차희는 눈이 휘둥그레졌다.

3일 후.

인천공항의 한 카페.

모자를 푹 눌러쓴 이차희는 구석에서 강윤을 기다리고 있었다. 창밖도 보다가, 핸드폰도 보다가 하니 시간은 훌쩍훌쩍 흘러갔다.

'내가 한 일이 이렇게까지 큰 이슈거리였나?'

지금까지 '이차희'라는 이름이 기사에서 오르내리는 일은 거의 없었다. 기껏해야 하얀달빛 멤버 소개할 때 한 줄 나오는 게 전부였다. 기사가 나는 건 리더 겸 보컬인 이현아뿐이었다.

'가는 길 인사라고 생각하자.'

인터넷 뉴스를 보고 있는데 탁상 위에 놓은 핸드폰이 울렸다. 이현아였다.

'지치지도 않나.'

벌써 몇 번째인지 세기도 지쳤다. 받지 않고 놔뒀더니 이번에는 정찬규에게 전화가 걸려왔다. 받지 않았다. 1분도 안 돼서 김진대까지…….

"……지치지도 않나."

탈퇴한다고 했으면 끝인 거지, 이런 배신자를 자꾸 왜 찾는 건지.

전화는 계속 걸려왔다. 이젠 멤버들뿐이 아니었다. 회사 가수들에게도, 직원들, 안 받으니 개인 전화까지……

"아, 그만 좀 해들!!"

이차희는 결국 핸드폰을 꺼버렸다. 며칠 동안 이 패턴이었다. 핸드폰을 쳐다보기도 싫어져 한쪽 구석으로 밀어버렸다. 그때 인기척이 들려왔다.

"여기 있었구나."

"아, 회장님."

편안한 셔츠 차림으로 웃으며 손을 흔드는 남자, 이강윤이었다. 그를 보자 사람들이 수군대기 시작했다.

'저 사람, 이강윤 맞지?'

'대박. 잠깐. 저 여자 누구야? 애인인가?'

'어? 잠깐만. 나 알 것 같아. 하얀달빛 걔 아냐? 나 봤어.'

'둘이 사귀나? 이거 사랑의 도피?'

주변이 수군거리는 소리가 심상치 않았다. 강윤은 주변을 둘러보곤 이차희에게 손짓했다.

"일단 자리를 옮기자. 여긴 눈이 많아."

두 사람은 입구로 나가 택시를 탔다. 강윤이 미리 예약해 놓은 택시였다.

"XX 휴게소로 가주세요."

택시는 공항고속도로의 대교 입구에 있는 휴게소로 행했다. 전망은 좋았지만 평일에는 드나드는 사람이 적은 곳이었다. 이야기할 장소로 최적이었다.

전망 좋은 창가에 두 사람은 마주 앉았다.

"더 좋은 곳으로 가고 싶었지만 바로 떠야 하니까."

"브라질로 가신다고 하셨죠? 무리하시는 거 아니에요?"

"무리지. 혼도 났고."

자신 때문에 무리한 게 미안해져 이차희는 고개를 숙였다. 강윤은 진지해진 눈빛으로 운을 뗐다.

"그런 건 괜찮아. 꼭 들어야 할 말이 있어서 온 거니까."

"이미 기사로 다 보셨을 것 아니에요."

"직접 듣는 건 다르거든."

확실히 강윤은 달랐다. 묵직함과 편안함이 공존하는 느낌. 이상한 느낌이었다. 이차희는 창밖을 바라보다가 한숨짓고는 힘겹게 입을 열었다.

"어디서부터 시작해야 할까요."

"팬 카페에 올린 거, 진짜야?"

강윤의 눈이 시퍼렇게 빛났다. 커피를 잡았던 이차희의 손이 자기도 모르게 떨렸다.

"그, 그건……."

"이 답을 들으려고 온 거야. 솔직하게 말해줘."

부드러운 얼굴은 온데간데없었다. 똑 부러지던 이차희도 없었다. 이미 눈동자가 거세게 흔들리고 있었다.

"기사, 연락두절, 불화, 스카우트. 다 괜찮아. 다 막아줄 수 있어. 하지만 팀을 나가겠다는 말은 달라. 그건 어떻게 해줄 수 없는 거니까."

"회장님……."

"다시 물을게. 이차희. 하얀달빛에서 나가겠다는 거, 진짜야?"

이차희는 눈을 질끈 감았다. 다른 멤버들이라면 그러겠다고 말했을 것이다. '네'라는 한 마디가 강윤 앞에서는 도저히 나오지 않았다. 그저 슬펐고, 답답했고, 화가 났다.

힘겹게, 그녀는 물었다.

"다 알고 오셨죠? 제가 스카우트 제의 받았다는 거?"

이미 예상하고 있는 시나리오였다. 강윤은 고개를 끄덕였다.

"짐작은 하고 있었어. 그래서 어떻게 할 생각이야?"

"마음을 아직 못 정했다고 하면, 욕 하실 거죠? 간본다면서."

이차희는 강윤 앞에 계약서를 꺼내놓았다. 사인이나 도장이 찍혀 있지 않은 계약서였다.

'세션한테 이 정도 계약금을? 중국에서 새롭게 결성할 밴드의 리더라. 게다가 유학 기회까지······.'

이 정도면 충분히 흔들릴 만했다. 당장의 돈도 돈이었지만 미래도 있었다. 혹시나 계약상 하자가 있는지 살폈지만, 그런 것도 보이지 않았다.

"좋은 조건이야. 이대로만 된다면 미래도 있고. 걸리는 건, 유학을 몇 년간 어떻게 보내줄 건지가 나오지 않은 거지만."

"계약서를 봐달라는 게 아니에요."

"이 정도면 충분히 흔들릴 만해. 네 가치를 높게 봐준 거잖아."

"······."

강윤이 질책을 할 줄 알았다. 이상할 정도로 별말이 없자 이차희는 불안했다.

"……차라리 욕을 하세요."

"어?"

강윤이 고개를 갸웃하자 이차희의 눈이 가느다래졌다.

"회장님 입장에선 이적하려고 회사를 뒤집어 놓은 거잖아요. 전……."

"그래서, 이적하면 네가 원하는 음악을 할 수 있어?"

자신의 말은 아예 듣지도 않는 것 같았다.

"그쪽에서도 저한테 이 정도 투자를 했는데……. 저도 마냥 원하는 노래만 할 순 없겠죠. 거긴 월드가 아니니까."

대화가 길어지면서 입도 대지 않은 커피가 싸늘하게 식어 가고 있었다. 이차희는 커피 잔만 만지작대다가 굳은 얼굴로 고개를 들었다.

"월드에선 제가 필요한가요?"

"당연히."

너무도 당연하다는 답. 허무하다는 생각에 이차희는 멈칫했다.

"그럼 왜 적극적으로 절 안 잡으세요? 다른 소속사들은 연예인이 나가려고 하면 어떻게든 잡으려고 애쓴다던데."

"확실한 마음이 없는 사람과 함께할 순 없어. 넌 신인이 아니잖아."

그 말 한마디에 정신이 번쩍 들었다. 무서운 말이었다. 마음이 없는 사람과는 함께 가지 않겠다는 의미였으니까. 대화를 나눌수록 바보가 되어가는 것 같았다.

목이 타서 식어버린 커피를 단번에 마셔 버렸다. 매우 썼지만 아무것도 느껴지지 않았다. 머릿속은 갈수록 복잡해졌다.

"절 설득하러 오신 게 아니면, 왜 오신 거예요?"

강윤은 창밖을 바라보며 식은 커피 잔을 들었다.

"우리 가수가 울고 있는데, 당연히 와봐야 하는 거 아냐?"

"고작 그런 이유 때문에 12시간 넘게 비행기를 타고 오신 거예요?"

"가장 중요한 건 우리 애들이니까."

이차희는 탁자에 머리를 숙였다. 말 한마디가 마음에 졌던 응어리를 사그라지게 만들었다.

자신을 위해 지구 반 바퀴를 돌아올 사람이 과연 누가 있을까? 일 관계든, 뭐든 아무래도 상관없었다.

"지금까지 제가 무슨 일을 벌인 걸까요……."

"괜찮아. 그러려고 우리가 있는 거니까."

강윤은 들썩이는 그녀의 등을 큰 손으로 다독였다.

♪ ♫ ♪ ♩ ♪

부아아아아아앙——!!!!

카메라가 즐비한 공항 고속도로에서 SUV 차량 한 대가 엄청난 엔진 소리를 내며 달려가고 있었다.

"……으으."

뒷좌석에 앉은 하얀달빛 멤버들은 입술을 꾹 다물며 손잡이를 잡았다. 멀미가 있는 이현아마저 아무렇지 않은 표정으로 흔들림을 참으려 애썼다. 귀 밑의 멀미약 덕분인지도 몰랐다.

부아아아아아아아앙———!!!

엔진 소리가 거세졌다. 속도계는 200㎞/s을 오르락내리락!! 주변 풍경들이 말 그대로 스쳐 지나갔다.

"이차희, 이차희이이이!!"

운전대를 잡은 이현지에게서 검은 기운이 솟구쳤다.

엄청난 폭주 덕에 일행은 순식간에 휴게소 앞에 도착했다. 주차장에 전면으로 공 넣듯 박아버리고는 이현지와 하얀달빛 멤버들은 전망대 카페로 달려갔다.

쾅!!

문을 거세게 열어젖히고 호기롭게 외쳤다. 직원의 놀란 기색은 눈에 들어오지도 않았다. 김진대와 정찬규는 놀라서 일어난 이차희에게로 달려가 끌어안았다.

"야!! 이차희——!!!"

"이차희야아아아!!!!!"

이차희의 눈꼬리가 내려갔다. 미안함에 멤버들을 똑바로 바라볼 수가 없었다.

"……찬규야, 진대 오빠."

무시한 전화만 수백 통이었다. 정찬규와 김진대 뒤에선 이현아가 지켜보고 있었다.

"어디 다친 덴 없는 거지?"

"현아야……."

"나쁜 지지배야. 이 나쁜년……."

이현아는 세 사람을 왈칵 끌어안았다. 눈물로 파티를 벌인 건 말할 것도 없었다.

함께 달려온 이현지는 허무한 듯 도리질 쳤다.

"이게 다 어떻게 된 거예요? 회장님은 왜 여기에 있고? 지금 시간이면 브라질에 있어야 하는 거 아니에요?"

"그러니까요."

강윤은 자초지종을 설명했다. 모든 설명을 들은 이현지는 손으로 눈가를 가렸다.

"아무리 셰무얼이 성격이 좋아도 이번엔 찍혔겠네, 찍혔겠어."

"저도 좀 걱정입니다."

"걱정될 짓을 왜 해요!!"

이현지가 발끈하자 강윤은 어색하게 웃음 지었다. 그 모습에 이현지는 힘 빠진 얼굴로 한숨을 쉬었다.

"이번에도 회장님이 나서서 해결했네요. 내가 덕이 없나 봐요."

"그건 그렇습니다."

"뭐라고요?!"

이현지의 눈빛에 살기가 어렸다. 강윤은 뒤로 물러나며 가방을 챙겼다.

"더 이야기하고 싶지만, 비행기 시간이 다 됐군요. 나중에……."

"도망가기예요? 강윤 씨?"

사태를 일단락지은 강윤은 서둘러 공항으로 출발했다. 시간이 간당간당했다. 수속을 밟고 탑승동 안에 들어서는데, 익숙한 단어가 들려왔다.

─……상파울루행 승객 이강윤 씨를 찾습니다. 다시 한번 알립니다.

"이런, 늦었다, 늦었어!!"

쉴 틈은 없었다. 비행기를 타기 위해 강윤은 죽도록 뛰어야 했다.

"너, 이대로 가도 괜찮겠니?"

이차희는 사인 없는 계약서를 탁자 위에 올려놓았다. 영유희의 눈빛이 싸늘하게 가라앉았다.

"죄송합니다."

"후회하게 될 거야."

"……."

이차희는 다시 한번 고개를 숙이곤 돌아섰다. 이전과 같은 망설임은 찾아볼 수 없었다.

책상 위에 놓인 계약서를 살기 어린 눈빛으로 바라보던 영유희는 그대로 들고 찢어버렸다. 찢은 종이들을 허공에 흩어버리고는 비서를 불렀다.

[강 사장과 약속이 오늘이었지?]

[네, 본부장님.]

[약속 시간 앞으로 당겨봐. 월드 그것들이 그랬단 말이지? 시시한 남자 때문에 치고 빠지려고 했는데 흥미가 생겼어.]

쾅!

영유희는 거칠게 책상을 손바닥으로 내려쳤다.

분함 때문일까? 팔이 가늘게 떨려오고 있었다.

3화
월드 클래스

채로 걸러진 듯한 하얀 모래가 쭉 펼쳐진 해안, 코파카바나는 1년 내내 북적이는 관광 명소였다. 석양이 질 무렵에도 선탠과 해수욕을 즐기는 사람으로 만원이었다.

　[어떻습니까? 아름다운 풍경이지요?]

　선탠 하는 여성들을 가리키며 넉넉한 꽃무늬 남방을 입은 중년 남성은 웃었다. 구두를 발로 쿡쿡 누르는 동양인 남성은 헛기침을 했다.

　[뭐…… 하하.]

　[하하하. 왜요? 쑥스러운가요?]

　꽃무늬 남방을 입은 남성은 한바탕 웃으며 함께 걷던 남자를 돌아보았다.

　꽃무늬 남방을 입은 남자는 브라질의 국민 음료, 과라나지의 대표 파울로였다. 셰무얼 콘서트의 가장 큰 후원자이기도 했다. 함께 걷는 정장의 동양인 남성은 콘서트의 총책임자, 강윤이었다.

[뭐…… 아, 저곳은 공연장인가요?]

[하하하. 이 팀장 눈에는 여자보다 공연장이 먼저 눈에 들어오네요. 이거, 여자들이 실망하겠어요.]

[하하하. 그럴 리가요. 그냥 저 무대에서 우리 가수들이 서면 어떨까 하고 생각했습니다.]

해변을 걸으며 두 사람은 여러 가지 대화를 나누었다. 나이도, 국적도 달랐지만 두 사람의 대화는 물 흐르듯 이어졌다. 일 이야기뿐만 아니라 다양한 주제로도 두 사람은 잘 통했다.

어둠이 밀려오며 주변의 소음도 조금씩 잦아들었다. 불이 켜지는 고급 호텔을 등지며 파울로 대표는 강윤을 돌아보았다.

[이번 콘서트, 개인적으로도 무척 기대하고 있습니다.]

[최선을 다하겠습니다.]

[하하하. 믿겠습니다. 아.]

파울로 대표는 강윤과 손을 맞잡았다. 세무얼을 보지는 못했지만 이 동양인 남자만으로도 충분한 믿음을 가질 수 있었다. 다만, 걸리는 게 있었다. 그것도 불가항력으로.

[이번에 우기가 일찍 시작될 거라더군요.]

강윤은 고개를 끄덕였다.

[여러 가지로 대비를 해야겠군요.]

[마라까낭 경기장이 직접적으로 문제가 되진 않을 거라는 건 압

니다. 문제는 사람들이죠. 대책이 필요할 겁니다.]

[알겠습니다. 충고 감사합니다.]

한번 쏟아지면 하늘이 뚫린 듯 쏟아지는 리우였다. 흘려들을 수 없는 이야기였다.

짧은 산책을 마치고 파울로 대표는 돌아갔다. 강윤도 차에 올라 리허설이 한창인 마라까낭 경기장으로 향했다.

차 안에서 강윤은 노트북을 꺼냈다. 모니터에 콘티와 함께 관객 안내 계획 등이 떴다.

"안전요원 수가 부족할 것 같은데……."

강윤의 이마가 일그러졌다. 아예 비가 온다고 확신하고 안전요원 수를 늘렸지만 커버하지 못하는 영역이 너무 많았다.

몇 번이나 마우스를 움직여 배치를 바꿔봤지만 결과는 같았다. 예산안을 열어 안전에 관한 예산을 확인한 강윤은 한숨지었다.

"……좀 더 뽑아야겠네. 아니, 업체를 더 수배하는 게 빠르겠어. 콘티는…… 아, 민아."

문서에 '모집'이라고 쓴 강윤은 콘티를 열었다. 한눈에 빨간색으로 들어오는 부분이 있었다.

「Mi-Na : 'Hot Smile'」

몇 번이나 체크가 되어 있었다.

"이렇게 되면 사실상 2부 오프닝이지……."

강윤은 이마를 움켜쥐었다.

1부와 2부 사이, 쉬는 시간 무대. 원래는 게스트 무대와 2부 무대 사이에 2분이라는 간격이 있었다. 세무얼은 그 시간을 지워 버렸다. 정민아의 무대 분위기를 그대로 받겠다는 생각이었다.

"지금이라도 생각을 바꿔줬으면 좋겠는데……."

덕분에 정민아도, 강윤도 부담이 몇 배가 되는 아이러니한 상황이 되었다. 회장이 자사 연예인을 디스하는 모양새였다. 그 속도 모르고 팀원들은 회사 사람들에게도 객관적이라며 강윤을 우러러봤다. 킥킥대면서.

업무들을 점검하다 보니 마라까낭 경기장에 도착했다. 밖에서 봐도 경기장 내부에는 환하게 불이 밝혀져 있었다. 경기장 안으로 들어가니 세무얼을 중심으로 모든 출연진이 자신의 동선을 체크하고 있었다. 강윤은 무대 앞으로 향했다.

[데얀, 소리를 좀 더 힘차게. 매미가 우는 느낌으로.]

[아아- 아아아---]

조언을 들은 코러스의 목소리가 우렁차게 퍼져 갔다. 조언한 세무얼은 이어 세션들과도 여러 가지 대화를 나누었다. 모두가 주저하지 않고 세무얼에게 물었고, 들었다. 무대는 활기찼다.

한참 집중하는데 무대로 다가오는 강윤이 눈에 들어왔다.

[아, 강윤!!]

세무얼이 강윤을 향해 손을 흔들자 사람들은 몸에서 힘을 뺐다. 강윤이 왔으니 곧 휴식 시간이 올 것이다. 당연하게도 그 예상은 현실이 됐다.

[잠깐 쉬었다 할까요?]

무대 위에 있던 사람들이 썰물같이 빠져나가고, 세무얼은 강윤 옆에 앉았다. 온몸에 김을 뿜어내는 세무얼에게 강윤은 수건을 건넸다.

[고마워요. 이틀 동안 스폰서들 만났다고 했죠? 어땠나요?]

[다들 긍정적이었습니다. 걱정거리가 있었지만, 세무얼에 관한 건 아니었습니다.]

[아, 비 때문이죠?]

세무얼의 얼굴이 흐릿해졌다. 컨트롤할 수 없는 문제라며 강윤이 언급했던 이야기였다. 강윤은 고개를 끄덕였다.

[그들이 가장 걱정하는 건 공연 취소입니다.]

[취소? 내가 그럴 리가 없잖아요!!]

세무얼의 눈매가 날카로워졌다. 공연 취소라니. 차라리 죽 었으면 죽었지 있을 수 없는 이야기였다. 강윤도 그 마음을 잘 안다며 그를 안심시켰다.

[우리 뜻은 분명히 전했습니다. 세무얼에게 공연 취소란 있을 수 없다고.]

[잘했어요, 강윤. 공연 취소라니. 차라리 죽고 말겠어요.]

세무얼의 강박이 또 나오고 말았다. 강윤은 손을 들어 그 를 달랬다.

[세무얼 마음은 잘 전했으니까 걱정하지 않아도 됩니다.]

[그래요? 그럼 다행이네요. 하아.]

세무얼은 어깨를 늘어뜨렸다.

여기 사람들은 자기를 믿지 못하는 건가?

한숨이 나왔다.

강윤은 팔짱을 끼었다.

[단 한 사람이 와도 공연은 할 것이다. 이렇게 전했습니다.]

사실상 선언하고 왔다는 발언에 세무얼은 그제야 웃으며 강윤의 어깨에 팔을 둘렀다.

[……뭐, 비 많이 오면 더 빌려서 며칠 더 하죠 뭐.]

[하하하. 적자 나도 전 모릅니다.]

[어어? 강윤도 당연히 있어야 하는 거 알죠?]

강윤은 머리를 긁적이며 고개를 끄덕였다.

[자자!! 모입시다!! 연습해야죠!!]

모두를 소집한 세무얼의 목소리에선 이전보다 한층 힘이 들어갔다.

필을 제대로 받았는지, 세무얼의 연습은 새벽 3시가 다되도록 계속되었다.

직원들은 모두 숙소로 돌아갔지만, 강윤은 연습하는 이들과 함께했다. 정확히 그만을 위해 마련된 연습실 옆 사무실에서.

지잉지잉-

"……."

지잉- 지이잉--

책상 위에서 뭔가가 부딪히는 소리가 들려왔다. 강윤의 손이 책상 위를 휘저었다. 책상 위의 서류들이 엉망으로 바닥에 떨어졌다.

"으음⋯⋯. 여보⋯⋯ 세요?"

비몽사몽 힘겹게 전화를 받았다.

—뭐예요. 아직도 자요?

"⋯⋯뭐야, 끊는⋯⋯ 다."

괄괄하게 툴툴대는 여자 목소리가 들려왔다. 정민아였다. 기어들어 가는 목소리로 답한 강윤은 그대로 종료 버튼을 눌러 버렸다. 당연히 다시 진동이 거세게 울렸다.

"⋯⋯."

—무슨 똥매너임? 내 전화라고 무시하는 거예요?

"⋯⋯무슨 일인데?"

전화를 끊어버렸다며 정민아는 한참 동안 잔소리 폭격을 늘어놓았다. 강윤은 한쪽 귀를 긁으며 기지개를 켰다. 피로가 쌓였는지 쉽게 눈이 떠지지 않았다. 창문을 열고 바람을 맞으니 조금은 잠기운이 달아났다.

"⋯⋯민아구나. 무슨 일이야?"

—민아구나? 아, 진짜!! 아, 아. 혈압⋯⋯.

"할 말 없으면 끊는⋯⋯."

—알았다고요!! 자기 여친한테도 이럴려나?

정민아는 한껏 심통 내다가 용건을 이야기했다.

—저 이제 가요. 밤 비행기예요.

"준비 다 된 거야?"

—네, 나와요?

"바쁘다."

정민아는 발끈했다.

－아, 왜요?! 나 거기 아는 사람 아무도 없는데!!

"대현 팀장 붙여줬잖아."

　－대현 오빠도 스페인어 모르거든요?

"나도 여기 말 몰라."

　－아씨……

　정민아의 마지막 말이 질질 끌렸다. 어지간히도 강윤의 마중을 받고 싶은 모양이었다. 강윤은 달력과 시계를 보고는 말했다.

"……오늘 밤 비행기면 내일 오전이겠구나. 잠깐이면 괜찮겠네."

　－뭐예요. 내가 꼭 빌어서 나오는 것 같잖아. 내가 얼마나 뼈 빠지게……

"끊는다."

　－쪼옴!! 자꾸 이러기야? 아저……

　뚝.

　강윤은 전화를 끊었다. 땡깡과 투정, 저것도 버릇이었다. 불행인지 다행인지 전화는 더 걸려오지 않았다.

"자, 오늘 하루도 시작해 볼까?"

　온몸을 쭉 편 강윤은 졸음도 쫓을 겸 샤워실로 향했다.

♪ ♪♩♩ ♪月♩♪

　미국에서 돌아온 이후, 하경락 PD는 기획안을 올렸다.

"이걸 하겠다고? 이거 컨셉이 뭔데? 시청층은?"

"다 볼 겁니다. 컨셉이라고 하면, 이도 저도 아니다?"

"……미쳤냐, 너?"

기획안을 본 김재호 부사장은 기가 찼다. 뚜렷한 시청층도 없고, 콘셉트도 없고. 이런 프로그램을 누가 본다고……. 다른 PD였다면 당장 기각했겠지만 하경락 PD였기에 끙끙 앓기만 했다. 하여간 돌아이들이란…….

"월드에서는?"

"이강윤 회장이 하자고 한 겁니다."

"뭐어?"

사실상 월드에서도 승낙한 셈. 김재호 부사장은 머리를 감싸 쥐며 도장을 찍어주었다.

얼마 지나지 않아 그 기획안은 제작진과 월드 측 사람들 앞에 놓였다.

"밥 버스?"

기획안을 보던 이현지는 팔짱을 끼었다.

캠핑이 될 수도, 요리 프로그램이 될 수도 있었다. 사람들과 만나 노래를 할 수도 있다. 배우가 있으면 팬미팅이 된다. 버스 안에서 모든 게 이루어진다. 전국 방방곡곡을 누비는 '밥 버스'라니.

"중요한 게 빠진 느낌이네요."

이현지의 눈썹이 일그러졌다. 하다못해 음악 예능이라도 나올 줄 알았는데……. 강윤과 이야기가 됐다기에 기대도 했지만 결과는 한숨이 나왔다. 옆에 앉은 인문희가 말했다.

"……노래만을 위한 예능은 아니네요."

통역을 통해 이야기를 전해 들은 츠카사 프로듀서의 입매에도 힘이 들었다.

[이 방송은…… 뭐가 뭔지 모르겠네요. 앨범 홍보가 될지도 모르겠고…….]

월드 측 사람들은 대부분 부정적이었다. AD가 통역한 말을 듣고 하경락 PD는 차분히 답했다.

"이도 저도 아니라는 말은 맞는데요, 그게 사람들을 모을 겁니다.]

[네? 무슨 말씀이신지…….]

"제작비가 엄청 올라갈 테니까 잘 들으세요. 주 작가."

버스 한 대 대여하는 데 제작비가 많이 들까? 모두가 고개를 갸웃했다.

말없이 앉아 있던 주민경 작가가 화이트보드에 뭔가를 적기 시작했다.

−이명석, 채영하, 현용진, 김성진…….

출연진 명단이었다. 모두가 최고의 배우, 작가, 박사 등 모두가 한 분야에서 내로라하는 사람들이었다.

"자, 잠깐만요!! 이 사람들 다 쓰려면 제작비가 얼마인 줄……."

주민경 작가는 계속 명단을 적어 나갔고, 하경락 PD는 사악하게 입꼬리를 말아 올렸다.

“헤헤헷.”

차에 오른 정민아의 얼굴에 웃음꽃이 떠나지 않았다. 입국장을 나오자마자 자신을 마중 나온 강윤을 마주했기 때문이었다. 혹시나 했던 걱정이 눈 녹듯 사라지고 기쁨은 배가 되었다.

“우와, 완전 커!! 저게 예수상이에요?”

마라까낭 경기장으로 향하는 차 안에서 정민아는 멀찍이 보이는 거대한 동상을 가리키며 물었다.

“응.”

“대박!! 저런 걸 어떻게 만들었지?”

일에 여념 없던 강윤은 답도 건성이었다. 아무래도 괜찮았는지 정민아의 목소리는 한껏 들떴다. 세계 곳곳을 누비는 그녀였지만 이렇게 여유롭게 주변을 둘러본 적은 손에 꼽았다.

힐끔 옆을 본 강윤은 웃으며 앞좌석으로 눈을 돌렸다.

“다른 애들은 태국으로 갔다고 했죠?”

스페인어 회화를 보던 김대현 매니저는 고개를 들었다.

“네, 도착한 후 바로 팬미팅이 있고 방송 촬영이 있습니다.”

“민아도 빡빡하겠군요.”

강윤의 말에 정민아가 입술을 삐죽거렸다.

“비행기 타느라 죽겠어요. 기다리는 시간도 지치고……. 사람들이 막 쳐다볼 때도 있고.”

강윤은 한숨짓는 정민아를 다독였다. 이런 모습을 보면 안쓰럽기 그지없었다.

"조금만 참아. 앞으로는 좀 더 편해질 거니까."

"어떻게요?"

"있어."

정민아가 계속 물었지만 강윤은 웃기만 할 뿐 답해주지 않았다. 심통이 난 정민아는 투덜대며 다시 창 쪽으로 눈을 돌렸다.

시끌시끌하게 떠들다 보니 차는 어느새 마라까낭 경기장에 도착했다. 거대한 경기장이 정민아의 눈을 사로잡았다.

"우와아…… 완전 크다. 쩔어."

차에서 내린 정민아는 거대한 마라까낭 경기장의 규모에 입을 다물지 못했다. 밖에서 보니 공연장의 끝이 보이질 않았다. 강윤은 그녀를 이끌어 공연장 안으로 향했다. 규모가 워낙 크다 보니 한참을 걸어야 했다.

"우와아……."

그녀가 지금까지 본 적 없는 거대한 무대였다. 중국에서 합동 콘서트를 했던 그녀였지만 이건 그보다 훨씬 거대했다.

무대는 리허설 중이었는지 수많은 사람이 하나로 춤을 추고 있었다. 한쪽에선 세션들이 다양한 악기를 연주했다. 숫자만큼이나 하모니도 압권이었다.

"You-- And this is far-"

중앙에 선 남자, 셰무얼은 여유로운 톤으로 목소리를 높여갔다. 그의 노래에 맞춰 댄서들이 움직였고, 악기들도 물결

같이 요동쳤다.

정민아는 양손으로 입을 막았다. 리허설만으로도 엄청난 압박으로 다가왔다.

중앙의 저 흑인 가수는 여유롭게 무대를 주무르고 있었다. 부드럽고, 자연스럽게. 침을 꼴깍 삼킨 그녀는 강윤의 옆구리를 조심스럽게 찔렀다.

"……나, 나. 지, 진짜…… 저기에 서는…… 거죠?"

강윤은 말없이 고개를 끄덕였다. 정민아의 온몸에서 떨림이 멈추지 않았다. 기쁨, 환희, 긴장, 걱정 등 수많은 감정이 요동쳤다.

치이익――

무대에 거대한 불꽃 기둥이 솟구쳤다. 정민아는 너무 놀라 강윤을 끌어안았다.

"꺄아아아아아악!!"

평소의 당차고 괄괄하던 정민아는 온데간데없었다. 강윤은 피식 웃으며 그녀의 등을 다독였다.

"왜? 놀랐어?"

"아, 아니거든요? 노, 놀라긴요."

"하하하."

평소라면 바로 떼어냈겠지만, 강윤은 정민아를 떼어놓지 않았다. 정민아의 목소리와 몸에서 떨림이 멈추지 않았다. 이런 무대를 보면 어지간한 가수들도 압박을 느끼게 마련일 것이다.

불꽃이 사그라지자 음악도 멈췄다. 모자를 벗으며 손으로 땀을 훔친 셰무얼은 강윤을 향해 손을 흔들었다.

[강윤!!]

강윤도 가볍게 손을 들어 답했다. 셰무얼은 한달음에 달려와 강윤의 어깨에 자신의 팔을 둘렀다.

[불꽃은 어때요? 보기 괜찮아요?]

[좋습니다만 과하다는 생각이 듭니다. 끝의 4개는 치워보는 게 어떨까요?]

[저게 빠지면 비어 보이지 않을까요?]

[불꽃들이 크니까 간격 조절을 해보는 게 어떨까요?]

정민아와 이야기하면서도 강윤의 눈은 무대를 향해 있었다. 무대는 은빛이 화려하게 빛나고 있었다. 불꽃이 일면서 금빛이 일렁이다가 양 끝의 불꽃이 거하게 터져 버려 은빛이 바래고 말았다. 피부에는 닿던 부드러운 감각은 날카로워졌다.

[에릭슨, 무대를······.]

셰무얼은 마이크를 잡고 불꽃 장치의 간격 조절을 요청했다. 무대 뒤에 있던 지원팀이 뛰어와 철거를 시작했다. 불꽃 장치를 식히고, 철거하는 동안 잠깐 쉬는 시간이 생겼다.

[아아, 이 아가씨군요. 잠깐. 강윤 여자 친구?]

여전히 강윤을 끌어안고 있는 정민아의 모습에 셰무얼은 장난기 어린 눈짓을 보냈다.

'Girlfriend'라는 말이 들려오자 정민아는 순간 움찔했다. 반면, 강윤은 가볍게 고개를 흔들며 정민아를 떼어놓았다.

[안타깝게도 아닙니다.]

[하하하. 이쪽은 그게 아닌 것 같은데.]

셰무얼은 여전히 정민아를 장난스럽게 바라보았지만 강윤에겐 부담이었다. 그의 어색함에 속이 쓰렸지만 정민아는 자신을 소개했다.

[안녕하세요. 정민아라고 합니다.]

[안녕하세요, 예쁜 아가씨. 셰무얼 존슨입니다.]

셰무얼은 정민아와 손을 맞잡았다. 그와 손을 잡으면서도 정민아는 이게 현실인지 꿈인지 당혹스러웠다. 가수로 데뷔한 이래, 가장 꿈같은 순간이었다.

어색하게 웃는 그녀에게 셰무얼은 여러 가지 말을 걸어왔다. 정민아는 손짓과 발짓을 동원해 그와 대화를 시도했다.

강윤은 그 모습을 흐뭇하게 바라보았다.

'이런 기분도 오랜만이겠지.'

이게 정민아에겐 또 다른 성장의 기회가 될 것이다. 강윤은 흐뭇해졌다. 강윤은 조용히 두 사람에게 멀어졌다. 무대 뒤쪽으로 걸어가는데 무대 감독이 강윤에게 다가왔다.

[강윤, 저 좀 도와주세요.]

[무슨 일입니까?]

[HEAL 말입니다. 이 곡에 어떤 연출을 해야 할지 모르겠습니다. 다 싫다고 하니…….]

무대 감독의 얼굴은 심각했다. 셰무얼이 고집을 부리는 모양이었다. 그럴 만도 했다. 'HEAL'은 콘서트 전체를 관통하는 주제곡이니까.

[홀로그램을 쓰자고 했잖아요. 숲에서 바람을 맞는 느낌을 연출

하기로 했던 걸로 기억하는데요.]

[느낌이 안 난다네요. 사람들에게 확 파고들 수 있는 효과여야 한다고…….]

무대 감독도 깊은 한숨을 내쉬었다. 강윤은 그의 고충을 충분히 이해했다. 느낌이 안 온다. 그놈의 느낌이 뭔지 설명할 수도 없는 거니까.

'파고들 수 있는 효과라…….'

손짓과 발짓으로 정민아와 대화하는 셰무얼을 바라보며 강윤은 고심하기 시작했다.

[마스터, 셰무얼에게 잘 말해줘요.]

무대 감독은 강윤의 손까지 잡으며 몇 번이나 고개를 숙였다. 평소 당당하게 스태프를 지휘하던 모습은 온데간데없었다.

'셰무얼도 참…….'

강윤은 무대 감독과 정민아와 대화하는 셰무얼을 번갈아 바라보았다. 무대 감독의 심정이 이해가 갔다. 셰무얼은 사람은 좋았지만 사소한 배려가 부족했으니까. 특히 공연과 관련되면 이상하리만치 고집이 세졌다.

[감독님, 사실 생각해 뒀던 게 있습니다만…….]

[좋은 방법이 있나요?]

귀가 솔깃해진 무대 감독은 반색하며 강윤에게 몸을 가까이했다. 미국으로 오기 전 혹시 몰라 생각해 둔 대비책이었다.

강윤의 대비책을 듣던 무대 감독의 얼굴은 흙빛이 되었다.

[자, 잠깐만요!! 자, 잠깐만. 눈이라면…… 차라리 스프레이 같은

건 어떨까요?]

　[그럴 바에야 홀로그램이 낫다고 할 것 같습니다. 세무얼은 가짜를 싫어하니까…….]

　[하긴, 세무얼이라면…….]

　무대 감독도 공감했다. 강윤은 차분히 말을 이어갔다.

　[락 콘서트나 EDM 콘서트에서 물 대신 사용하는 것으로 생각하면 될 것 같습니다. 소음 문제가 있는데…….

　무대 감독은 잠시 생각하더니 체념한 듯 어깨를 늘어뜨렸다.

　[……소음 문제는 어떻게든 해결해 보겠습니다. 세무얼을 설득하느니 소음하고 싸우는 게 낫겠습니다.]

　[결국, 이렇게 되는군요. 그냥 지나가 주길 바랐습니다만…….]

　[하하. 시간도 없는데, 방법이 빨리 나온 것에 감사해야죠.]

　무대 감독은 엷은 미소와 함께 돌아갔다. 강윤은 무대 아래, 정민아를 향해 싱글싱글 웃는 세무얼에게로 향했다.

　[강윤, 무슨 일이었…… 아, 이런 이런.]

　강윤을 보더니 세무얼의 표정이 어색해졌다. 굳은 얼굴의 강윤에게서 뭔가를 느낀 탓이었다.

　[세무얼.]

　[하, 참. 강윤은 모르게 해달라니까…….]

　세무얼은 어색하게 볼을 긁적이며 딴청을 피웠다. 강윤은 그에게도 쉽지 않은 상대였다.

　[이런 중대사를 모르게 해달라는 건 말이 안 되죠.]

　아무리 콘서트가 자신을 중심으로 돌아가도 갑작스러운

콘티 변경은 무리수라는 걸 알고 있었다. 그것도 해외 콘서트에서 갑작스레 장치를 바꾼다니. 감독 자존심도 문제였고 가능성도 미지수였다.

'오. 트러블이다, 트러블.'

정민아는 눈을 반짝였다. 궁금한 건 강윤이었다.

이 일을 어떻게 처리할까?

[아, 정말 대안이 없나요? 도저히 세 번이나 같은 홀로그램을 쓰고 싶지는 않은데…….]

세무얼은 큰 손으로 강윤의 어깨를 덥석 잡았다. 강윤이 말이 없자 세무얼은 최대한 안쓰러운 표정을 지었다.

[이런 식으로 고집부리면 안 된다는 거 잘 알지만 강윤이니까. 가능하죠? 응? 응?]

세무얼은 강윤의 어깨를 몇 번이나 두드렸다. 난감할 정도로 간절한 눈빛을 쏘아내며.

이미 무대 감독과 이야기를 끝냈지만 강윤은 모르는 척 딴청을 피웠다.

[단순히 장치만 바꾸면 되는 문제가 아닙니다. 콘티를 다시 짜야 할 수도 있어요.]

[알아요. 한 번만. 어떻게…….]

세무얼이 잡은 강윤의 어깨가 흔들렸다. 그로선 간절했다. 느낌이 왔을 때 밀어붙여야 했다.

잠시 생각하는 척 입을 닫았던 강윤은 차분히 말했다.

[……눈을 뿌리는 건 어떻습니까?]

[눈?]

SNOW?

생각지도 못한 일이었다. 브라질은 사계절, 따뜻한 곳이라고 들어왔었다. 눈이라니.

[브라질에서 눈은 남부의 일부 지역에서만 볼 수 있는 귀한 것이라고 합니다. 그런 눈을 중요한 노래와 함께 볼 수 있다면……]

말이 끝나기도 전에 셰무얼은 강윤의 어깨를 잡은 손에 힘을 주었다.

[이거, 이거예요!! 역시, 강윤!! 눈이라니!! 생각지도 못했어요!! 하하, 하하하!!]

[좀 더 일찍 생각했으면 좋았겠지만, 늦어서……]

[상관없어요. 이제라도 된다는 거니까. 그럼 부탁해요!!]

확정이라도 된 듯, 셰무얼은 강윤에게 손을 흔들곤 그대로 무대 위로 뛰어가 버렸다. 마치 소년 같은 모습이었다. 정민아는 그의 뒷모습을 보며 중얼거리듯 물었다.

"……세계 최고 클래스는 원래 저런 건가요?"

"서, 설마."

강윤은 어색하게 웃음을 흘릴 뿐이었다.

연습이 시작됐는지 음악이 흘렀다. 강윤의 눈에 음표들이 넘쳐 나는 모습이 들어왔다. 하얀빛과 은빛들이 사방에 비산했다.

잠시 넋을 놓던 강윤의 눈은 마찬가지로 넋을 놓고 무대를 바라보고 있는 정민아에게로 향했다.

'녀석.'

말은 삐딱하게 했지만 무대를 지켜보는 정민아의 팔은 떨

리고 있었다. 월드 클래스가 주는 압박과 두근거림에 정민아
는 완전히 압도되고 있었다.

'장난 아니다……..'

저런 무대에서 솔로로 서게 되다니.

세무얼의 연습을 바라보며 정민아는 긴장 어린 눈빛으로
침을 꿀꺽 삼켰다.

월드를 시작으로 한국 가수들의 중국 진출이 속속 진행되
고 있었다. 이 같은 한류 열풍은 당연히 기사를 통해 보도되
었다.

　–윙클 '진혜영' 중국 진출, 드라마 '초룡전' 주연으로 데뷔.
　–크렌벅스, 지예 잔류 결정. 중국 진출 초읽기.
　–지예, 중국 본격 진출 움직임? 출국 증가세…….

　–지예도 한 건 했네.
　–퇴물 은퇴식 미뤄짐.
　–중국에 퇴물들 대거 진출할 듯.

월드에 이어 두드러지는 움직임을 보인 건 지예였다. 중국
투자자들의 투자와 현지에서의 지원 등을 바탕으로 단기간
내에 가시적인 성과를 거두기 시작한 것이다.

큰 성과를 거두었지만, 지예의 사장실에는 칼날 같은 긴장이 흐르고 있었다.

[본부장님, 감사합니다.]

강시명은 자신의 자리에 앉지도 못한 채 책상 앞에 서서 보고를 하고 있었다. 강시명의 자리에서 서류를 받은 여성은 도도하게 그를 올려다봤다.

[윙쿨의 진혜영이었나요? 연기력이 부족한 것 같다는 말이 들려오더군요. 투자자들의 말은 무시할 수 없다는 거, 잘 알죠?]

온통 빨간색으로 도배한 원피스와 날카롭게 올라간 눈매가 인상적인 여성이었다. 영유희. 중국에서도 손꼽히는 투자회사, 복타이의 본부장이었다.

[여부가 있겠습니까.]

비굴해 보이는 웃음까지 지으며 강시명은 몸을 낮췄다. 남의 자리였지만 영유희는 당연하다는 듯 도도하게 커피를 저었다.

눈치를 살피던 강시명은 조심스럽게 운을 뗐다.

[저, 본부장님.]

[뭐죠?]

[그, 말씀하셨던 인수 건 말입니다만…….]

감정을 조심스럽게 드러내는 강시명을 영유희는 한심하게 바라보았다. 참 일관성 있는 남자였다. 그놈의 월드, 이강윤.

'한심한 집착이야. 우리 입장에선 좋지만.'

이차희 일로 월드에 묘한 흥미가 생긴 그녀였지만 이 정도는 아니었다. 중국에서야 월드보다 규모나 자금력에서 앞서는 회사가 널리고 널렸으니까. 월드야 작은 유희에 지나지 않았다.

영유희는 팔짱을 끼며 의자에 몸을 묻었다.

[조만간 때가 올 거예요.]

[본부장님, 지난번에도.]

[기다리라고 했죠?]

나지막한 으름장에 어눌한 중국어를 내던 강시명은 비굴하게 싱글거렸다.

'한 달? 두 달? 그것도 못 참나?'

저런 한심한 인사와 같이 일을 하려니 속이 터질 것 같았다. 그래도 어쩌겠나, 투자를 했는걸.

영유희는 강시명 사장의 비굴한 표정을 바라보며 고개를 흔들었다.

♪ ♩♩♪ ♪♫ ♩ ♪

"저, 저도 참여하라고요?!"

핸드폰을 든 박소영은 한껏 들뜬 목소리로 자리에서 벌떡 일어났다.

이야기를 꺼낸 츠카사 프로듀서는 차분하게 이야기를 풀었다.

[소영 작곡가님이 문희의 감성과 목소리를 잘 아는 분이라고 들었어요. 이로다 씨가 적극 추천해 주셨고…….]

"이로다 씨가요?"

박소영의 가슴이 두근거렸다. 이로다 하루와는 드라마 OST 작업을 하며 인연을 맺었었다. 일본에서도 거장으로 평가받는 그에게 인정을 받았다니.

통역을 하던 인문희도 호의적인 눈빛과 함께 의견을 보탰다.

"부탁해. 희윤이도 적극 추천했어. 소영이라면 혼자서도 멋진 곡을 만들어줄 거라면서."

"희윤이가……."

하여간 고마운 친구였다. 가끔이지만 자신은 질투를 느끼곤 했는데…… 희윤이 참 고마웠다.

"감사합니다. 열심히 하겠습니다."

똑똑.

세 사람이 손을 맞잡을 때 문 두드리는 소리가 들려왔다.

"분위기가 좋군요."

"아, 이사 언니."

칼같이 다려진 정장을 입은 이현지였다. 잠시 주변을 둘러보던 그녀는 차분한 어조로 입을 열었다.

"조금 전 하경락 PD에게서 연락이 왔어요. 기획안이 통과됐다고 하네요."

인문희와 츠카사 프로듀서는 기뻐하며 손바닥을 맞췄다. 말도 많고 탈도 많았던 프로그램이 드디어 첫발을 내디뎠다니. 그런 두 사람의 어깨에 박소영이 팔을 걸쳤다.

"축하드려요!!"

"고마워, 오늘은 좋은 일들이……."

"아직 좋아할 때는 아닌 것 같네요."

인문희의 목소리가 올라가려는 찰나, 이현지가 찬물을 끼얹었다.

"벌써 그렇게 들떠 버리면 긴 호흡을 유지할 수 없어요. 좀 더 릴렉스하게."

"⋯⋯."

김이 샌 기분이었다. 이사 언니는 쓸데없이 엄격했다. 다행히 엄격한 언니는 일이 있다며 금방 나갔지만 어색해진 분위기는 그대로였다.

"조금은 좋아하게 놔둬도 되잖아."

"내 말이요. 회장님이면 같이 좋아해 줄 텐데."

닫힌 문을 바라보며 두 사람은 투덜거렸다.

♪♪♪♪♪♪♪♪

[지난 주말부터 우기가 시작됐습니다. 현재까지 리우데자네이루에서만 300㎜ 안팎의 강한 폭우가 쏟아졌는데요. 레이더 영상을 보시면 대서양에서 몰려온 비구름대로 리우에는 시간당 30㎜ 안팎의 강한 비가 내리고 있습니다. 이 비는 오는 주말까지 계속될 전망입니다. 폭우 피해에 대비하시고⋯⋯.]

우르릉– 콰쾅.

창밖에 빛이 번쩍이며 굉음이 바닥을 진동했다. TV를 끈 부팀장 리사는 비 내리는 창밖을 바라보았다.

[우기가 빨리 왔네요.]

창가를 바라보던 팀원들의 얼굴도 한껏 굳어 있었다. 빗줄기는 갈수록 굵어지며 창가를 거세게 들이받고 있었다.

짝.

모두가 넋을 놓고 있을 때, 강윤이 손뼉을 쳤다. 시선이 그에게로 향했다.

[할 수 있는 것부터 하면 됩니다. 지붕은 괜찮습니까?]

[지금까지는 괜찮습니다. 설치할 때 300㎜가 아니라 400㎜가 와도 거뜬하도록 만들었으니까요. 500㎜는 자신할 수 없습니다만…….]

제이콥이 답했다. 공사를 하며 가장 공을 들인 곳 중 하나가 지붕이었다.

함께 사전 선발팀이었던 혜라가 뭔가 걸리는 게 있는지 걱정되는 투로 말했다.

[마스터, 주말까지 이렇게 비가 온다면 공연을 미루는 것도 생각해야 하지 않을까요? 피해가 생길 수도 있을 것 같습니다만.]

강윤은 차분하게 답했다.

[국가적인 대형 참사가 벌어지지 않는 한, 연기는 없습니다]

[그래도 마스터, 이런 비가 주말까지 이어진다면 사람들이 공연장까지 오는 데 무리가…….]

부팀장 리사가 근심스레 묻자 강윤은 단호하게 답했다.

[세무얼을 믿고 표를 구입한 분들입니다. 관객들은 저희와 약속을 한 겁니다. 우리가 먼저 그 약속을 깰 순 없습니다. 다른 사람은 몰라도, 우린 절대 흔들리면 안 됩니다.]

강윤의 굳건한 모습에 기획팀원들은 천천히 고개를 끄덕

였다. 연기는 없다는 선언이었다. 팀원들 모두가 굳은 얼굴로 다짐하며 흩어졌다.

공연이 며칠 남지 않아서인지 모두의 얼굴에는 단단히 기합이 들어 있었다.

'서둘러야겠군.'

시계를 본 강윤은 의자에 걸쳐 놓은 수트를 걸쳤다. 원래대로라면 다른 팀원들과 마찬가지로 리허설을 보며 공연을 준비해야 했지만 오늘은 일정이 있었다.

공연장을 나서기 전, 강윤은 셰무얼에게로 향했다. 무대 위에선 셰무얼과 출연진이 연습으로 구슬땀을 흘리고 있었다.

강윤의 눈에 갖가지 음표가 수 놓였고, 하얀빛, 은빛이 넘실대고 있었다. 강윤을 발견한 셰무얼이 그를 향해 손을 흔들고 있었다.

[강윤!!]

음악이 멈추며 셰무얼은 무대 밑으로 내려왔다. 평소와 다른 정장 차림에 셰무얼은 장난 섞인 눈빛으로 물었다.

[오호라, 여자를 꼬셨다 이거군요? 후후. 어디에 가나요?]

[……아그라다블래(Agradable)에 갑니다. 출장 때문에요.]

[스키장? 아, 그렇지.]

강윤을 놀리려던 셰무얼은 아차하며 손뼉을 쳤다. 아그라다블래는 남부의 작은 도시에 있는 사계절 스키장이었다. 강윤이 외근을 가는 이유를 떠올린 셰무얼은 어색하게 웃어댔다.

[하하, 하하하. 내 정신 좀 봐. 미안해요, 강윤.]

[아닙니다. 그럼 다녀오겠습니다.]

[다녀와요.]

세무얼과 중요 출연진에게 인사를 마친 후, 강윤은 마라까낭 경기장을 나섰다.

그가 탄 차는 빗속을 뚫고 리우데자네이루를 벗어났다. 수 시간을 달리니 남부 내륙의 작은 도시, 아비코에 도착했다. 도시 안쪽으로 들어가니 'Agradable'라는 간판을 발견할 수 있었다.

'저긴가. 브라질 유일의 실내 스키장.'

주차를 하고 스키장으로 들어갔다. 사전에 약속이 되어 있어 사장을 만나는 건 그리 어렵지 않았다.

[어서 오십시오. 파울로 대표님께 말씀 들었습니다. 악티보 (Acrivo)라고 합니다.]

[처음 뵙겠습니다. 이강윤이라고 합니다.]

스키장의 사장, 악티보는 강윤을 반갑게 맞아주었다. 파울로의 소개 때문인지 그는 강윤에게 매우 깍듯했다.

통성명을 마치고, 간단히 이야기를 나누는데 비서가 차를 내왔다. 진한 향이 우러난 커피를 음미하는데 악티보 사장이 말을 걸어왔다.

[인공 제설기를 대여하러 오신 것이지요?]

[네, 부탁드립니다.]

[흠…….]

악티보 사장이 안색을 굳히자 강윤이 조심스럽게 물었다.

[무슨 문제라도 있습니까?]

[빌려드리는 거야 어렵지 않습니다. 파울로 회장님의 부탁도 있고……. 문제는 따로 있습니다. 이쪽으로…….]

어디로 가려는지 악티보 사장은 강윤에게 두툼한 점퍼를 건넸다. 강윤은 점퍼를 꼭꼭 싸매고 그의 뒤를 따랐다. 두 사람이 향한 곳은 다름 아닌 스키장이었다.

브라질 유일의 스키장답게 리프트와 눈 위에는 사람들로 발 디딜 틈이 없었다. 구석에서는 2대의 인공 제설기가 하늘을 향해 하얀 눈을 흩뿌리고 있었다.

[아름답네요. 저 정도면…….]

강윤은 저도 모르게 입을 벌렸다. 2대의 인공 제설기가 만들어내는 눈은 어마어마했다. 저 두 대만 있으면 공연도 무난하게 소화할 수 있을 것 같았다.

그때, 악티보 사장이 강윤의 팔을 덥석 잡았다.

[저 녀석들을 빌려드리고 싶지만 그렇게 되면 스키장 문을 열 수 없습니다. 불행히도 여분의 제설기가 없어서 말이죠.]

강윤은 악티보 사장을 돌아보았다. 거절의 의도가 아니었다. 스키장 문을 닫아도 될 정도의 '무엇'이 있는지. 그는 묻고 있었다.

[보상과 함께 온라인 광고를 해드리는 건 어떻습니까?]

강윤은 준비해 온 서류를 꺼냈다. 천천히 서류를 넘기던 악티보 사장은 얼굴을 찡그렸다.

[죄송한 말씀입니다만, 저희가 힘들게 요청에 응했다는 걸 생각

해 주셨으면 합니다.]

당연히 장비 대여료와 인터넷을 활용한 광고 지원안을 보여주었지만 답은 부정적이었다. 강윤이 물었다.

[원하시는 것이 있으십니까?]

[큰 걸 바라진 않아요. 저쪽에 세무얼의 화보 하나만 걸어둘 수 있으면 만족할 것 같습니다.]

악티보 사장은 슬로프의 꼭대기에 위치한 큰 광고판을 가리켰다. 굴곡 있는 미녀가 환하게 웃으며 스키를 타며 내려오는 사진이 개제되어 있었다. 스키장 어디에서도 한눈에 들어오는 큰 광고판이었다.

강윤은 난감했다. 당연히 무리한 부탁이었다. 스키장 광고를 찍어달라는 말과 다름없었으니까.

[온라인과 콘서트를 활용한 간접 홍보라면 얼마든지 가능합니다만 직접적인 출연은 다른 이야기입니다.]

[그쪽 입장은 이해합니다. 그래도 이쪽도 크리스마스에 문을 닫아야 한다는 걸 생각해 주셨으면 하네요.]

테이블을 사이에 두고 분위기는 팽팽해졌다. 악티보 사장은 여유롭게 손톱에 바람을 불었다.

[세무얼이라는 분은 마음먹으면 꼭 해야 하는 성정이라지요?]

태연자약하게 악티보 사장은 툭 말을 던졌다. 어디서 정보를 입수한 건지. '당신은 이 장비가 반드시 필요하지 않느냐'라는 의도가 느껴져 당혹스러웠지만 강윤은 태연히 웃었다.

'어디서 그런 정보를…… 아니, 중요한 건 그게 아니야.'

반면, 타협점을 찾기 위해 강윤의 머리가 복잡하게 돌아갔다. 장비가 없으면 강윤의 손해, 스키장 측으로선 손해 볼 것이 없었다.

강윤이 말이 없자 거절이라고 느낀 악티보 사장은 자리에서 일어났다.

[아무래도, 서로 생각이 다른 모양입니다. 다음에 좋은 인연으로 뵙는 걸로…….]

[오프닝 전, 쉬는 시간 광고.]

말이 끝나기 전이었다. 강윤은 딜을 제시했다. 그제야 악티보 사장의 눈가가 꿈틀댔다.

[여기에 튠에 올릴 콘서트 영상에 실을 광고. 이 정도면 어떻습니까?]

[저기에 세무얼의 얼굴이 있으면 좋겠는데…….]

더 이상 물러날 곳은 없었다. 강윤은 눈빛을 가라앉혔다.

[생각이 다르군요.]

마주 본 두 사람의 눈에서 불꽃이 튀었다. 악티보 사장은 더 뜯어낼 것이 없나 강윤을 뚫어지게 바라보았다. 더 이상 뭔가를 내놓을 생각이 없었는지 강윤도 침묵을 지켰다.

얼마나 지났을까.

악티보 사장은 의자에 몸을 묻곤 양손을 으쓱댔다.

[……좋습니다. 계약하죠.]

그제야 강윤의 안색이 밝아졌다. 설전을 벌이던 것과 달리 계약서에 사인을 하는 과정은 일사천리였다. 남은 건 두 대의 인공 제설기를 가져가는 일이었다.

스키장 영업이 끝난 후, 강윤은 인공 제설기가 트럭에 실리는 것을 지켜보았다.

[거기!! 조심해서 옮기라고!!]

지게차 기사는 인공 제설기를 조심스럽게 트럭에 실었다. 하루 만에 계약과 운송까지 마쳐 버린 강윤을 보며 악티보 사장은 혀를 내둘렀다.

강윤은 장비를 실은 트럭을 타고 도로를 달렸다. 밤새도록 달려 마라까낭 경기장에 도착하니 아침 해가 떠오르고 있었다.

[관객 쪽으로. 네, 살짝 들어서 가능하면 많은 사람이 닿을 수 있도록…….]

지게차 기사는 인공 제설기를 강윤이 말한 자리에 놓았다. 스키장에서 보내준 전문 인력들이 인공 제설기를 세팅하는데, 무대 감독이 공연장에 들어섰다.

[아, 마스터. 벌써 다녀오셨습니까? 아, 이게 눈 만드는 기계군요.]

무대 감독은 무대 양 끝을 차지하고 있는 인공 제설기를 보며 반색했다. 시간이 얼마나 걸릴까 걱정했건만. 역시 마스터는 달랐다.

[감독님, 눈에 다크서클이 졌군요.]

[마스터도 만만치 않습니다.]

서로의 눈가에 줄넘기하듯 내려온 다크서클을 보며 두 사람은 마주 보며 웃었다. 농담으로 피로를 씻어내고 본격적인 업무 이야기를 시작했다.

[어제부터 계속 생각을 해봤는데 말입니다. 이 장비는 아무래도 밑으로 넣어야 할 것 같습니다.]

[계속 설계도를 봤는데 부스트 장치나 회전 장치 때문에 장치가 마땅치 않을 것 같았습니다.]

강윤의 말에 무대 감독은 자신만만한 미소를 지어 보였다.

[마스터, 제가 괜히 돈을 받겠습니까? 반나절만 시간을 주십시오. 말끔하게 집어넣겠습니다. 소음 문제도 해결해 놓겠습니다.]

[알겠습니다.]

무대 감독은 기술자들 사이에 끼어 본격적인 일을 시작했다. 얼마 지나지 않아 공사팀도 도착했다. 1시간도 안 되어 바닥이 뜯겼고 인공 제설기가 바닥으로 들어갔다.

공연장 옆의 연습실에서 강윤은 모든 출연진과 스태프들을 소집했다.

[……이런 이유로 저녁까지 자유 시간입니다.]

[만세에!!]

무대 공사를 이유로 강윤은 휴식을 선언했다. 세무얼을 제외한 모두가 만세를 부르며 삽시간에 흩어졌다. 연습실은 순식간에 썰렁해졌다.

세무얼이 우울한 얼굴로 말을 걸어왔다.

[이 시기에 휴식이라니……. 어떻게든 연습을 더 해야 하는데…….]

강윤은 걱정하는 세무얼의 등을 떠밀었다.

[자자, 괜찮으니까 세무얼도 다녀오세요. 이곳에 오면 예수상에 가고 싶어 했잖아요.]

[강윤, 그건 콘서트 끝나고 가도…….]

[다녀오세요, 세무얼. 오늘이 지나면 쉬고 싶어도 쉴 수 없어요.

쉬어야 더 나은 공연을 할 수 있잖아요.]

셰무얼은 말없이 강윤을 바라보았다. 웃고 있었지만 경직된 모습. 이럴 때의 강윤은 뜻을 굽히는 법이 없었다. 잠시 생각하던 셰무얼은 매니저와 함께 밖으로 나갔다. 넓은 연습실에 강윤 혼자 남……

"이강윤."

"……연주아."

짝.

등가에 따끔한 통증이 느껴졌다. 돌아보니 몇 안 되는 한국인 멤버, 연주아가 손가락으로 V를 그리고 있었다.

꿍.

반말엔 응징이 따르는 법. 강윤은 꿀밤으로 응징을 가했다. 주아는 머리를 감싸 쥐며 강윤을 노려보았다.

"아파!! 솥뚜껑 같은 손으로 때리기야?!"

"잘못했으면 벌을 받아야지."

"고리타분하긴. 네네, 앞으로 잘하겠습니다아~ 이강윤 회장님."

주아는 계속 투덜거렸다. 버릇없어 보였지만 그녀의 캐릭터를 잘 아는 강윤은 웃을 뿐이었다.

잠시 후, 주아가 물었다.

"오빠는 어디 안 가?"

"공연장에 가 보려고. 무대 공사 때문에."

"그래? 시간되면 같이 민아한테 가려고 했는데."

"민아한테? 연습 봐주려고?"

주아는 고개를 끄덕였다.

"어, 안무 좀 봐달래서. 후훗. 어때? 나 참 괜찮지?"

"그 말만 하지 않았으면 참 괜찮은 선배였을 거야."

"……하여간."

칭찬 한마디도 쉽게 해주지 않는다고, 주아는 계속 투덜거렸다.

이만 가 봐야겠다고 강윤이 축객령을 내렸다. 주아는 심통이 나서 강윤에게 들러붙었다.

"왜 이래?"

"나 오빠네 가수 봐주러 가는 거라고."

"아아, 잘 부탁해."

"섭하게 뭔 말이 그러냐?"

눈치가 없는 건지, 없는 척하는 건지. 결국 주아는 혼자 경기장을 나서야 했다.

이후 강윤은 인공 제설기와 다른 장비들이 설치되는 모습을 지켜보며 공연장에서 시간을 보냈다.

♪ ♪♪♪ ♪♪♪ ♪ ♪

"다들 너무하다고 생각하지 않니?"

진혜리는 둘둘 만 서류를 흔들며 톤을 높였다. 고개 숙인 소녀들, 팀 엔티엔 멤버들은 아무도 고개를 들지 못했다.

"체중 관리는 아이돌의 기본 중의 기본이라고 했잖아. 그런데 이런 결과라니. 이걸 어떻게 받아들여야 할까?"

"……죄송합니다."

감효민이 기어들어가는 목소리로 답했다. 인정해서 조금이라도 덜 맞자는 술수였지만, 진혜리에겐 통하지 않았다.

"효민아, 55㎏라니. 한 달 전보다 2㎏나 늘었어. 이걸 어떻게 받아들여야 할까?"

"……."

오히려 돌을 맞았다. 감효민은 고개를 들지 못했다. 다른 멤버들도 마찬가지였다.

"큭큭."

분위기 파악 못 하는 사람은 어디에나 있게 마련이다. 이질적인 웃음소리에 타겟이 다른 곳으로 돌아갔다.

"차오, 웃을 때가 아닐 텐데? 59㎏였지?"

"크에에엑!!"

신 차오는 몸무게가 공개되자 비명을 질렀다. 얼굴이 새빨개졌지만, 진혜리에게 자비란 없었다.

"49, 51, 54, 57, 59㎏. 차오는 살이 찌기 좋은 체질이라 먹는 거 자제해야 한다고 몇 번이나 이야기했을 텐데."

"마라지 마요!! 그러케……."

몸무게 체크는 잔혹했다. 과정도 결과도. 막내 정유리를 제외하면 무사하게 넘어간 멤버가 없었다. 오른쪽으로 상승하는 그래프를 보던 진혜리는 이마를 잡았다.

'이런 데이터는 매일 야식을 먹지 않으면 힘든데. 몸무게가 이렇게까지 늘 수가 없어.'

숙소 생활을 하면서 식단 관리도 한다. 그런데도 살이 붙는다는 건 뭔가를 자꾸 먹는다는 이야기였다. 학교, 아니면 밤의 숙소. 둘 중 하나일 것이다.

진혜리가 멤버들을 꾸짖고 있을 때 문이 열렸다.

"어? 무슨 일인가요?"

이현지였다. 잠시 들른 것인지 서류 같은 것들은 보이지 않았다. 팀 엔티엔 멤버들은 안타까운 눈빛을 쏘아 보냈다.

'이사 언니……'

살려주세요, 잘못했어요 등등. 이현지는 최대한 불쌍한 얼굴로 자신을 바라보는 엔티엔 멤버들을 보며 쿡 소리를 내며 웃었다.

"이사님."

"뭐죠?"

"여기, 보고드릴 게 있습니다."

진혜리는 서류를 건넸다. 몸무게 체크 서류. 오른쪽으로 상승하는 그래프가 있는 그 서류였다.

'이건……?!'

찰나였다. 이현지의 눈이 흔들렸다. 다행히 누구도 눈치채지 못했다.

"……느, 늘었군요."

"숙소 생활을 시작한 이래로 제대로 관리가 된 사람이 거의 없습니다. 이런 식으로는 데뷔, 신고식은 꿈도 꿀 수 없을 겁니다. 특단의 조치가 필요할 것 같습니다."

"알았어요. 내가 잘 타일러 보죠."

진혜리는 두말하지 않고 밖으로 나갔다. 이현지가 타이른다면 연습생들도 경각심을 가질 게 분명했다. 연습실 안에는 이현지와 팀 엔티엔 멤버들만이 남았다. 발소리가 멀어져 갔다. 불호령이 떨어질 시간이었다.

이현지는 짧게 한숨짓고 연습생들에게 눈을 돌렸다.

"야식은 적당히 하라고 했잖아."

"죄송해요~ 이사 언니."

감효민이 귀엽게 혀를 빼꼼였다. 다른 연습생들도 이현지를 향해 애교 섞인 미소를 발산했다.

"이사 언니이~"

"앞으론 적당히 먹자. 다이어트도 하고. 대신 이번에는 그냥 넘어가겠어. 알겠지?"

"네에!!"

우렁찬 목소리와 함께 연습생들은 이현지에게 안겨들었다. 원인이 있었다. 이현지가 적당히 봐주었다. 친해지기 위해서.

'다음부터는 엄하게 해야겠어.'

애교를 부리는 연습생들을 보며 이현지는 단단히 마음먹었다.

"……이 사안은 보고를 드려야 할 것 같았습니다. 죄송합니다. 제가 부족했습니다."

진혜리는 굳은 목소리로 보고를 올렸다. 오늘 문제는 절대로 그냥 넘어갈 수 없었다.

전화기 저편에서 담담한 목소리가 들려왔다.

─조만간 애들 중 하나를 뮤비에 내보내 볼 생각이었는데. 이 상태로는 무리겠죠?

"아무래도…… 그럴 것 같습니다. 죄송합니다, 회장님. 제 탓입니다."

─책임도 중요하지만, 해결이 우선입니다. 후우, 아직 성장기인 아이들이라 급격한 다이어트는 좋지 않을 거고.

"어떻게 할까요?"

잠시 목소리가 멎었다. 진혜리도 상념에 잠겨 있는데, 뭔가가 떠올랐는지 밝은 목소리가 들려왔다.

─이사님이 숙소에 살면서 엔티앤 애들과 많이 친해졌다고 했지요?

"네, 그건 왜……."

─이사님께 맡겨보는 게 좋겠어요. 숙소와 회사에서 모두 철저하게 봐줄 수 있을 테니까요.

진혜리는 손뼉을 쳤다. 연습생들의 기름이 쫙 빠진 모습이 그려지고 있었다.

D-Day, 크리스마스이브.

결전의 날이 밝았다.

쏴아아아아아─── 투둑투둑.

마라까낭 경기장 지붕을 때리는 빗소리가 요란했다. 일기
예보는 정확하게 들어맞았다. 리우데자네이루 전역에 강한
비가 쏟아지고 있었다.

[돌릴 수 있는 대로 다 돌리세요!! 그쪽도 모자라다고요?!]

[이쪽도 포화예요!! 일단⋯⋯.]

기획팀은 전화기를 붙들고 지휘에 나섰다.

셔틀버스를 운행하며, 리우 전역에서 콘서트장으로 사람
들을 실어 날랐다. 4명의 기획팀원은 시시각각 보고를 받으
며 촉각을 곤두세웠다.

같은 시각.

마스터 강윤은 공연장에 있었다. 입장을 시작하지 않아 텅
빈 공연장은 마지막 리허설이 한창이었다. 바닥 양옆에 설치
된 인공 제설기가 살짝 눈을 내뿜었고 세무얼은 무대 위를
미끄러져 가며 브레이크 댄스를 추었다.

'좋아.'

터치할 곳은 없었다. 수없이 맞춰본 연습이 빛을 발하고
있었다. 귀에 꽂은 무전기에 스태프와 감독들의 대화가 실시
간으로 꽂혔고 강윤은 무대 뒤편에서 지켜보았다.

[지직. 마스터!! 비가 너무 많이 오는데요. 입장을 30분 더 당겨
야 할 것 같습니다.]

기획팀에서 무전이 날아들었다. 무대를 지켜보던 강윤도
무전을 날렸다.

[23분. 의료팀은 도착했나요?]

[네, 만약의 사태에 대비하고 있습니다. 보안팀도 무장하고 대기 실과 입구 주변을 철저하게 통제하고 있습니다.]

공연 1시간 전.

리허설을 마친 셰무얼은 모두를 향해 손짓했다. 100여 명이 넘는 출연진, 스태프 모두가 무대 위에 올랐다. 끝이 보이지 않는 관객석을 바라본 셰무얼은 모두를 향해 환하게 웃었다.

[드디어 이날이 왔네요. 모두 감사드려요.]

환하게 웃는 셰무얼의 눈가엔 눈물이 그렁그렁 고였다. 시작도 하기 전, 감정이 올라오고 있었다. 모두가 어찌할 바를 모를 때 강윤이 나섰다.

[이제 시작입니다. 감격은 3시간 뒤로 미루고, 달렸으면 하네요.]

강윤의 말을 듣고 눈가를 스윽 닦은 셰무얼은 웃으며 고개를 끄덕였다.

[맞아요, 맞아. 내가 너무 성급했네요. 아직 감격할 때는 아니죠. 그럼!! 이 자리까지 올 수 있게 해준 모든 분들.]

짝짝.

셰무얼은 박수를 치곤 100여 명에 이르는 사람의 이름을 일일이 부르기 시작했다.

스태프부터 댄서, 세션에 팀장에 이르기까지. 이름이 불리는 사람들 모두가 입가로 미소가 맺혔다

[……여기 있는 한 명이라도 없었다면 오늘은 없었을 겁니다. 감사합니다. 그럼!!]

100여 명의 손이 하나로 포개졌다. 모두의 손이 포개지진

못했지만 하나라는 일체감을 만드는 것엔 무리가 없었다. 모두의 손이 위로 올라가며 사기가 고양되었다.

준비가 끝났다. 거대한 커튼이 내려와 무대를 가렸다. 사방을 밝히던 조명이 암전되었고, 관객석을 가리키는 안내등이 켜졌다. 시계를 보던 강윤은 무전을 보냈다.

[관객 입장 시작합니다.]

와아아아——!!

엄청난 소음과 함께 관객들이 들어오기 시작했다. 대부분 비에 젖어 엉망이었지만 눈에는 열망이 가득했다.

앞쪽 좌석부터 하나둘씩 자리가 채워졌다.

관객석이 절반쯤 채워졌을 때부터 커튼에 광고가 떴다. 장비를 협찬한 아그라다블래 스키장을 비롯해 기술, 자본을 지원한 회사들의 광고들이 하나하나 이어졌다.

공연 10분 전, 5분 전, 1분 전까지 광고는 계속되었다. 협찬받은 곳이 워낙 많은 이유였다.

[언제 시작하냐?]

[우우.]

사람들이 불만을 표하기 시작할 때, 사방이 어두워지며 스크린에 시계가 떠올랐다.

「00:00:59」

58.

57…….

[우와아아아아아아아아---!!]

공연 시작을 알리는 카운트다운이 시작되며 20만 명의 하나된 목소리가 터져 나왔다.

[공연 30초 전!! 30초 전!!]

모든 스태프에 무전이 전달되었다. 각자의 자리에 선 출연진과 스태프는 신경을 곤두세웠다.

[십!! 구!! 팔⋯⋯.]

두근.

뒤편에서 무대를 내려다보던 강윤은 침을 삼켰다.

[삼, 이, 일!! 영!!!!]

촤라라락!!

무대를 가리던 커튼이 내려가며 조명이 일제히 불을 밝혔다. 동시에 30명의 셰무얼이 모습을 드러냈다. 진짜 같은 가짜 셰무얼. 홀로그램이었다.

[와아아아아아아아아--!!]

빗소리를 뚫어버릴 듯한 함성이 터져 나갔다. 그와 함께 셰무얼의 세계 투어 첫 번째, 브라질 콘서트가 시작을 알렸다.

두우우우웅-- 타당. 쾅.

묵직한 북 소리와 함께 30명의 셰무얼은 칼군무로 분위기를 고조시켰다. 이어 시원하게 터지는 소리와 함께 30명이었던 셰무얼은 둘씩 포개져 15명으로 줄어들었다.

셰무얼들이 점차 사라지면서 안무의 난이도도 한층 높아져 갔다.

환호성도 점점 커져 갔다. 온몸을 따로 놀게 만드는 세무 얼은 무대를 단번에 사로잡았다.

숫자는 점점 줄었지만 무대를 감싸는 빛은 점점 강렬해져 갔다.

'30초 전!!'

손목시계와 무대를 번갈아 보던 강윤은 주먹을 강하게 쥐 었다. 무대는 하얀빛이 일렁이며 은빛으로 빛나고 있었다. 은빛은 사람들에게 스며들어 반응을 강렬하게 이끌어 가고 있었다.

[20초 전!!]

강윤의 무전기에 스태프들의 숨 가쁜 목소리가 들려왔다. 이미 무대에는 2명의 세무얼밖에 남지 않았다. 그들은 호흡 을 맞추며 웨이브를 타더니 다시 하나로 합쳐졌다.

약간 흐릿하던 홀로그램이 뚜렷해졌다. 실제와 구별이 가 지 않을 정도였다. 이제 시작이라고 생각한 사람들은 손을 들며 환호성을 질렀다.

[와아아아아아아--- 우오오오오!!]

화답이라도 하듯, 홀로 남은 세무얼은 품 안에서 중절모를 꺼내 눌러쓰곤 탭을 밟아 나갔다. 가볍게 턴을 한 후 온몸이 따로 노는 춤을 선사하며 백스텝을 밟아갔다.

음악이 점점 작아졌다. 그에 맞춰 리얼했던 세무얼도 언제 그랬냐는 듯 엷어져 갔다.

[뭐, 뭐야?]

관객들은 당황했다. 그들의 생각과 다른 전개였다. 가장 깊이 몰입했던 앞 열을 시작으로 웅성웅성할 때, 강윤이 무전기를 들었다.

[지금입니다.]

강윤의 외침에 옆에 있던 특수 장비 담당기사는 버튼을 눌렀다.

셰무얼이 사라졌던 자리에 불꽃이 솟으며 뭔가가 쏘아 올라왔다. 사람의 형상을 하고 있는 로봇이었다. 거대한 로봇은 삐거덕대며 고개를 돌려 관객들을 훑어보았다.

[셰무얼, 바로 시작하죠.]

강윤의 무전을 듣자마자 로봇이 열리기 시작했다. 다리가 열리고, 몸통, 팔이 열리며 안에 있던 사람이 모습을 드러냈다. 이어 머리까지 열리자 관객들은 일제히 소리를 질렀다.

[우와아아아아아아아아아--!!]

[셰무얼, 셰무얼이다!!!!]

[꺄아아아아아아아아---!! 셰무얼!! 셰무얼!!]

주인공의 등장이었다.

음악도, 특별한 조명도 없었다. 로봇에서 나온 셰무얼은 환호를 받으며 정면만을 응시했다. 사람들의 환호성은 멈출 줄 몰랐다.

[마스터, 시작할까요?]

[아닙니다. 신호가 올 때까지 기다리죠.]

음향 감독의 무전에 강윤은 고개를 흔들었다. 무대 위의 셰무얼은 분위기를 보고 있었다. 언제 시작하면 분위기를 더 끌어올릴 수 있을지를.

30초 정도 지났을까. 세무얼은 오른팔을 높이 뻗었다. 신호였다. 일제히 음악이 터져 나오며 무대 밑, 부스트 장치에서 대기하고 있던 댄서들이 일제히 솟아올랐다.

—Who am I to be silent— Who am I to be silent—

일렁이든 은빛은 강렬한 금빛으로 뒤덮였다. 크고 작은 음표들이 세무얼에게 모여 관객들에게 뻗어가고 있었다. 20만이라는 거대한 관객을 단번에 사로잡은 것이다.

'좋아, 이대로 가자.'

시작은 좋았다. 이제 이 분위기를 그대로 끝까지 끌고 가는 것이 남았다.

—윙클의 멤버 진혜영 씨의 중국 진출 소식이 전해졌습니다. 지예 측에 따르면 중국 측 제작사와 많은 이야기가 오갔고, 오디션을 본 끝에…….

VIP 병실 안, 원진문 회장은 무덤덤한 얼굴로 공항에서 스포트라이트를 받는 진혜영을 바라보았다.

그의 옆에는 원진표 내외가 있었다. 부인이 꽃에 물을 갈아준다며 밖으로 나가자 아들은 무거운 얼굴로 한숨지었다.

"……고개들어라."

"……죄송합니다. 제가 회사만……."

"저 애 눈빛을 봐라. 행복해 보이나."

원진문 회장은 어색하게 웃는 진혜영을 가리켰지만 원진표는 여전히 알 수 없다는 얼굴이었다.

아들이 침대를 원래대로 눕혀주었다. 원진문 회장은 창가를 바라보며 쓸쓸히 중얼거렸다.

"……한때는 원망했었지. 하지만 다 잃고 생각해 보니 다…… 부질없더라."

"……죄송합니다."

"걱정되는 건 저 애들의 꿈이야. 네가 회사 때문에 네 꿈을 접은 것처럼 말이다.."

원진문 회장은 아들을 안쓰러운 눈으로 바라보았다.

애처롭게 어깨를 들썩이는 아들이 그렇게 안타까울 수가 없었다. TV에 나와 카메라를 향해 인형같이 손을 흔드는 저 아이도.

모든 게 자신의 탓인 것만 같았다.

"……그라면 달랐을까?"

아들의 처량한 모습을 보니 문득 그가 떠올랐다.

항상 가수들이 먼저라며 모든 걸 걸어왔던 그놈, 이강윤이.

♩♪♩♩♪♫♪♩♪

-I got so so- miss-

[와아아아아---!!!! 셰무얼!!]

화려한 퍼포먼스를 선보이던 무대가 지난 후, 셰무얼은 마이크를 잡았다. 특유의 가늘지만 힘 있는 미성으로 기교 없이도 무대를 사로잡기에 충분했다.

수많은 관객을 거침없이 휘어잡는 세무얼을 바라보며 정민아는 가쁜 숨을 몰아쉬었다.

"후아, 후아."

가슴에서 나는 쿵쾅 소리가 귀로 들릴 정도였다.

"어, 어, 어, 어떡해!! 2, 20만 명이 저, 저렇게 많은 거였어?!"

혹시나 이 무대를 망치지는 않을까? 처음에는 사실 10만이나 20만이나 별 차이 없을 줄 알았건만!!

깊어가는 목소리를 따라 관객들이 만들어내는 거대한 파도는 숨이 막힐 지경이었다.

결국 그녀는 대기실 문을 닫아버렸다.

"얘들아…… 보고 싶어. 그냥 튈까? 아저씨라면 어떻게든 할 테니까? 아!! 정말 미치겠다!!"

말도 안 되는 상상까지 하며 대기실을 우왕좌왕했다.

똑똑.

그때, 노크 소리가 들려왔다.

"들어갈게."

"들어오지 마요!!"

익숙한 남자 목소리였다. 정민아는 날카롭게 외쳤지만 이내 도리질 치곤 얼른 문을 열었다. 문밖의 얼굴을 보니 반가움과 안도감, 부끄러움이 뒤섞여 왔다.

"아, 아저씨!!"

"민아, 너 진짜 좋아한다?"

"조, 좋아하긴요!!"

느닷없는 기습에 정민아가 발끈했지만, 강윤은 껄껄 웃었다. 웃는 그의 귓가로 치익대는 소리와 함께 무전이 정신없이 들이치고 있었다.

정민아는 새초롬하게 눈을 떴다.

"바쁘신 몸 같은데, 여긴 왜 오셨데요?"

"너 보러 왔지."

"뭐, 뭐래. 장난칠 기분 아니거든요? 가슴 터져 버릴 것 같으니까."

정민아는 평소보다 몇 배는 까칠했다. 평소라면 머리를 쥐어박았을 언행이었지만 강윤은 부드럽게 대화를 리드해 갔다.

"많이 떨리지?"

"아니거든요? 경력이 얼만데."

강윤은 묘한 눈빛을 쏘아내며 눈웃음을 지었다. 정민아는 인상을 찌푸렸다.

"왜 저래, 느끼하게."

"하하하."

"됐고요. 좋은 말 빨리 하고 가요. 실수해도 된다든가, 뒤에는 뭐…….."

횡설수설. 말을 잇기가 부끄러웠는지 정민아는 우물쭈물했다. 잠시 정민아를 물끄러미 바라보던 강윤은 휙 돌아섰다.

"갈게."

"뭐, 뭐예요. 벌써 가?"

강윤이 진짜로 나가 버리자 정민아는 쉼 없이 투덜댔다. 평소와 달리 아무것도 없었다. 당황스러웠다.

"왜 온 거야?! 왔으면 뭐라도 해줘야지. 아씨!! 진짜 미쳐 버릴 것 같은데!!"

엄한 곳에 화풀이를 하며 자리에 앉았다. 가슴에 손을 얹는데 뭔가를 발견했는지 그녀의 눈이 휘둥그레졌다.

"……멈췄네?"

튀어나올 것 같던 두근거림이 멈췄다. 긴장 때문에 떨리던 손도 멈췄다. 거짓말같이. 강윤과 투닥거리다 보니 자기도 모르게 긴장이 풀려 버린 것이다.

"뭐, 그, 그래. 별것 아닐 거야. 하하하."

걱정이 안 되는 건 아니었다. 이전과 달리 감당할 수 있을 것 같다는 생각이 들었을 뿐이었다.

갑자기 거대한 부담이 와서 짜증만 났었는데…… 그런 마음이 사르르 녹아버렸다.

"……맘에 안 들어, 진짜로."

하여간 귀신이었다. 강윤이 나간 문을 바라보며 정민아는 눈살을 찌푸렸다.

강윤은 음향 장비 옆, 자신의 자리로 복귀했다. 세무얼의 발라드는 어느새 댄스곡으로 바뀌어 있었다. 1부의 끝을 향해 달려가고 있었다. 50명의 댄서와 세무얼은 V자 대열로 서서 칼같이 군무를 맞춰 나갔다.

'좋군.'

무대는 화려한 금빛으로 수 놓였다. 강윤은 만족스러웠다. 오프닝부터 좋은 흐름이 계속되고 있었다. 셰무얼을 중심으로 출연진, 스태프 모두가 혼연일체를 이루고 있었다.

—Woooo—

[Woooo-]

셰무얼의 얇은 허밍에 관객들도 함께 입을 맞추었다. 절정을 지나 반주가 잦아들고 있었다. 드럼과 목소리만이 콘서트장을 울리자 스태프들도 바빠졌다.

강윤은 무전기를 잡았다.

[비스트, 준비됐나요?]

[네, 신호만 주시면 됩니다.]

허밍이 서서히 잦아들어갔다. 셰무얼은 손을 들어 관객들과 인사했다.

박수 소리와 함께 셰무얼을 비추던 조명은 천천히 사그라졌다. 강렬하게 뻗어가던 금빛은 안개처럼 머물렀다. 무대의 여운이었다.

셰무얼의 퇴장과 함께 1부가 마무리되었다.

이어 간단한 동영상과 함께 브라질의 인기 가수, '루카'가 등장했다. 먼저 온 선발팀이 심혈을 기울여 섭외한 브라질의 국민 가수였다.

높은 인지도를 뽐내듯 사람들도 박수로 호응했다. 브라질 고유의 리듬, 보사노바 음악을 무기로 루카는 부드럽게 목소리를 높여갔다.

그때, 강윤의 눈빛이 일그러졌다.

'뭐지?'

여운처럼 머무르던 금빛에 루카가 만들어내는 음표들이 스며들었다. 금빛이 옅어지더니 하얀빛이 뿜어져 나왔다. 셰무얼이 모든 관객을 휘저을 때와 달리 이 국민 가수는 절반밖에 호응을 얻지 못하고 있었다.

'기량 차이야.'

강윤은 대번에 문제를 알아챘다. 특히 셰무얼의 다음 무대를 여니 사람들이 느끼는 차이는 더욱 심할 것이다. 루카는 온 얼굴에서 땀을 흘리며 혼신의 힘을 다했지만 하얀빛은 좀처럼 일렁이지 않았다.

강윤도 가만히 있지 않았다. 각 감독들에게 음향을 올리고 조명을 집중시키는 등 바쁘게 뛰었다. 조명이 바뀌자 분위기가 약간은 좋아졌지만 큰 변화는 없었다.

가수 루카도 분위기를 반전시키려고 목이 찢어져라 열창했다.

-Eble- ic--!!

그때, 이상한 음이 터져 나왔다. 음이탈이었다. 순간, 가수도 관객도 모두가 당황했다. 의욕 과다가 부른 참사였다.

강윤은 이마를 잡았다. 검은빛이었다. 분위기가 급속도로 냉각되기 시작했다.

강윤은 헤드셋을 벗자 음향 감독이 물었다.

[어디 가십니까?]

[잠시 대기실에 다녀오겠습니다.]

강윤이 대기실로 가자 세무얼이 온몸에서 연기를 내뿜으며 맞아주었다.

[아, 강윤.]

[고생하셨습니다.]

세무얼은 손을 들어 답하고는 다시 눈을 감았다. 땀 때문에 지워진 화장을 다시 하느라 스태프들의 손길이 분주했다.

눈은 감은 채 마인드컨트롤을 하던 세무얼이 물었다.

[무대, 괜찮았나요?]

[최고였습니다.]

[아, 모처럼 두근두근했어요. 이렇게까지 많은 사람 앞에 서는 건 처음이라…….]

눈을 감은 세무얼은 입가로 호선을 그렸다. 얼굴을 솜으로 문지르던 스태프의 타박에 이내 입을 꾹 다물었고, 대기실은 웃음바다가 되었다.

[그런데 그 민아라는 아가씨, 괜찮을까요? 나도 저 무대에서는 압박이 느껴지던데.]

세무얼이 궁금해졌는지 묻자 강윤은 담담히 답했다.

[괜찮을 겁니다. 민아 가슴이 보통은 아니거든요.]

[확실히 크긴 했어요.]

[네?]

강윤의 눈이 휘둥그레지자 세무얼은 아무렇지도 않은 듯 웃음을 흘렸다.

[하하하. 기대되는데요? 아, 맞다. 할 말이 있는데…….]

두 사람이 이야기를 주고받는 동안 무대 뒤편에서 대기하던 정민아는 양손을 꼭 잡은 채 눈을 감고 있었다.

'으아……'

다시 가슴이 뛰었다. 저 불쌍한(?) 가수의 순서가 끝나면 이젠 자기 차례였다. 무대 앞, 뒤, 옆 모두 사람으로 둘러싸여 끝이 보이질 않았다. 주먹을 폈다 쥐었다 하며 마음을 다잡았다.

어떻게든 음이탈을 수습하며 루카의 무대는 끝이 났다. 박수를 받으며 내려왔지만 그의 눈가에는 눈물이 고여 있었다.

[정민아 씨, 준비해 주세요.]

스태프 한 명이 정민아에게 손짓했다. 드디어, 무대에 나설 차례였다. 가수 루카와 스치며 정민아는 무대로 성큼성큼 걸어갔다.

'저렇게 안 되게 열심히…….'

화악!!

무대에 조명이 들어왔다.

[뭐야? 저 여자는?]

[셰무얼은? 언제까지 하는 거야?]

무대에서 느낀 분위기는 더욱 좋지 않았다. 국민 가수라는 루카의 음이탈 무대를 본 관객들은 실망감을 느꼈는지 셰무얼만을 찾고 있었다.

관객석을 한 바퀴 둘러본 정민아는 눈가에 힘을 주고 정면을 바라보았다.

'뭐, 좋아.'

이 무대가 끝나고 보라지.

[시작할비요.]

강윤의 귀에 정민아의 나지막한 목소리가 들려왔다. 경쾌한 퍼커션 연주와 함께 정민아는 자세를 잡았다.

하나 둘 셋…… 여섯.

정민아는 기본 스텝인 식스 스텝을 밟아갔다.

여섯 번째 스텝을 밟은 후, 바닥에 미끄러지듯 누워 손과 팔꿈치를 붙이곤 다리를 번쩍 들었다. 전매특허, 엘보우 프리즈였다.

여리여리한 동양인 여성이 파워풀한 반전을 선보이자 모두의 눈이 휘둥그레졌다.

[비보잉?!]

[뭐, 뭐냐?!]

춤을 사랑하는 나라인 브라질에서도 여성이 이런 난이도의 비보잉 춤을 추는 경우는 흔치 않았다.

이어서 발을 하늘로 치켜든 채 몸을 이리저리 뒤틀었다. 인벌트였다. 비보잉 프리즈 안무 중에서도 난이도가 높은 동작이었다.

[우, 우와!!]

[미쳤어!! 와우!!]

강렬한 임팩트를 맞은 관객들은 일제히 무대에 집중하기 시작했다.

때에 맞춰 퍼커션 소리도 커졌다. 기름을 붓겠다는 듯 정민아는 앞으로 공중제비를 돌았다.

타당.

그와 함께 퍼커션이 그치더니 댄서들이 그녀의 양옆에 서더니 입고 있던 긴 티를 찢어버렸다. 티가 찢어지며 복부를 드러내는 탱크탑과 핫팬츠가 적나라하게 드러났다.

[와아아아!!]

관객들의 환호와 함께 리드미컬하던 음악이 느슨해지며 끈끈함이 가미되었다.

강윤이 섹시한 댄스를 위해 편곡한 'Hot Smile'이었다. 정민아는 도도한 걸음으로 관객에게 다가와 웨이브를 탔다.

맨 앞의 관객이 잡아보겠다며 손을 뻗어오자 정민아는 손을 뻗어 얼굴을 쓰다듬고는 곧 도도하게 자리로 돌아갔다. 분위기가 달아올랐다.

—Do it— Do it—

가사와 함께 본격적인 무대가 시작되었다. 정민아는 골반을 튕기며 웨이브를 탔다.

얇은 허리가 두드러지며 몸의 곡선이 드러났다. 무빙라이트와 조명도 보랏빛으로 바뀌었다. 포그 머신까지 연기를 뿜어내니 몽환적인 섹시함이 두드러졌다.

무대와 정민아를 번갈아 보며 강윤은 무전을 날렸다.

[가급적 3번 카메라로 클로즈업을 해주십시오.]

3번 카메라는 왼쪽에 있었다. 정민아는 왼쪽 얼굴이 좀 더 예뻤다. 무전이 전달되자 대형 스크린에서는 정민아의 왼쪽 얼굴이 더 자주 나타났다.

한참 믹서를 보던 음향 감독이 물었다.

[마스터, 목소리가 너무 안 들어옵니다. AR을 키우고 가수 소리를 죽이겠습니다.]

[알겠습니다.]

강윤은 고개를 끄덕였다. 립싱크였다. 부족한 보컬로 어설픈 영어 가사를 읊조리느니 퍼포먼스에 집중하는 것이 낫다.

-퍼포먼스에 집중하자.

강윤의 무전을 듣고 정민아는 애써 내던 노랫소리를 줄였다. 춤에 한층 힘이 실렸다. 그와 함께 하얀빛이 일렁이며 은빛이 환하게 빛났다.

'하나는 지났어. 이제 한 방이 필요해.'

강윤은 고민했다. 은빛도 대단하지만 이런 규모의 콘서트에서는 공연장 절반밖에 담아내지 못했다. 금빛이 필요했다.

[대단하네요.]

강윤이 무대에 온 신경을 집중하고 있을 때, 누군가 등을 찔러왔다. 돌아보니 대기실에 있어야 할 세무얼이었다. 강윤은 흠칫 놀라며 헤드셋을 벗었다.

[세무얼, 무대 준비해야죠?]

[잠깐은 괜찮아요. 화장실도 갈 겸, 이 자리에서 무대를 보면 어떨까 궁금해서 와봤어요. 시야가 좋네요. 그나저나…….]

세무얼은 무대를 보며 턱에 손을 올렸다.

[저 민아라는 아가씨는 볼수록 대단하네요. 주아 같은 댄서가 또 있다니요.]

[그 말 들으면 좋아할 겁니다.]

[이 말도 전해줘요. 나중에 꼭 같이 무대에 서보자고요.]

강윤은 고개를 끄덕이곤 무대 쪽으로 돌아섰다.

무대에 집중하는 모습을 보며 셰무얼은 빙긋이 웃었다. 지금까지 만난 누구보다도 이 동양인 남자는 열심이었다. 능력, 열정, 신뢰까지. 모든 걸 갖춘, 진짜 마스터였다.

"강윤."

"네?"

"Let's do part 2 well, The God of Music(2부도 잘 부탁해요, 음악의 신)."

난데없는 말을 듣고 강윤은 입에서 뭔가를 한 움큼 내뿜었다. 음향 감독을 비롯한 음향팀은 강윤의 반응을 보고 웃음을 터뜨렸다.

[셰, 셰무얼. 시, 신이라뇨. 그건 정말 아닌 것 같습니다.]

[하하하.]

셰무얼이 듣는 둥 마는 둥 하고 가버린 후, 무전에는 유쾌한 목소리들이 흘러나왔다.

[음악의 신, 음악의 신!!]

[이안, 그런 말 마세요. 신이라뇨.]

[왜요? 좋기만 한데요. 음악의 신, 음악의 신!!]

표현은 과할지 몰랐지만 마음이 담겨 있었다. 불가능하다고 생각했던 무대를 만들어낸 강윤을 향한 존경과 호감의 표시였다.

유쾌한 분위기 속에 무대는 간주로 넘어갔다. 은빛은 일렁임 없이 일정했다. 그때, 원핀 조명들이 정민아와 한 댄서를 비췄다. 댄서가 정민아의 어깨에 펑퍼짐한 검은 점퍼를 걸쳐 주고 있었다.

[우-우-]

정민아의 노출이 가려지자 아쉬워하는 소리가 강윤에게까지 들려왔다.

의아해하는 그때, 정민아는 비니 모자를 받아 쓰곤 머리를 바닥에 박고는 빙글빙글 돌기 시작했다. 헤드스핀이었다. 비보잉의 최고급 스킬이 터져 나오자 사람들의 시선이 경악에 찼다.

은빛이 일렁이기 시작한 것도 이때였다. 이 흐름을 놓치지 않겠다는 듯 정민아는 박차고 일어나 등을 바닥에 대고 몸을 돌렸다.

간주가 끝나자 댄서들이 다가오더니 점퍼를 찢어버렸다.

[와아아아아아아--!!]

'하여간. 욕심은 많아가지고.'

관객들의 환호성을 들으며 강윤은 어깨를 으쓱였다. 칼을 제대로 갈고 나온 것이 느껴졌다.

섹시 컨셉에, 장기인 비보잉까지. 자신이 준 편곡과 간주는 위화감 없이 붙여놓았다. 희윤의 작품일 것이다. 이 한 무대에 정민아는 모든 것을 쏟아붓고 있었다.

'이상하게 뿌듯해지네.'

딸을 시집보내는 아버지의 기분이 이런 걸까?

왠지 손을 떠나는 것 같아 이상한 기분이 들었다. 일렁이던 은빛 안에서 이질적인 빛이 뿜어져 나왔다.

'금빛이군.'

금빛의 영향을 받은 관객들이 일어나 환호하고 있었다. 비보잉과 섹시 컨셉을 결합한 그녀만의 노래가 모두를 사로잡은 것이다.

[와, 대단하네요. 음악의 신의 가수는 다르네요.]

[역시, 음악의 신은……]

[……]

강윤은 헛기침을 했다. 칭찬은 고마웠지만, 저 말은 도무지 적응이 되지 않았다.

셰무얼이 휴식을 취하는 동안 게스트들로 다시 한번 분위기를 끌어올린다.

강윤의 계획은 성공했다. 초대 가수 루카로 인해 위험할 뻔했지만 정민아 덕에 순조롭게 넘길 수 있었다. 덕분에 셰무얼은 한층 더 편안하게 무대를 만들어 갈 수 있었다. 정민아의 무대 이후, 일어섰던 관객들은 앉을 틈조차 없었다.

'좋아. 지금까지 잘 왔어.'

금빛이 흐르는 무대를 지켜보며 강윤은 팔짱을 끼었다. 관객들은 셰무얼의 노래를 따라 손을 흔들고 있었다.

[제설기 준비됐습니까?]

-네, 언제라도 오케입니다.

오케이 사인을 받고 강윤은 책상에 손을 얹은 채 무대 쪽으로 몸을 기울였다.

셰무얼의 곡이 바뀌는 순간이었다.

—Everyone lives— with hurts— but—

셰무얼이 강조하고, 또 강조했던 노래, 'Heal'이었다.

셰무얼은 허밍하듯 가사를 읊조렸다. 스크린에 노란 꽃과 하얀 원피스를 입은 소녀가 나타났다. 무대도 한층 밝아졌다. 새소리와 함께 바람 부는 소리도 들려왔다.

—You live with pain— as friends—

바람 소리와 함께 무대가 녹색으로 바뀌었다. 스크린과 무대 바닥에 푸른 나무와 나비들이 나타났다.

—Everyone wants— to be healed— Heal—

순조로웠다. 노래가 진행되며 화면은 숲, 바다를 넘나들었다. 부드러운 목소리에 이끌리듯 관객들은 손을 잡고 하늘로 추켜올렸다.

—Hmm— You have to—

음이 높아지며 분위기도 점점 고조되기 시작했다.

콘티와 무대를 번갈아 보던 강윤이 외쳤다.

[지금입니다!!]

달궈지던 제설기가 굉음을 내기 시작했다. 양 사이드에서 관객들을 향해 눈을 흩뿌리기 시작했다.

[눈이다!!]

[눈이야!!]

화면에 하얀 설원이 펼쳐지며 실제로 눈이 날리자 관객들은 환희에 찬 눈으로 하늘을 바라보았다.

브라질에서 눈이란 웬만해선 보기 힘든 것이었다. 그런 눈을 공연장에서 보게 되니 신기함, 벅참 등이 모두의 마음을 사로잡았다.

어린 관객들은 눈을 뭉쳐 던지기도 했고, 몇몇 관객은 눈을 하늘에 다시 뿌리는 등 동심 어린 행동을 했다.

'휴우.'

재공사와 마스터 볼륨을 올린 탓에 제설기의 소음은 들리지 않았다. 리허설을 수도 없이 했지만 혹시 모르는 일. 강윤은 그제야 가슴을 쓸어내렸다.

그때였다. 마구 일렁이던 금빛 안에서 투명한 빛이 환하게 뿜어져 나오기 시작했다.

'뭐, 뭐지?'

하얀빛과는 완전히 다른 빛이었다. 하얀빛이 깨끗하다면 이 빛은 티 하나 없다고 해야 할까?

강윤이 잠시 넋을 놓은 사이 투명한 빛은 순식간에 마라까낭 경기장 전체로 뻗어 나갔다. 지금까지 냉정을 유지하던 스태프들까지, 절로 세무얼의 노래를 따라 부르기 시작했다. 마치 최면같이.

'이건 뭐야, 대체……!!'

강윤은 끓어오르는 가슴을 진정시키려고 애썼다. 뭔가가 강제로 가슴에 열을 가하는 것 같았다. 옆에 있던 음향 감독은 얼굴이 상기된 채 소리치며 믹서를 만지고 있었다. 항상 냉정을 유지하는 스태프들까지 강제로 끌어들일 정도의 파급력이었다. 관객들은 말할 것도 없었다.

'미, 미쳤어!! 이런 무대라니!!'

금빛 이상의 빛이라니. 새로운 발견에 떨림이 멈추지 않았다.

3일에 걸친 세무얼의 콘서트는 대성공으로 마무리되었다.

일기예보와 달리 두 번째 날과 세 번째 날에는 구름 한 점 없이 맑았다. 폭우 덕에 버스까지 수배해야 했던 기획팀은 한숨 돌릴 수 있었다.

속을 썩였던 주제곡 'Heal'은 역대급 무대라는 찬사를 받았다. 한층 깊어진 목소리와 무대, 그리고 무대 장치들의 조화는 지금까지 없던 조합이라는 평을 얻었다. 깨알 같은 광고로 제설기를 대여해 준 스키장의 인지도도 크게 올랐다.

브라질의 국민 가수, 루카는 남은 이틀간 모든 스케줄을 빼고 콘서트 무대에 올인했다. 강윤은 콘티까지 조정하며 그를 배려해 주었다. 덕분에 음이탈의 불명예를 만회했고, 더욱 좋은 무대를 펼쳐 냈다.

그렇게 말도 많고, 탈도 많던 브라질 콘서트가 끝났다.

아직 열기도 가시지 않은 공연장에 출연진과 스태프들이 모두 모였다. 박수를 받으며 간단히 소감을 말한 세무얼은 구석에 힘없이 주저앉은 강윤에게로 눈을 돌렸다.

[마스터, 한마디 해요.]

[하하. 죄송하지만 사양해도 될까요?]

강윤은 힘없이 웃었다. 눈은 풀렸고 어깨는 추욱 늘어졌다. 콘서트가 끝나자마자 모든 긴장이 풀려 버렸다.

세무얼은 사악하게 웃더니 강윤을 일으켜 옆에 세웠다.

[지금부터 음악의 신의 말씀이 있겠습니다.]

[와아아아--!!]

[셰, 셰무얼······.]

따질 힘도 없었다. 강윤은 잠시 머뭇대다가 배에 힘을 주며 마지막 힘을 쥐어짰다.

[한마디면 될 것 같습니다. 모두들 수고하셨습니다!!]

[수고하셨습니다!!]

콘서트의 끝을 알리는 선언이었다. 눈물, 박수와 환호성이 터져 나왔다.

강윤은 그대로 주저앉았다. 다리에 더 이상 힘이 들어가지 않았다.

수고했다는 말도, 감사하는 말도 잘 들리지 않았다. 그냥, 쉬고 싶은 마음뿐이었다.

셰무얼의 해산 선언과 함께 모두가 나간 후, 거대한 무대에 강윤은 누워 버렸다.

'끝이구나.'

여전히 귓가에 셰무얼의 목소리와 관객들의 함성이 들리는 듯했다. 1시간이 지났지만, 투명한 빛은 아직도 무대를 감돌고 있었다. 눈을 감으니 다시 가슴이 뜨거워졌다.

"혼자서 뭐 해, 음악의 신?"

"그렇게 부르지······ 아, 주아구나."

고개를 돌려보니 연주아였다. 그녀 옆에는 사복으로 갈아입은 정민아가 자신을 무심하게 바라보고 있었다. 두 아가씨가 성큼성큼 다가왔다.

"언제까지 뒹굴뒹굴하려고? 여기 안방 아니야."

"지금은 안방이야. 뒤풀이는? 안 가?"

정민아가 강윤을 내려다보며 답했다.

"말도 잘 안 통하고…… 오늘은 그냥 쉬고 싶어서요."

"그래도 한번 다녀오는 게 좋을 것 같아. 친해지면 좋은 사람들이야."

"좋다면서 아저씨는 왜 안 가는데요?"

할 말이 없었다. 난 되고, 넌 안 된다는 이야기니까.

주아가 강윤 곁에 주저앉더니 손바닥으로 배를 두드렸다. 통 소리가 났다.

"덕분에 미친 무대 서봤네. 오빠도 좋았지?"

"어어. 땡큐."

"뭐야, 이 성의 없는 답은? 완전 어이없네?"

강윤은 힘없이 손을 내려놓으며 답했다.

"무사히 마쳤으면 된 거지."

"뭐야? 그게 다야?"

"우리 사이에, 뭐가 더 필요해?"

"뉘뉘. 그래요, 그래."

주아는 아예 강윤 옆에 눕더니 자신의 손을 포개 머리에 벴다. 두 사람은 나란히 천장을 올려다보았다.

"오빠, 나 할 말 있는데. 그, 원 사장님이…… 에이, 지금은 아닌 것 같다."

"원 사장님이? 무슨 일 있어?"

"아냐, 나중에 말해줄게."

몇 번이나 물었지만 주아는 지금은 아닌 것 같다며 다음에 이야기하겠다는 말만 반복했다. 결국 강윤은 포기하고 눈을 감았다. 차가운 바닥에서 이상하게 온기가 느껴지는 듯 했다.

"Zzz……."

"오빠, 뭐야? 설마 자는 거야?"

숨소리가 들려왔다. 주아와 정민아가 당황해서 몇 번이나 흔들었지만, 강윤은 쉽게 깨어나지 않았다. 그가 눈을 뜬 건 밤이 지난 아침이었다.

이틀 후.

한창 짐을 챙기던 강윤은 세무얼의 호출을 받고 한달음에 달려갔다.

[왔어요?]

하루를 쉬었지만 세무얼의 얼굴엔 지친 기색이 역력했다. 모든 열정을 쏟아부은 후유증이었다.

[네, 그런데 왜 공항으로 오라고 하셨습니까?]

세무얼의 뒤편으로 거대한 항공기들이 비쳤다. 정비를 받거나 뜨고 들어오는 항공기들로 분주했다. 그가 있는 곳은 다름 아닌 공항이었다.

[정산을 하려고 불렀어요.]

[정산 말입니까?]

[내가 저번에 줬던 백지수표, 갖고 있나요?]

셰무얼이 손을 내밀자 강윤은 지난번에 받은 백지수표를 건넸다. 셰무얼은 윗주머니에서 펜을 꺼내더니 뭔가를 적어 강윤에게 건넸다.

「G320」

수표를 받아 든 강윤은 잠시 고개를 갸웃하다가 뭔가가 떠올랐는지 눈이 휘둥그레졌다.

[셰, 셰무얼. 이건……!!]

[자, 소개하죠.]

셰무얼은 창가를 향해 손짓했다. 손끝에는 'World Studio' 라는 페인트칠이 된 비행기 한 대가 놓여 있었다.

[강윤, 최고의 공연을 만들어줘서 감사했어요. G320이에요. 작은 녀석이지만 전 세계 어디든 갈 수 있을 거예요.]

[셰무얼…….]

[안타깝게도 세금 같은 문제는 시간이 없어서 해결하지 못했어요. 시간이 많이 걸리는 문제라서.]

사양할까 고민하던 강윤은 셰무얼의 손을 잡았다. 늘어가는 스케줄에 전용기는 반드시 필요한 것이었다. 최고의 공연에 최고의 선물이 돌아왔다.

어린아이같이 기뻐하는 강윤을 보며 셰무얼은 흐뭇해했다.

4화
스러진 거목

"와, 완전 짱이야!!"

정민아는 탄성을 내지르며 비행기 안을 돌아다녔다. 문만 닫으면 개인 공간까지 보장된다는 풀플랫 시트에 샤워가 가능한 욕실, 커다란 TV가 딸린 회의실까지. 1등석에서도 볼 수 없는 것이 가득했다.

"사람도 없고, 완전!!"

시선에서의 자유를 느끼며 그녀는 여기저기를 쏘다녔다. 여기저기를 둘러보다가 문이 닫혀 있는 좌석 앞에 섰다. 출발 전부터 강윤이 자고 있는 자리였다.

"……쳇. 재미없어."

평상시라면 일을 하거나 신문을 보고 있을 강윤이건만. 심술이 나서 괜히 투덜거렸다.

비행기는 꼬박 하루를 날아 한국에 도착했다.

공항에 도착하니 항상 그렇듯 이현지가 있었다. 반가운 해후만을 생각했던 그녀는 거대한 '그것'과 마주하더니 경악을 금치 못했다.

"저, 회장님? 저 물건이 지금, 우리, 거라고 한, 건가요?"

딱딱 끊어지는 말투에는 못 믿겠으니 사실대로 말하라는 의도가 다분했다. 강윤은 머리를 긁적였다.

"그게…… 그렇게 됐습니다."

"그렇게 됐다? 회장님. 납득이 가게 해주세요. 간단히 넘어갈 문제는 아니잖아요. 100억이 넘는 돈이 들어갈 수도 있는 문젠데……."

"어, 언니……."

정민아도 이현지의 날 선 눈빛에 절절맸다.

하긴. 이 꼼꼼한 덕에 월드가 유지될 수 있었다고 해도 과언이 아니었다.

강윤은 내부를 보여주며 전용기를 얻게 된 과정을 설명했다. 콘서트을 무사히 마친 대가로 전용기를 받았다는 황당한 이야기였지만 이현지는 납득했는지 시트에 몸을 묻었다.

"……엔터테인먼트 회사로선 처음으로 전용기까지 보유한 회사가 됐군요. 비행기까지 타고 따라다니는 극성팬들을 조금이나마 따돌릴 수 있게 됐어요."

급기야 기쁨까지 묻어났다. 전용기의 시설 하나하나를 만져 보는 손이 떨리고 있었다.

전용기를 공항 격납고에 넣어둔 후, 세 사람은 차에 올랐다. 운전대를 잡은 이현지는 한국에서 있었던 일들을 이야기해 주었다.

"진서는 한국에 와 있어요. 오늘 아침에 들어왔죠. 계절학기 기간에는 학교에 가고 싶다고 해서 휴가를 주려고요."

"잘하셨습니다."

"그리고 문희와 재훈 씨는……."

AHF와의 방송 제작이 막 시작되었다는 것부터 차기 걸그룹 경과 등 차 안에서는 여러 가지 이야기가 오갔다.

앞으로 스케줄에 관여하는 일은 사양하고 싶다는 말과 함께. 하고 싶은 이야기가 많았는지 이현지의 입은 쉬지 않았다.

집으로 가고 싶은 마음이야 굴뚝같았지만 강윤은 회사로 향했다. 몇 달이나 자리를 비웠다. 일이 산적해 있을 것이다. 하루를 꼬박 잤지만 여전히 피곤했다.

'조금이라도 파악하고 가야겠어.'

직원들과 간단히 인사를 나누곤 회장실로 향했다. 오랜만에 회장님이 등장하자 직원들은 반색하며 강윤을 반겼다.

자리에는 처리해야 할 서류들이 깔끔하게 정돈되어 있었다. 그중 유독 눈에 띄는 내용이 있었다. 인터뷰 초안이었다.

'진서 인터뷰?'

「Q: 작품을 마친 소감은 어떤가요?

A: 항상 그렇지만, 시원하면서 섭섭해요. 특히 이번 작품은 시나리오 단계부터 함께 해서……. 아직 링천 역에서 벗어나지 못해서 울컥울컥할 때도 많아요.

Q: 한국 배우임에도 중국어 발음 논란이 나오지 않고 있어요. 비결이 뭔가요?

A: (웃음) 많이 부족한데 그렇게 봐주셔서 감사해요. 그냥, 매일 공부하는 게 비결일까요? 제가 연기해야 할 사람이 이곳 사람인데 발음이 이상하면 안 되잖아요.」

민진서가 노력해 왔던 흔적들도 묻어 나왔다. 강윤은 미소 지으며 계속 서류를 넘겼다.

「Q: 많은 사람이 궁금해하는 부분이에요. 배우에게 사랑이라는 경험은 무척 중요하다고 생각합니다. 진서 씨도 한창, 사랑을 할 때라고 생각하는데, 혹시 사랑을 해본 경험이 있나요?

A: (크게 웃음) 사랑이요? 으, 가장 약한 부분을 찔러오시네요. 사실, 저…….

Q: 혹시, 모태솔로인가요?

A: 그럴 리가요. 저도 좋아하는 사람은 있었답니다.

Q: 하하하. 누군지 몰라도, 굉장히 행복했겠어요. 진서 씨가 좋아했던 남자라니…….

A: 항상 배울 게 있는 분이었어요. 기댈 수 있는 기둥 같은 존재랄까. 어떤 시련이 몰려와도 우직하게 밀고 나가서 극복하는 분이었어요. 그 모습에 반했었죠.

Q: 궁금해지는데요? 분이라, 연상이었군요?

A: 나이가 조금 많았어요. 바라볼 때마다 안타까웠고,

행복하게 하는 사람이었죠.」

유명 월간지에 실릴 인터뷰였다. 문제는 수위. 그녀가 말하는 사람이 자신이라는 걸 알기에 좋기도, 난감하기도 했다.

'이사님이 이래서 결정을 못했군. 과거형이라지만 잘못하면 가십거리가 될 수도 있겠어.'

강윤은 이 부분을 삭제해 달라고 요청했다. 자칫 트집을 잡힐 수도 있었으니까.

다른 서류들도 검토하는데, 눈이 뻑뻑해졌다. 더 이상은 무리라고 느끼고는 조용히 회사를 나섰다.

차를 몰아간 곳은 집이 아닌, 이한서의 찻집이었다.

"오, 팀장님!!"

찻집 안에 들어서니 이한서는 맨발로 뛰어나오며 맞아주었다.

그는 강윤을 2층 특실로 안내하고는, 검은빛이 도는 차를 내왔다. 차가 나오자 고급스러운 향이 감돌았다. 향만으로도 차가 얼마나 귀한 물건인지를 짐작할 수 있었다.

"90년에 나온 흑차입니다. 티벳에서 온 녀석이죠."

"또 이렇게 귀한 걸 내주시는군요."

"팀장님이 해준 것에 비하면 별거 아닙니다. 덕분에 원 사장님이 한 발을 내디뎠잖습니까."

강윤은 아무 말 없이 찻잔을 들었다. 원진표와 푸닥거리를 한 기억이 떠올랐다.

"첫발을 내디딘 게 중요하지 않겠습니까? 원 사장님도 포기하지 않겠다고 하셨습니다. 감사하다고, 전해달라 하셨습니다."

"원 회장님은 잘 계십니까?"

"여전하시죠. 어제 갑자기 중환자실로 가셨다는데 걱정이긴 합니다."

대화를 나누데 노크 소리와 함께 한 여성이 들어섰다.

"진서야."

"선생님, 이사님."

문이 열리며 들어선 이는 민진서였다. 겨울에 입기엔 추워 보이는 원피스 때문인지 손을 호호 불었다. 강윤은 의자를 손수 빼주었다.

"어서 와. 오느라 고생했어."

"선생님, 몇 달 만에 뵙는지 모르겠어요."

반가웠는지 민진서의 눈에는 눈물이 그렁그렁했다. 서로가 얼굴조차 보지 못한 채 몇 달을 흘려 보냈지만 서로를 바라보는 눈빛에는 변함이 없었다.

"그럼 말씀들 나누고 계시죠."

이한서도 차를 내오겠다며 일어났다. 계단 내려가는 소리가 들려오기가 무섭게 민진서는 강윤을 끌어안고 입술을 빼앗았다. 강윤도 그녀의 허리에 손을 휘감고는 눈을 감았다.

"지, 진서야."

"어때요. 둘만 있는데."

민진서는 강윤의 입술을 손가락으로 가리고는 그를 강하

게 끌어안았다.

강윤이 한국으로 돌아온 날 저녁. 이현지는 회장실로 넘길 서류들을 골라내고 있었다.

"전용기까지. 편의도 편의지만, 홍보에 좋겠어. 그나저나 투자할 곳은 점점 많아지는데, 자금이……."

똑똑.

한창 일에 몰두하는데 노크 소리가 들려왔다. 팀 엔티엔 담당자 진혜리였다. 이현지는 서류를 덮으며 그녀를 맞았다.

"진 팀장, 무슨 일인가요?"

"오늘 새로 온 연습생이 인사 온다고 했잖습니까."

"아, 그랬지. 회장님은 자리에 계실라나."

회장실에 전화를 걸어봤지만 아무도 받지 않았다. 전화기를 내려놓고 이현지는 소파를 향해 손짓했다.

"회장님은 나중에 봐야겠군요. 들어오라고 하세요."

진혜리가 손짓하자 키 작은 여자가 조심스럽게 이현지를 향해 90도로 고개를 숙이며 힘찬 목소리로 외쳤다.

"아, 안녕하십니까?! 이혜성이라고 합니다!!"

"어서 와요."

이현지는 자리에서 일어나 그녀의 손을 맞잡았다. 이혜성에게 이현지는 너무나도 먼 당신이었다. 이사와 연습생이라는 관계는 긴장감을 배가시켰다.

곧 커피가 나오고, 세 사람은 마주 앉았다.

이현지는 간단한 덕담을 했다. 진혜리는 허리를 꼿꼿하게 세운 채 고개를 끄덕였다. 긴장한 기색이 역력해 보이자 이현지는 잠시 웃고는, 본론으로 들어갔다.

"팀 엔티엔에 들어가게 될 거라는 이야기는 들었죠?"

"네, 월드가 준비하는 차기 걸그룹이라고 들었습니다."

"에디오스를 잇는 팀이에요. 앞으로 잘 부탁해요."

이사까지 나서서 이렇게 말할 정도라면 어지간히 힘을 주고 있다는 의미였다. 저절로 기합이 들어갔다.

"네!! 맡겨주세요."

"힘이 있어서 좋군요."

덕담과 간단한 소개가 끝난 후, 진혜리와 이혜성은 사무실을 나섰다.

혼자가 된 이현지는 다시 책상 앞에 앉았다.

"상장을 한다면 회장님이 받아들일 수 있을까? 아, 어렵네……."

늦은 밤까지 그녀의 고민은 계속되었다.

이한서의 찻집을 나온 후 강윤과 민진서는 다시 차에 올랐다.

민진서는 기어에 올린 강윤의 손을 꼭 잡았다. 강윤도 손등에 느껴지는 온기를 느끼고는 은은한 미소를 지었다.

"전용기요?"

"좋지? 비행기 안에서만큼은 마음 편히 쉴 수 있을 거야."

화제가 전용기로 향했다. 민진서의 반응은 또 달랐다. 처음부터 기뻐하던 정민이나 쉽게 받아들이지 못한 이현지와는 또.

"좋긴 하지만…… 마음이 아프네요."

"마음이 아파?"

강윤이 의아해하자 민진서는 강윤의 잡은 손을 더욱 꼬옥 쥐었다.

"그냥…… 선생님이 그 전용기 때문에 얼마나 고생을 했을까라는 생각이 들어서요."

"……진서야."

강윤은 마음이 뭉클해졌다. 손에서 느껴지는 온기가 더욱 따스하게 느껴졌다.

차가 도착한 곳은 민진서의 학교였다. 강윤은 주차장에 차를 세웠다. 한밤이라 그런지 인적도 없었다. 차에서 내리자 민진서는 눈을 감으며 깊은 심호흡을 했다.

"학교 공기가 맛있네요."

"요새 미세먼지 많은데."

"무드 없게……."

민진서는 강윤에게 가벼운 핀잔을 주곤 핑그르르 돌았다. 가로등에 비치는 연인의 모습은 천진했다. 순간 가슴이 두근거렸다. 여전히 설레게 할 줄 아는 녀석이었다.

도는 걸 멈추고, 민진서는 강윤 옆에 서더니 손을 꼬옥 잡았다. 흠칫하며 깍지 낀 손을 풀려고 했지만 그녀는 되레 서운한 기색을 내비쳤다.

"여긴 신경 쓰지 않아도 괜찮아요. 밤에는 아무도 안 오거든요. 제가 활동할 때, 잠깐잠깐 와서 쉬던 곳이에요. 이 시간엔 정말 아무도 안 와요."

강윤은 주변을 둘러보려다가 관뒀다. 민진서가 이렇게까지 강조하는 걸 보니 괜찮다는 생각이 들었다. 미국에서부터 쌓여온 스트레스 때문일까.

'……잠깐이라면 괜찮겠지.'

강윤은 긴장의 끈을 놓고는 민진서의 무릎에 머리를 뉘었다.

벤치에 누워 바라본 달이 유독 밝았다.

"저기에 뭐 있나요?"

"달."

"달이 예뻐요, 제가 예뻐요?"

"풉."

강윤이 실소를 머금자 민진서는 그의 얼굴을 붙잡곤 자신의 입술을 가까이 가져갔다.

몇 번의 스킨십이 오가고 민진서가 말했다.

"선생님, 그거 아세요? 이렇게 같이 편안하게 있는 건 거의 처음인 거?"

"그랬나. 회사 사람들도 모르게 만나고 있으니까. 우리 참 어렵게 만나는구나."

"그러게요. 선생님은…… 힘드시죠? 차라리 확 커밍아웃

해버릴까요?"

민진서의 말끝이 묘하게 흐려지자 강윤이 고개를 흔들었다.

"아직은 안 돼. 조금만 더 버티자. 여배우란 스캔들 한 번에 이미지를 통째로 말아먹을 수도 있으니까."

"선생님이라면 괜찮은데……. 정 안된다 싶으면 월드 안주인으로 살죠 뭐."

강윤은 민진서의 볼을 매만졌다. 참 당차면서도 대견하고, 사랑스러웠다.

밤늦도록 두 사람은 학교 데이트를 즐기고는 차에 올랐다. 학교 도로를 천천히 달리는데, 눈에 띄는 구형차 한 대가 그들을 스쳐 갔다.

"선생님. 저 차 꽤 오래된 차 아닌가요?"

"구형 소나테네. 세상에. 10년도 지난 모델 같네. 요새 누가 저런 차를 끌고 다니지?"

"그러게요. 할아버지한테라도 받아온 걸까요?"

집에 도착할 때까지 두 사람의 이야기꽃은 끊어질 줄 몰랐다.

"오늘은 좀 더 늦게 와도 되는데."

다음 날, 여느 때처럼 강윤은 아침 일찍 출근했다. 도착해 보니 먼저 출근한 이현지가 책상 위에 서류를 놓고 있었다.

"좋은 아침입니다."

"일찍 오셨네요. 후, 아침에 회장님을 보니 이제야 일상으로 돌아왔다는 게 실감이 나네요."

"하하하. 그런가요?"

두 사람은 모닝커피와 함께 소파에 마주 앉았다. 둘만의 아침 회의가 시작되었다. 이현지는 한결 편안해진 얼굴로 커피를 들었고, 강윤은 건네받은 서류를 보며 의아해했다.

"상장 준비? 이게 굳이 필요할까요?"

상장을 하게 되면 주주들의 이익에 따라 움직일 수밖에 없다. 그렇게 되면 가수가 원하는 음악과는 거리가 멀어진다. MG에서부터 이사들의 전횡을 눈앞에서 봐왔기에 거부감은 당연했다.

이현지가 그의 생각을 모를 리 없었다.

"회장님이 걱정하는 건 잘 알아요. 경영권 방어에도 신경 써야 하고, 주주들의 이익도 생각해야 하니까요. 둘 다 만족시킬 방법을 생각해 봤어요."

"일단 들어보겠습니다."

"그게……."

지잉- 지잉-

주머니에 넣은 강윤의 핸드폰이 요란하게 울려댔다. 주아였다.

강윤은 버튼을 눌러 무음으로 바꾸고 다시 이현지에게 눈을 돌렸다. 대화를 재개하려는데, 이번에는 그녀의 핸드폰이 요란하게 울려댔다. 역시 주아였다. 그녀 역시 강윤처럼 무음으로 바꿔 버렸다.

"……계속할게요. 가수들에게도 발언권을……."

똑똑.

이번에는 방 안에 불청객까지 난입했다. 난데없이 문 비서가 들어오자 이현지의 인상은 대번에 일그러졌다.

"……문 비서, 아침 회의 시간에는 방해하지 말라고 하지 않았나요?"

이현지의 사나운 얼굴에 문 비서는 사색이 돼서는 고개를 숙였다.

"죄송합니다. 워낙 급한 연락을 받아서요. 워, 원진문 회장님이 방금 돌아가셨답니다."

"아무리 그래도…… 잠깐, 뭐라고요?"

난데없는 비보에 이현지의 얼굴이 하얗게 질려 버렸다. 함께 있던 강윤도 머리가 새하얗게 변해버렸다.

[MG엔터테인먼트 전 회장 원진문 별세. 연예계 큰 충격에 빠져…….]

원진문(60) 전 대표가 심장마비로 사망했다.

XX일 아침, 원진문 전 대표(이하 원 전 대표)가 사망했다. 평소 지병으로 몇 년째 투병 생활을 하던 고인은 아침 산책 중 갑작스러운 심장마비로 쓰러져 병원으로 옮겨졌으나 사망에 이르렀다.

가수 주아를 비롯해 MyYn 등 수많은 아티스트를 육성한 고인은 MG엔터테인먼트를 최고의 회사로 키워냈으며……(중략)…….

장례식장 앞은 카메라와 기자들로 장사진을 이루었다. 스타 한 사람이 지나갈 때마다 플래시 세례가 터지는 것이 흡사 레드카펫을 연상케 했다.

"평소에는 나 몰라라 하던 놈들이……."

초상집에서 플래시를 터뜨리고, 요란 떠는 모습이 그렇게 싫을 수가 없었다.

주아는 새빨개진 눈으로 주먹을 쥐었다. 옆에 있던 민진서는 그녀의 손을 잡고 고개를 저었다. 분한 마음에 손까지 떨던 주아는 얼굴을 돌려 버렸다.

강윤과 이현지는 분향을 하고 헌화를 했다.

'회장님…….'

강윤은 자신을 발탁해 준 원진문 회장을 떠올렸다. 따지면 비즈니스 관계였지만, 선배로서 그를 존경해 왔다. 단에 꽃을 올린 이현지도 같은 마음이었는지 드물게 눈물을 글썽였다.

강윤은 상주석에 선 원진표와 손을 맞잡았다.

"……오셨군요, 회장님. 이사님도, 오랜만입니다."

"원 사장님, 어떤 말씀을 드려야 할지 모르겠습니다."

"아닙니다."

강윤의 손을 잡은 원진표의 손에 힘이 들어갔다.

"하고 싶은 말이 많습니다만…… 감사부터 드리고 싶습니다. 회장님이 아니었다면 평생 커다란 짐을 안고 살았어야 했을 테니까요."

"원 사장님이라면 제가 아니었어도 좋은 선택을 했을 겁니다."

원진표는 씁쓸하게 고개를 저었다.

강윤이 등을 밀어주지 않았다면 용기를 낼 수 있었을까?

확신이 없었다. 이제 강윤은 은인이었다.

빈소를 찾는 이는 많았다. 조문을 마친 강윤과 이현지는 식당으로 향했다. 익숙한 얼굴이 가득했다. 가장 눈에 띄는 이는 구석에 있었다. 그는 육개장을 먹고 있다가 두 사람을 보곤 손을 들었다.

"오랜만이라 반갑긴 하지만 좋은 곳이 아니라서 유감입니다."

추만지 사장 사장은 쓴웃음과 함께 두 사람에게 맥주를 권했다. 가볍게 술잔을 나누며 업계 이야기를 주고받았다.

추만지 사장이 걱정스레 물었다.

"요새 월드는 괜찮습니까?"

"아직까지 별일은 없습니다만…… 무슨 일이라도 있는지요?"

강윤이 의아해하자 추만지 사장은 짐짓 놀라며 잔을 채웠다.

"흐음……. 자꾸 잊어버리네요. 월드는 상장하지 않았다는 걸. 새삼 회장님이 대단하다고 느껴집니다. 상장도 하지 않고 어떻게 이만한 회사를 세운 건지……."

"과찬이십니다."

"아무튼 상장하지 않은 이상 직접적인 위협을 가하진 못하겠군요. 저흰 지금 경영권 방어 때문에 골머리를 앓고 있습니다. 애들 단속도 쉽지 않고요."

"중국 쪽 자본이 대거 흘러들어 오고 있다는 말을 들었는데, 그 때문인가요?"

"맞아."

이현지가 묻자 추만지 사장은 얼굴을 굳히며 답했다.

"드라마나 영화에만 투자하던 이들이 본격적으로 가수 쪽으로 눈을 돌린 것 같습니다. 우리 합동 콘서트가 컸던 것 같습니다. 하여간 돈맛은 알아가지고. 지예는 거의 넘어간 것 같고……."

"얼마 전부터 지예에 중국 투자자들이 뻔질나게 들락거린다는 말이 있었으니까요. 구조조정 할 때부터 알아봤어요."

이현지는 혀를 찼다. 강윤이 물었다.

"보고서를 보니까 중국에서 자리를 못 잡던 지예 쪽 연예인들이 불과 한두 달 사이에 자리를 잡았다더군요. 중국 투자자들의 인맥과 자금의 힘이라고 생각했습니다."

"맞습니다, 회장님. 그들의 최종 목표는 한국 연예계 전반일 겁니다. 지예는 발판이겠죠. 제 생각엔 월드를 제일 탐낼 것 같은데……. 어떻게든 월드를 흔들려고 할 겁니다."

추만지 사장이 월드에 대해 이야기할 때, 옆에서 인기척이 났다. 커다란 쟁반을 들고 있는 주아였다.

"주아야, 뭐 하고 있어?"

"일하고 있잖아."

툭 내뱉은 주아는 강윤의 테이블에 술과 안주들을 세팅해 주고는 자리에서 일어났다.

추만지 사장은 그녀의 뒷모습을 보며 너털웃음을 터뜨렸다.

"그건 그렇고 원 회장님은 참…… 부러워지네요. 저 주아가 장례식장에서 식사를 나르다니……."

"그러게 말입니다.

말과는 다르게 주아의 뒷모습이 유독 무거워 보였다. 강윤은 입맛이 썼다.

원진문 회장의 급작스러운 사망은 연예계 전반에 영향을 미쳤다.

큰 기획사부터 작은 기획사까지 앞다투어 원진문 회장의 명복을 빈다는 성명을 냈다. SNS 활동을 하는 가수들도 명복을 빈다며 글을 올렸다.

무엇보다 눈에 띄는 움직임을 보인 건 지예였다. 소속 연예인들은 일주일간 예능, 가요 프로그램 출연을 삼갔고, 이후 녹화본에서는 오른팔에 검은 띠를 둘렀다. 당연히 논란이 됐고 홈페이지를 통해 해명에 나섰다.

—원진문 회장님은 지예의 전신인 MG엔터테인먼트의 초대 회장님이십니다. 저희 지예의 모든 연예인과 임직원이 한마음으로 초대 회장님을 기리는 마음에서 한 달 동안 애도를 표할 생각입니다.

반응은 두 가지였다. 삼년상 치른다며 비아냥대는 반응과 초대 회장을 기리는 마음이 좋게 보인다는 반응이었다.

"……머리를 잘 썼어. 이걸로 이미지 쇄신을 하다니."

인터넷을 끈 강윤은 팔짱을 끼었다. 명분이 좋았다. 초대 회장을 기린다. 전체적으로 비아냥댄다는 반응보다 애도하는 게 좋아 보인다는 반응이 많았다. 지예의 속내를 아는 강윤은 불편했다.

전화벨이 울렸다. 문 비서는 손님의 방문을 알렸다. 곧 문을 열리며 방문객이 들어서자 강윤은 일어나 손님을 맞았다.

"어서 오십시오, 원 사장님."

아버지를 보낸 지 얼마 되지 않은 원진표였다. 문 비서가 내온 차를 마시며 간단한 근황이 오갔다. 강윤이 물었다.

"어떻게 지내십니까?"

"그럭저럭 잘 지내고 있습니다. 아직 마음이 무겁긴 하지만…… 그건 제 탓이니까요."

그는 씁쓸히 웃었다. 강윤은 조용히 귀를 기울였다. 짧게 아버지 이야기를 한 후 원진표는 화제를 전환했다.

"외람되지만 어려운 부탁을 드리러 왔습니다."

"말씀하십시오."

"민망하지만, 절 이 회사에 받아주실 수 있겠습니까? 어떤 자리든 좋습니다. 청소든, 뭐든 괜찮습니다."

강윤의 눈매가 가늘어졌다. 무엇보다 저의가 궁금했다. 잠시 고민하던 강윤은 그와 눈을 마주쳤다.

"솔직히 말씀드리겠습니다. 악감정이 있어서 하는 이야기가 아니니까 이해해 주십시오."

"네, 괜찮습니다."

"원 사장님, 아니, 원진표라는 사람을 월드에 받아들일 메리트가 없습니다. MG 시절, 이사들 등쌀에 이리저리 휘둘리는 모습, 강시명 사장의 모략에 넘어가서 경영권마저 빼앗긴 전력을 생각해 주십시오."

"끄응……."

원진표는 앓는 소리를 냈지만 강윤은 말을 계속했다.

"개인적으로 원 사장님을 안타깝게 생각합니다만 경우가 다르다고 생각합니다. 죄송합니다."

원진표는 할 말을 잊었다. 묵직한 돌을 맞은 심경이었다. 강윤은 만만치 않았다. 바닥부터 배워보고 싶은 마음에 어렵게 꺼냈는데 그마저도 힘들다니…….

이대로 포기할 수 없었다.

"직원이 아니라도 좋습니다. 돈 같은 거, 없어도 되니까……."

"돈이 문제가 아닙니다."

강윤은 눈을 감았다. 원진표는 간절했다. 지금, 그가 아니면 자신에게 엔터테인먼트를 제대로 가르쳐 줄 사람은 없었으니까.

'원 회장님 얼굴도 있고.'

회사와 원진문, 모두를 만족시킬 수 있는 결론이 무엇일까?

한참을 생각하던 강윤은 뭔가를 떠올리고는 눈을 떴다.

"원 사장님의 마음, 충분히 알겠습니다."

"그, 그럼 받아주시는 겁……."

"조건이 있습니다."

원진표의 눈이 흐릿해졌다. 강윤의 눈매가 강해졌다.

"한 사람을 스카우트해 오시면 됩니다."

"알겠습니다. 더한 것이라도 하겠습니다."

물불 가릴 처지가 아니었다. 원진표의 눈은 활활 타올랐다. 강윤은 담담히 이야기했다.

"연주아."

"……네?!"

"가수 주아를 스카우트해 오시면 됩니다. 계약 조건은 문 비서를 통해 넘겨드리겠습니다."

타올랐던 원진표의 눈이 순식간에 사그라들었다. 연주아라니. 강윤은 자신에게 불가능에 가까운 과제를 떠넘긴 것이다.

팀 엔티엔에 들어온 지 근 한 달이 다 돼갔지만, 이혜성은 적응에 애를 먹고 있었다.

'텃세는 어딜 가도 있구나.'

연습생 텃세였다. 위아래를 따지는 군기는 없었지만 기득권을 따져 댔다.

"언니, 옆자리로 옮겨주면 안 돼요?"

"어, 어?"

"여기 제 자리거든요."

자유롭게 쓸 수 있는 샤워실에 룰이 있었다. 당황하는 이혜성을 향해 감효민을 비롯한 몇몇 연습생은 속삭였다.

'지 맘대로 내 자리를 쓰고 난리야.'

이혜성은 어이가 없었지만 암묵적인 룰이라기에 따랐다. 막 고딩이나 된 것 같은 어린애들이 선배랍시고 거들먹거리지 않는 게 어디라고 생각하면서.

이것뿐만이 아니었다. 중국 애들은 중국 애들끼리, 일본 애들은 일본 애들끼리 파벌이 갈려 있었다.

한국 애들은 두 그룹으로 찢어져 있었다. 막내는 아예 언니들하고는 대화도 나누지 않았다. 그렇다고 자신과 이야기를 하는 것도 아니었다.

이대로는 안 되겠다고 느낀 그녀는 이 상황을 매니저 이미현에게 이야기했다.

"알았어. 이야기해 볼게."

며칠을 기다렸지만 감감무소식이었다. 그래서 이번에는 진혜리 팀장에게 이야기했다.

"하아, 걔들은 또 그런단 말이야?"

연습생들이 전원 호출됐다. 연습 강도가 강해지고 훈계가 뒤따랐다.

이후, 일이 순조롭게 풀려가는 듯 했지만 며칠이 지나자 다시 원래대로 돌아갔다. 이혜성이 위에 일러바쳤다는 것을 알았는지 그녀는 대놓고 따돌림을 당했다.

'이사님한테 이야기할까? 아니.'

불이익이 돌아왔지만 이혜성은 집요했다. 어떻게 들어간 팀인데 포기라니.

고민하던 그녀는 최후의 수단을 썼다.

―그래, 혜성아. 오랜만이야.

"팀장님, 아, 이젠 회장님이라고 불러야하죠?"

―그게 낫겠지? 그렇잖아도 궁금했는데, 어때? 엔티엔에서 잘 적응하고 있어?

그것도 가장 강력한 수단. 이걸로도 해결이 안 되면 다 끝이라고 생각하면서.

이혜성은 자신이 겪은 엔티엔에 대해 설명했다. 강윤은 귀를 기울였다. 한참 동안 말이 없던 강윤은 신음성을 흘렸다.

―……텃세에, 팀워크까지. 이사님이 이런 걸 그냥 넘길 사람이 아닌데.

"전 겪은 일을 그대로 말씀드렸어요. 혹시……."

―아니야. 말해줘서 고마워. 마음고생하게 해서 미안하고.

통화를 마치고, 멍하니 하늘을 올려다봤다.

'아, 모르겠다.'

이리도 팀 운이 없는 걸까. 오늘따라 하늘이 흐렸다.

늦은 밤.

막 일을 마치고 퇴근하려던 이현지는 강윤의 방문에 가방을 내려놓았다.

"아직 퇴근 안 하셨어요?"

"할 말이 있어서 왔습니다."

두 사람은 소파에 마주 앉았다. 강윤이 용건을 이야기했다.

"모레에 엔티엔 테스트를 진행할까 합니다."

"모레요? 빠르군요."

강윤은 엷게 웃었다.

"이사님이 보시기에 팀 엔티엔은 어떤 팀인 것 같습니까?"

"어떤 팀이라. 전체적인 걸 말하는 건가요?"

"전반적으로 이사님이 느낀 엔티엔에 대해 말씀해 주십시오."

이현지는 잠시 생각하다가 말했다.

"개인적인 성향이 강하죠. 그렇다고 책임감이 없지는 않아요. 연습도 성실하게 하고, 데이터도 꾸준하게 오르고 있죠. 으쌰으쌰 하는 분위기가 아니어서 아쉽지만……. 큰 불화는 없어요. 그런데 갑자기 그건 왜 물으시나요?"

"그렇군요. 알겠습니다."

강윤은 문을 닫고 나갔다. 이현지는 강윤의 뒷모습을 보며 고개를 갸웃했다.

"무슨 일이지? 느낌이 싸한데."

이틀 뒤.

팀 엔티엔 멤버들은 연습실에 모였다.

"미친 거 아니야? 갑자기 왠 테스트야?"

"뜬금없네."

감효민과 양채영은 서로를 보며 쑥덕거렸다. 그들 뒤로 중국인 멤버 신 차오와 신 루리는 중국어로 크게 이야기했다.

[갑자기 왜 모이라는 건데?]

[언니, 회장님이 직접 온대. 좀…….]

[알 게 뭐야. 그동안 팽개쳐 놓더니 갑자기 또 왜?]

일본 멤버, 이시이 아키나와 이시하라 유이 또한 일본어로
속삭이기에 바빴다.

[카메라까지? 오늘 테스트 제대로 하나 봐.]

[긴장된다.]

멤버들은 저마다 이야기를 나누느라 정신이 없었다. 중국
어와 일본어, 한국어까지 뒤섞여 소란스러웠다. 평소대로
혼자 연습하기에 바쁜 정유리와 홀로 몸을 푸는 이혜성도
있었다.

'한심하군.'

연습 모니터링을 위해 설치한 카메라로 강윤은 이를 지켜
보고 있었다. 옆에 서 있는 이현지는 얼굴이 새빨개졌다. 자
기가 숙소에 있을 때는 방도 잘 쓰고, 서로 말도 잘 섞던 아
이들이 저렇게 오합지졸이었다니.

"일단 없던 일로 해야겠습니다."

"네?"

"뮤비 출연 말입니다. 재훈이 중국 뮤비에 저 애들 중 한
명을 출연시켜 볼 생각이었는데……."

강윤은 자리에서 일어났다. 이현지는 허둥대며 그의 뒤를
따랐다. 두 사람이 연습실에 들어서자 엔티엔 멤버들은 자리
에서 벌떡 일어났다.

강윤은 차분하게 자리에 앉았다. 양옆에 이현지, 진혜리가

앉았다.

"일단 보고 이야기할까?"

강윤은 바로 테스트를 시작했다. 테스트 곡, 다이아틴의 'Heart'였다. 다이아틴은 교복을 생각나게 하는 의상을 입고 힘 있는 안무를 완성했다. 핵심은 대열과 군무. 덕분에 연습생들에게 교과서같이 사용되는 곡이었다.

'윽…….'

강윤은 눈을 찡그렸다. 안무가 진행될수록 검은빛이 발산되었다.

한 명, 한 명의 동작은 괜찮았다. 문제는 개인마다 박자가 엉망이었다. 누구도 서로를 바라보려고 하지 않았다. 진혜리는 이미 고개를 돌려 버렸고, 이현지도 입술을 질끈 깨물었다. 연습생들의 얼굴도 사색이 되어갔다.

안무가 끝난 후, 연습생들은 쭈뼛대며 섰다. 진혜리는 이마를 부여잡았고 이현지는 한숨만 내뱉었다.

모두가 침묵하는 가운데, 강윤이 말했다.

"……다들 짐 싸."

연습생, 팀장, 이사까지 모두가 하얗게 질려 버렸다.

5화
때로는 수단, 방법은 중요하지 않다(1)

모두가 떨고 있을 때, 막내 정유리가 손을 들었다.

"짐을 싸라고요? 저 가수 만들어준다면서요?"

정유리는 머리 두 개는 큰 강윤을 올려다보며 씩씩댔다. 위아래 없이 대드는 막내의 모습을 보고, 엔티엔 멤버들은 눈을 감았다.

'저게 미쳤나?'

이번만큼은 모두의 생각이 같았다.

강윤이 말했다.

"계약 깨겠다고 한 적 없어."

"그런데 왜 짐을 싸라는 건데요? 그냥 테스트에서 못한 사람만 잘라 버리면 되잖아요."

정유리는 상기된 얼굴로 어깨를 들썩였다. 눈에서는 금방이라도 눈물이 나올 것 같았다.

"정유리, 회장님한테 그게……."

이현지가 나섰지만 강윤은 손을 들어 제지하며 정유리에게 한 발자국 다가갔다.

"못한 사람만 자르면 된다? 그렇게 보면 여기 모두가 미달이야."

"제가 어디가 어때서요? 저 언니처럼 박자를 전 것도 아니고, 저기, 저 언니처럼 반 박자 빨리 스텝을 내지도 않았어요. 그런데 제가 왜요?"

정유리는 한마디도 지지 않았다. 그럴수록 언니들은 안절부절못했다. 강윤도 분함과 억울함을 느꼈지만 그는 담담했다.

"엔티엔은 그룹이야. 정유리와 댄스팀이 아니라. 그래서……."

"전 저 떨어지는 언니들하고 도저히 같은 팀을 못하겠어요. 정말로!!"

당돌함을 넘어 하극상으로 치달았다. 분위기가 얼어붙었다. 연습생은 물론 진혜리 팀장, 이현지마저 할 말을 잃었다. 강윤은 눈빛을 가라앉혔다.

"그렇게 생각한다면 하나만 물어보자. 지금 네가 솔로로 데뷔한다면 가수로 성공할 수 있을까?"

"지금은 당연히 안 되죠. 하지만 몇 년 연습하면 주아 선배님처럼 될 자신이 있어요."

"아니."

강윤은 정면으로 부정했다. 정유리의 눈이 심하게 떨렸다.

"주아는 댄스 실력도 있었지만, 보컬 실력도 갖추고 있어. 두 가지 모두 소홀히 하지 않았지. 너는?"

"그……."

보컬 실력의 부재. 정유리의 콤플렉스였다. 반박의 여지가 없었다. 분한 마음에 눈물만 났다.

하나를 정리하고, 강윤은 다른 멤버들에게 눈을 돌렸다.

"너희들은 부끄러운 줄 알아. 막내에게 무시나 당하고."

"……으읏."

모든 멤버가 정유리를 쏘아보았다. 아무리 군기 문화가 없는 월드였지만 이런 하극상은 참기 힘들었다.

강윤은 말을 이어갔다.

"유리가 한 말 중 너희에 대한 건 틀린 게 없어. 체중 문제도 짚어볼까? 유리 빼면 모두가 올랐지?"

"……."

강윤의 말 하나하나가 아프게 다가왔다. 책임자인 진혜리 팀장이나 이현지도 고개를 들지 못했다.

"……저녁에 공지가 나갈 거야. 부모님들께 연락해. 회장실에서 공문 보내니까 확인 부탁한다고. 너희들은 짐 싸서 내일 6시에 이곳에 모인다."

"회, 회장님!!"

이시이 아키나가 어눌한 한국어로 외쳤다.

"우, 우리 조, 조껴나는 거예요?"

"……자세한 건 공문 확인해 보고, 진 팀장과 이사님은 저 좀 보시죠."

강윤은 두 어른에게 손짓하고 연습실을 나갔다.

남은 엔티엔 멤버들은 멍하니 서로를 바라보았다.

"우리 잘리는 거야?"

양채영이 묻자 감효민이 인상을 찌푸렸다.

"아니라잖아. 공문 보낸다는 말 못 들었어? 아, 진짜……. 쟤 굼떠서 이 꼴 났잖아."

감효민은 신 차오를 쏘아보았다. 당사자는 자리에서 벌떡 일어났다.

[굼뜨다고? 지는 잘한 줄 아나?]

"저 짱개가 뭐라는…… 아니다."

[까오리빵즈가…….]

"뭐라고?"

국제적으로 욕은 통용되는 법. 둘 사이는 시끌시끌해졌다. 이혜성을 비롯해 몇몇 연습생이 진화에 나서 육탄전까지 가지는 않았지만 말싸움은 한참이나 계속되었다.

회장실에 올라간 강윤은 진혜리 팀장, 이현지와 마주 앉았다.

진혜리는 고개를 들 수 없었다. 이현지도 마찬가지였다. 강윤은 짧게 한숨을 쉬곤 이야기를 꺼냈다.

"이 문제는 짚고 넘어가야겠네요. 지난번 테스트보다 너무 떨어졌습니다, 진 팀장."

"죄송합니다, 회장님. 제가 어떻게든 책임지겠습니다."

강윤은 그동안의 보고서도 함께 들췄다. 오른쪽 위로 올라갔어야 할 데이터 그래프들이 오른쪽 아래로 심하게 꺾였다. 그녀의 고개만큼이나.

"책임이라. 어떻게 말입니까?"

"다음 테스트 때 더 좋은 결과를 만들어 오겠습니다."

진혜리의 목소리에 기합이 가득 찼다. 강윤이 물었다.

"진 팀장은 엔티엔의 가장 큰 문제가 뭐라고 생각합니까?"

"……호흡을 맞출 생각이 없는 것입니다."

대답하면서도 진혜리는 얼굴이 새빨개졌다. 군무 중 엔티엔 멤버 누구도 다른 멤버를 보는 이가 없었다. 관계가 원인이라는 걸 잘 알았다.

강윤은 질문을 이어갔다.

"그렇다면 어떻게 해결을 할 생각인가요?"

"……죄송합니다. 조금만 시간을 주십시오."

"열흘 드리겠습니다."

진혜리 팀장은 어깨를 늘어뜨린 채 회장실을 나섰다.

이현지는 바짝 긴장했다.

"이사님, 이걸 보십시오."

강윤은 몸무게 그래프를 보여주었다. 이시이 아키나부터 윤다영, 신 차오 등 절반이 넘는 멤버들의 그래프가 오른쪽 위로 올라갔다. 이현지는 민망해져 고개를 숙였다.

"유리가 스트레스를 많이 받았을 겁니다. 숙소에서도 혼자 지내지 않았습니까?"

"네, 말을 걸어봐도 거의 단답형이었고……. 보고서에서 그게 보이나요?"

"아까 하는 말과 그래프들을 보니 짐작이 갑니다. 유리 같은 애들은 단순히 나이가 많다고 선배로 인정하는 애가 아니잖습니까."

이현지는 고개를 끄덕였다.

"맞아요. 생각해 보니 다 제 잘못이네요. 벌써부터 꽉 조일 필요는 없다고 생각해서 풀어준 게 이런 결과를 불러왔네요. 책임질게요."

"책임이라. 이건 어떻습니까?"

강윤은 씨익 웃었다. 이현지는 싸한 기류를 느꼈다. 그가 노트북을 열어 문서 하나를 보여주자 그녀의 눈이 휘둥그레 졌다.

"잠깐만요. 그 말은 애들은 둘째 쳐도, 회사를 일주일 이상 비우라는 말이잖아요?"

"이사님 일은 제가 맡아서 처리하겠습니다. 다녀오십시오."

"……쉽지 않을 텐데. 뭐, 알겠어요. 겨울 휴가라고 생각하죠."

이현지는 입꼬리를 올렸다. 강윤은 어깨를 으쓱였다.

다음 날, 해도 뜨지 않은 아침이었다. 엔티엔 멤버들은 졸린 눈을 비비고 연습실에 도착했다.

[……졸려.]

이시이 아키나는 이시하라 유이의 어깨에 기대서 꾸벅꾸벅 졸았다. 뒤쪽에 있던 양채영과 윤다영, 감효민은 가방을 팽개친 채 투덜댔다. 중국 쌍둥이는 주저앉아 서로에게 기대

눈을 붙였다.

"……."

맨 뒤에 선 이혜성과 정유리는 말없이 정면만을 바라보았다.

엔티엔 멤버들의 등에는 큰 가방이 들려 있었다.

연습실 문이 열리며 강윤이 들어섰다. 졸고 있던 연습생들은 깨어나 자리에 앉았다.

짝.

강윤은 박수를 쳤다. 연습생들이 몸을 세웠다.

"공문은 다 확인했지?"

"……."

아무도 답하지 않았다. 뭘 본 건지 표정이 하나같이 좋지 않았다.

"회사 입구로 나가면 자전거가 있을 거야. 일정표는 이사님께 드렸으니까 달리기만 하면 돼. 시간은 일주일. 해남 땅 끝마을 찍고 와."

연습생들 모두가 하얗게 질려 버렸다. 외국인 멤버들도 마찬가지였다.

감효민이 외쳤다.

"지, 지금은 1월이에요. 게다가 저희 모두 여자라고요. 이 정도면 성차별에 청소년 학대 아닌가요?"

"무대에 올라갈 때도 여자라고 사정 봐달라고 할 거야?"

"그거랑 이거랑은 완전 다르잖아요."

연습생들 모두가 뭉쳐 쏘아보았지만 강윤은 코웃음을

쳤다.

"겨울에도 자전거를 즐기는 여자분도 많아. 그렇다면 그 분들 모두가 학대를 받는 건가?"

"그게, 그게……."

강윤의 눈빛이 거세졌다.

"분명히 말할게. 이건 회장으로서 하는 명령이야. 전원, 완주하고 와. 한 명이라도 탈락하면 너희를 대신할 새 팀을 뽑겠어."

"계약 위반이에요."

정유리가 외쳤다. 강윤은 말을 이어갔다.

"위약금은 챙겨줄 거야. 대신 낙인이 찍히겠지. 무조건 데 뷔한다는 월드에서 쫓겨난 연습생. 누가 받아줄까?"

"이이……."

연습생들이 분노하는 소리가 들려왔지만 강윤은 손을 내 저었다.

"할 말 끝났어. 가 봐."

강윤을 향해 이를 갈아대며 연습생들은 회사를 나섰다.

♪ ♩♪♩ ♪♫♩♪♪

김재훈의 본격적인 중국 진출이 시작됐다.

월드 스튜디오 홍보팀은 중국의 튠, 요우켄에 라이브 영상 을 올렸다. 중국의 SNS 셰이첸도 적극 활용했다. 덕분에 중 국의 유명 가요들을 부르는 김재훈의 영상은 삽시간에 퍼져 나갔다.

반응은 좋았다. 요우켄에 올라간 영상은 하루만에 2천만 뷰를 돌파했고, 세이첸 계정에 팔로워도 백만을 넘어 이백만을 향해갔다.

사전 홍보로 밑밥을 깔고 일주일이 지났다. 메인 무대는 AFDN 방송국에서 펼쳐졌다.

메인 음악 방송 가왕 TOP 5의 담당 PD, 장수영은 김재훈을 만나기 위해 직접 대기실로 찾아왔다. 메이크업을 받고 있던 김재훈은 놀라 자리에서 일어나려 했다. 장수영 PD는 그를 제지했다.

[앉아 계십시오. 바쁠 시간이란 건 알지만, 이강윤 총경리님의 소속 가수분이기도 하고…… 만나뵙고 싶었습니다.]

김재훈은 고개를 숙였다. 장수영 PD는 미소와 함께 손을 건넸다.

[앞으로 좋은 인연 기대해도 되겠지요?]

[저도 잘 부탁드립니다.]

잠시 이야기를 나눈 후, 장수영 PD는 돌아섰다. 문 앞에서 뭔가를 떠올리곤 다시 돌아섰다.

[아, 혹시 무대에서 필요한 것 있으면, 오른쪽 방향으로 신호를 보내십시오. 바로 조치해 드리겠습니다.]

[배려 감사합니다.]

장수영 PD가 돌아간 후, 김재훈은 메이크업을 서둘렀다.

리허설도 끝나고 본 무대에 오를 시간이 되었다. 김재훈은 무대 뒤편으로 향했다.

'이거 크렌벅스 노래잖아.'

많이 듣던 노래였다. 경쾌한 멜로디와 발음하기 쉬운 한국어 가사까지. 김재훈은 고개를 살짝 무대로 내밀었다. 과연 세 남자가 있었다. 검은 조끼와 바지를 입고, 랩을 쏟아내고 있었다.

'신기하네. 지예 대표 그룹을 여기서 보다니.'

김재훈의 눈이 빛났다. 월드와 좋지 않은 소속사의 가수지만 타국에서 만난 고국 사람은 반가웠다.

노래가 끝나고, 김재훈이 무대에 나설 준비를 하는데 그를 향해 세 남자가 다가왔다. 조금 전 무대를 마친 크렌벅스 멤버들이었다.

"크크큭. 하여간 헬조센이나 짱개나…… 아."

멤버 중 머리를 회색으로 염색한 남자는 김재훈을 보고 멈칫했다. 옆에 있던 남자가 동료의 어깨를 툭 쳤다.

"야, 뭐 하냐? 선배 타령 듣고 싶어?"

반가움에 아는 척을 하려던 김재훈은 멍해졌다. 가만히 있다가 가마니 된 심정이었다. 한마디 하려고 두 사람을 잡으려는데, 마지막 한 사람이 김재훈에게 달려왔다.

"안녕하십니까, 선배님. 죄송합니다. 애들이 오늘 무대가 잘 안 풀려서 예민해가지고 말입니다."

쫓아가서 한 소리 하려던 마음이 허탈해졌다. 대신 사과한 이 후배가 불쌍했다.

"여전히 고생하네."

"아닙니다, 선배님. 아, 선배님 무대이지 않습니까?"

"그렇게 딱딱하게 말 안 해도 돼."

"아닙니다, 선배님. 기대하고 있습니다. 꼭 듣고 싶은데……. 죄송합니다. 스케줄이 있어서 가 봐야 할 것 같습니다. 애들한테는 사과하라고 꼭 말해놓겠습니다."

마지막 멤버는 급히 복도로 뛰어갔다. 사라져 가는 뒷모습을 보고 김재훈은 중얼거렸다.

"참 힘들게 산다. 사고 따로, 수습 따로."

김재훈은 어깨를 으쓱이곤 무대에 올랐다. 사방이 밝아지며 관객들의 환호성이 자신을 감싸자 조금 전의 일은 삽시간에 잊혀져 갔다.

♪ ♫♪ ♫♩ ♪

「공문 – 팀 엔티엔 땅끝 마을 자전거 일주 관련 동의서」

강윤은 팀 엔티엔 연습생 부모님들에게 받은 동의서들을 확인했다. 모두 18장이었다. 확인을 마친 강윤은 문 비서에게 동의서를 넘겨주었다.

"문 비서, 이거 모두 스캔해 주고, 디지털 자료로 정리해 주세요."

"알겠습니다, 회장님."

문 비서가 나간 후, 강윤은 창가로 향했다. 어둑한 하늘에 구름이 잔뜩 끼어 있었다. 시계를 보니 시침이 9를 가리키고 있었다. 핸드폰을 들어 전화를 걸었다. 남자 목소리가 들려왔다.

─지금 평택입니다. 조금 전에 모두 숙소에 입실했습니다.

강윤은 작게 한숨을 내쉬었다. 늦은 시간이었지만, 무탈하다는 사실에 안도했다.

"별일은 없었습니까?"

─낙오할 뻔한 멤버들이 있었습니다. 직접 싸우기도 했습니다.

남자는 세세하게 보고했다. 강윤은 손가락으로 탁자를 두드렸다. 그동안 쌓였던 게 터졌는지 감효민과 신 루리는 머리채를 잡았다고 했다. 얼마가지 않아 이현지에게 진압됐지만…….

"……고생하셨습니다. 일 있으면 바로 보고 주십시오."

전화를 끊은 후, 강윤은 서류를 열었다. 이현지가 없으니 그녀의 일은 고스란히 그의 몫이었다.

"……어렵군."

이현지를 괜히 보낸 건 아닐까, 강윤은 후회했다.

자정이 넘어서야 이현지의 일까지 마무리됐다. 강윤은 자리에서 일어나 기지개를 켰다.

"후우. 개운하……."

콰앙.

기지개를 켜는데, 문 여는 소리와 함께 한 여성이 등장했다. 기지개를 켜다 만 자세로 강윤은 굳어버렸다.

"주아?"

"오빠아."

난데없이 등장한 그녀, 주아는 다짜고짜 다가와 소파에 앉았다.

"물어볼게 있어서 왔어."

"밝을 때 오지, 늦은 시간에 무슨 일이야?"

"우리가 시간을 따질 사이는 아니잖아. 암튼, 원 사장님이 스카우트 제의를 해왔거든. 근데 아무래도 찜찜해서."

주아는 강윤을 빤히 바라보았다.

"혹시나 해서 묻는 건데, 오빠가 뒤에서 뭐 한 거, 아니지?"

"했다면 어쩔 거야?"

"딴 사람이면 한 대 붙였겠지만…… 오빠라면 모르겠네."

주아의 눈이 화르륵 불타올랐다. 강윤은 덤덤히 종이컵에 티백을 넣어 건넸다. 주아는 종이컵을 받아선 별생각 없이 입가에 가져갔다.

"아, 뜨거!! 뜨겁잖아!!"

"조심하지."

"아, 뜨뜨. 암튼 오빠가 원 사장님 사주한 건 아니라는 거지?"

강윤은 부정도 긍정도 하지 않았다. 여유롭게 웃을 뿐이었다.

'원 사장님이 우리 대화를 이야기했을 리는 없고, 주아 나름대로 재보는 걸 테니까.'

원진표가 그 정도의 얼간이는 아니라고 생각하며 강윤은 재차 물었다.

"그 걱정 때문에 이 오밤중에 달려온 거야?"

"타이밍이 너무 좋잖아. 나도 세계 투어 끝나면 한국 활동도 생각해 둬야 할 타이밍이고. 지금 소속사는 한국 쪽은 영젬병이라서……. 근데 말이야, 내가 겪어본 원 사장님은 이렇게 섬세한 사람이 아니었거든?"

주아는 여전히 실눈을 뜨고 강윤을 바라보았다. 강윤은 믹스커피를 저으며 몸을 뒤로 기댔다.

"그렇게 생각할 만했네. 그래서 어떻게 하려고?"

"아, 몰라몰라. 회장 삼촌을 생각하면 계약을 해야 할 것 같긴 한데, 이건 일이잖아."

종이컵을 내려놓고 강윤은 몸을 앞으로 기울였다.

"회장님 생각은 하지 말고, 네 뜻대로 결정해."

"말이 쉽지. 그게 마음대로 됐으면 여기까지 달려왔겠어? 암튼, 알았어. 뒤에서 사주 같은 건 안 했다, 이거지?"

"글쎄?"

"아, 쫌!!"

주아가 역정을 냈지만, 강윤은 어깨를 으쓱였다. 그 후, 몸을 앞으로 기울였다.

"간단하게 생각해. 원진표라는 사람이 너하고 일할 만한 사람인지만 생각해 봐. 네가 원 회장님 때문에 부담을 느낀다는 건 알지만 그 마음 때문에 계약을 하면 좋을 게 없어."

"……그런 거지?"

주아는 고개를 끄덕이다가 뭔가를 떠올리며 턱에 손가락을 올렸다.

"사실 오빠가 제일 수상하긴 한데……. 계약할 만한 사람이면 계약서부터 들이미는 사람인데. 아, 모르겠다, 모르겠어어~"

주아는 다시 자리에 앉아 소파에 몸을 기댔다. 생각이 한결 나아진 듯 표정이 풀어졌다.

"오빠 말대로 해볼게. 이제 퇴근해?"

"응, 왜?"

"한잔하러 가자. 내가 살게."

"어? 오늘은 좀 쉬고……."

"얼마 만에 한국 온 건데. 가자, 가자."

강윤은 주아에게 이끌려 집 대신 술집으로 향했다.

그가 집으로 돌아가 현관문을 연 시간은 아침 6시였다.

「파인스톡 – 복타이 전략적 투자 제휴식」

큰 탁자 위에 태극기와 오성홍기가 엇갈려 놓였다. 태극기 놓인 곳에 앉아 있던 하세연 사장은 맞은편으로 검은 가죽에 넣은 서류를 건넸다.

"앞으로 잘 부탁합니다."

서류를 받아 든 중국 측, 영유희도 자신이 들고 있던 서류를 건넸다.

"이번 결단, 파인스톡에 이익으로 돌려드리죠."

두 책임자는 손을 맞잡았다. 플래시가 터지며 뒤에 서 있는 관계자들은 박수를 쳤다.

몇 시간 지나지 않아서 두 회사의 투자 제휴식은 기사화됐다.

[파인스톡, 중국 투자회사 복타이로부터 투자 유치. 투자 규모는 비공개로…….]

파인스톡과 중국의 유명 투자회사 복타이가 대규모 투자 제휴식을 가졌다. 두 회사 모두 비밀리에 진행한 투자 제휴로 업계 관계자들은 깜짝 이벤트라며 입을 모았다.

복타이 측은 음원 사이트, 이츠파인에 지대한 관심을 보여왔으며 파인스톡에 의사를 타진, 긍정적인 답을 얻었다고 알려졌다. 파인스톡 측은 중국 시장 진출에 발판을 마련했으며……(중략)…….

투자회사 복타이는 한국의 유명 기획사 지예에도 대규모 투자를 해 대주주가 되었으며, 한국에 많은 관심을 보이는 것으로 알려져 있다.

파인스톡이 워낙 은밀히 움직인 통에 관계자들도 이 소식을 기사가 나간 후에야 확인할 수 있었다. 이츠파인을 항상 경계해 온 헤븐, MD뮤직, 넷츠닷컴 측도 마찬가지였다.

기사가 나간 다음 날 점심시간. 세 음원 사이트의 관계자들은 한자리에 모였다.

"하세연 사장이 중국 투자자들과 손을 잡다니. 의외군요."

헤븐의 대표 양민철은 스테이크를 썰며 고개를 흔들었다. 옆에 앉은 MD뮤직의 대표, 윤명석은 와인 잔을 들어 가볍게 흔들었다.

"하세연, 그 여자는 이강윤과는 다르게 융통성이 있다는 얘기겠지요. 이번 파인스톡 미국 진출 시도가 생각만큼 시원 찮아서가 계기라는 말이 있더군요."

"그곳은 경쟁자가 많으니까요. 들어보니까 5년은 묵어야 그 바닥에서 날개를 펼 수 있다 합니다. 아무튼 재미있게 됐 어요. 아무래도, 이츠파인에 변화가 생길 것 같지요?"

넷츠닷컴의 CEO, 쟈니 최는 달팽이 요리를 넘기곤 말했 다. 양민철 대표는 크게 웃었다.

"그놈의 이츠파인⋯⋯. 생각만 해도 치가 떨립니다. 그 가 격에 그런 음질 서비스를 제공하면 우린 뭐가 남습니까. 게 다가 가수들에게 또 선심은 얼마나 써대는지. 더 많은 돈을 벌 수 있는데도⋯⋯. 바보들."

"투자자가 생겼으니, 내버려 두진 않을 겁니다. 파인스톡 도 이전만큼 월드에 힘을 실어줄 수도 없을 테고요."

"때가 온 것 같습니다. 뭉쳐 보죠."

윤명석 대표가 잔을 들었다. 와인 잔 부딪히는 소리가 맑 게 퍼져 갔다.

♪ ♩ ♪ ♫ ♬ ♪

"이해는 합니다만, 이런 일은 사전에 통보를 해주셔야 하 는 거 아닙니까?"

전화기를 붙들고 강윤은 목소리를 높였다.

−어쩔 수 없었습니다. 그쪽과의 계약 조건에 사전 보안

유지가 있었거든요.

"이츠파인이 걸린 문제입니다. 저희와 맺은 계약은 아무 것도 아니란 말입니까, 하 사장님."

흘러나오는 말이 잠시 멎었다. 강윤은 분노를 한 번 참아 넘기곤 말을 이었다.

"전 부장이었던 전형택 씨를 상무로 내세웠습니다. 경영 에도 터치하지 않았습니다. 이만하면 성의를 충분히 보였다 고 생각하는데, 혹시 부당한 요구를 한 적이 있습니까?"

－회장님이 화를 내시는 건 충분히 이해합니다. 하지만 월 드의 지분에 영향을 미친 게 아니니까…….

"26.7%입니다. 파인스톡의 지분을 절반 이상 가져갔다는 말입니다. 앞으로 이츠파인에 발휘할 입김이 크겠죠."

－…….

대화는 더 이상 진척되지 않았다. 강윤은 전화기를 고쳐 잡았다.

"……일단 알겠습니다. 곧 뵙고, 이야기하죠."

강윤은 전화를 끊고 자리에 털썩 주저 않았다. 믿었던 상 대에게 배신당한 심정이었다. 창가를 뚫고 들어온 햇살은 무 심했다.

정신을 수습하고 올라온 서류들을 펼쳤다. 홍보팀에서 올 라온 보고서가 맨 위에 있었다.

'재훈이는 잘 하고 있구나.'

김재훈은 중국 데뷔 사흘 만에 고공행진을 이어가고 있었 다. 사전 홍보도 좋았고 그 효과는 방송으로까지 이어졌다.

이는 앨범 판매량으로 연결되었다. 덕분에 스케줄이 빡빡해져 전용기 사용 요청까지 들어왔다. 결재란에 사인을 하며 강윤은 희미하게 웃었다.

다른 가수들도 잘 지내고 있었다. 다음 중국 진출을 준비하는 김지민이나 메이저와 인디를 오가는 하얀달빛, 작곡가들까지 자기 몫 이상을 해나가고 있었다.

보고서를 모두 검토하고, 각 팀에서 올라온 서류를 모두 결재하니 밤이 되었다.

강윤은 문 비서를 불렀다.

"퇴근 전에 이거 다 처리해 주세요."

"네, 회장님."

문 비서는 카트를 가져와 책상 위에 쌓인 서류를 가져갔다. 순식간에 책상이 시원해졌다.

퇴근을 준비하는데 책상 위의 핸드폰이 진동했다. 확인해 보니 정유리였다.

"유리야, 무슨 일이야?"

—나한테 왜 이래요?

통화 버튼을 누르자마자 찢어지는 소리가 들려왔다.

"무슨 일 있어?"

—자전거 이거 왜 하라는 거예요? 나 그만둘래요. 안 해!!

평소의 도도하던 정유리는 없었다. 생떼를 부리는 꼬마가 있을 뿐이었다. 강윤은 조용히 귀를 기울였다. 곧 그녀의 말이 이어졌다.

—다리, 너무 아파요. 언니들은 도와주지도 않고…….

"숙소에는 잘 도착했어?"

—네, 마지막이에요. 이사님이랑 혜성 언니랑…….

앞뒤가 맞지 않는 말에 강윤은 작게 웃었다.

—정말 자전거랑 춤이랑 무슨 관계예요? 종아리에 이따만 한 알만 박혀서……. 이거 어떻게 없애야 할지 모르겠어요.

"오늘이 며칠째지?"

—3일이요.

강윤은 달력을 보곤 빙긋이 웃었다.

"해남에 도착하면 왜 가야 했는지 알 수 있을 거야."

—그런 거 몰라요. 그거 아세요? 언니들이 회장님 욕 엄청 많이 해요.

"그러겠지. 나머지는 도착하면 이야기하자. 끊을게."

—어, 어?

강윤은 전화를 끊고, 기지개를 켰다.

"급조하는 것 같지만…… 필요할 때도 있는 법이야."

다음 날.

강윤이 막 신문을 덮고 업무를 시작하려는 데 문 비서가 들어섰다.

"회장님, 파인스톡에서 연락이 왔습니다. 이번에 이츠파인에 투자한 투자자들과 함께 약속을 잡고 싶다고 합니다."

"오늘 저녁으로 잡아주세요. 이곳에서 가까운 곳으로 잡아주십시오. 중국 사람들이 있으니 한정식집으로. 메뉴가 많이 나오는 곳으로 잡아주십시오."

"알겠습니다.

문 비서는 고개를 숙이고 밖으로 나갔다.

업무를 마친 후, 강윤은 문 비서와 함께 예약한 한정식집으로 향했다. 약속 시간 10분 전이었다. 직원의 안내를 받아 안으로 들어가니 하세연 사장과 전형택 대표가 먼저 도착해 있었다.

"하 사장님, 전 상무님."

"회장님."

강윤을 보는 두 사람의 안색은 좋지 못했다. 결과적으로 월드와의 의리를 저버린 셈이었으니까.

마주 앉아 잠깐의 시간이 흘렀다.

강윤이 말했다.

"투자를 받기 위한 조건으로 이츠파인 지분이라……. 유감입니다."

"사전에 말씀드리지 못한 점, 사과드립니다."

하세연 사장은 고개를 숙였다. 강윤은 선선히 고개를 끄덕였다.

"파인스톡에 이익이 되는 방향으로 생각한 결과라고 이해하겠습니다."

"그렇게 생각해 주신다면, 감사합니다."

그 이후, 대화는 없었다. 짧은 말에 많은 의미가 오갔다. 두 사람은 직감했다. 앞으로가 순탄치 않으리라는 것을.

약속 시간이 되자 미닫이문이 열리며 정장을 입은 두 남자가 들어섰다. 복타이의 투자자들이었다. 한 사람은 몸이 컸고, 다른 사람은 눈매가 날카로웠다. 서로 간단히 인사를 하고는 마주 앉았다.

애피타이저부터 메인 디시가 나오기 시작했다. 대화도 근황에서 주제로 나아가기 시작했다. 포문을 연 건 푸짐한 몸매의 투자자였다.

[다른 음원 사이트들은 음원이 창출하는 이윤의 40%를 가져간다고 들었습니다. 그런데 이츠파인은 겨우 30%를 가져갑니다. 게다가 제공하는 서비스도 좋습니다. 이윤이 현저히 줄어들 수밖에 없는데…… 이유를 알고 싶습니다.]

강윤은 젓가락을 내려놓으며 답했다.

[이츠파인을 만든 목적은 가요 시장 활성화였습니다. 음악을 만들고, 부르는 사람들에게 이익이 돌아가야 시장이 사는 법이니까요. 노래를 직접 만드는 사람들보다 유통사가 더 많은 이익을 계속 가져간다면 누가 노래를 만들려고 하겠습니까?]

날 선 눈을 한 투자자가 말했다.

[유통에 드는 투자비는 생각하지 않으셨습니까? 게다가 음원 서비스는 몇 개 회사가 독점한 것으로 알고 있습니다. 이곳을 통하지 않고는 사람들에게 들려줄 수단도 없는 상황인데……. 차라리 음원사들과 합을 맞춰 나가는 게 낫지 않을까요?]

강윤의 눈썹이 꿈틀댔다.

[그렇게 하면 이익을 많이 거둘 수 있을지는 모릅니다. 하지만 장기적으로 가수 생태계가 무너지고 말 겁니다. 다양한 음악을 하는…….]

[동사장님.]

날 선 눈매의 투자자가 낮게 이야기했다.

[사업가는 사업 이야기를 해야 한다고 생각합니다. 저희 이사회를 소집할 생각입니다. 유통사 비율 30%를 40%로 올릴 것을 제안하겠습니다.]

강윤은 술잔을 단번에 비웠다. 목이 타는 느낌과 함께 정신이 번쩍 들었다.

[그렇다면 저희는 지분 50%를 이용해 거절하겠습니다.]

강윤과 투자자들 사이에 불꽃이 튀기 시작했다. 덩치 큰 투자자가 입매를 씰룩였다.

[동사장님, 생각을 해보십시오. 이츠파인은 가능성이 많은 회사입니다. 조금만 바꾸면……]

[이건 타협할 수 없는 문제입니다.]

투자자들은 강윤을 위협도, 어르기도 해봤지만 요지부동이었다. 긴 설전이 오갔지만 평행선이 길어질 뿐이었다.

결국 투자자들은 지친 기색으로 자리에서 일어났다.

[……잠시 실례하겠습니다.]

강윤도 담배 생각에 잠깐 일어나려는데, 전형택 대표가 그를 붙잡았다.

"저, 회장님."

"무슨 할 말이라도?"

"저들도 알고 있을 겁니다. 유통사 비율 30%가 이츠파인의 핵심이라는 것쯤은……. 알면서도 저러는 건 회장님이 어떤 사람인지 떠보려는 의도가 아닐까 생각합니다."

일리 있는 말이었다. 강윤도 고개를 끄덕였다.

얼마 있지 않아 투자자들이 들어섰다. 진한 담배향이 풍겨왔다. 눈매에 날을 세운 투자자가 강윤에게 술을 따라 주었다.

[동사장님, 40%로 올려달라는 말은, 지나쳤던 것 같습니다. 이츠 파인의 핵심이 무너지면 안 되지요.]

말없이 강윤은 투자자들의 잔에 술을 따라 주었다. 잠시 기다리는데, 큰 덩치의 투자자가 눈에 날을 세웠다.

[정식으로 제안합니다. 인력을 40% 감축해 주십시오.]

쾅.

강윤은 잔을 거칠게 내려놓았다.

to be continued

백수귀족 판타지 장편소설

Wish Books

바바리안
퀘스트

하늘산맥은 영혼들의 쉼터였고,
산 자는 하늘산맥을 올라선 안 된다.
모두가 그리 믿고 있었다.

"너는 위대한 전사가 될 거다, 유릭."

촉망받는 부족전사 유릭은 하늘산맥을 넘었고,
그곳에서 스스로를 문명인이라 칭하는 사람들과 마주한다.

『바바리안 퀘스트』

야만인 유릭이 문명세계로 간다.

거신
사냥꾼

온후 퓨전 판타지 장편소설

최후의 영웅.
500명의 영웅 중 살아남은 건 오한성뿐이었다.

그리고 그마저 모든 것을 놓은 순간.

과거로 돌아왔다.

목숨을 걸어야 한다면 걸겠다.
그것이 이 모든 좌절과 절망을 지워 버리는 길이라면,
더 이상 영웅이 아닌, 승리를 위한 악당이 되겠다!

"준비는 끝났다."

영웅과 악당, 신과 악마, 모든 변화의 중심.
그의 일대기에 주목하라.